U0078443

清史演義

從施琅攻臺到鴉片焚禍

蔡東藩 著

ROMANCE OF QING HISTORY

滅準部、遊江南、白蓮變、鴉片禍……

從乾隆盛世到嘉慶內亂與道光外患，且看演義下回分解！

目錄

目錄

目錄

臺灣島戰敗降清室　尼布楚訂約屈俄臣

卻說諸清將殲滅滇藩，陸續班師，到了北京，聞尚之信、耿精忠，亦已逮到治罪。原來尚之信歸命後，清廷屢促出師，他只逗留不進，及三桂已死，始從征廣西，駐軍宣武，會之信弟之孝，謀襲藩位，遣藩下人張士選赴京告密。清京遂遣侍郎宜昌阿等，馳往按問，當由都統王國棟出證罪狀。之信聞知，自廣西馳歸，襲殺國棟。宜昌阿便檄粵軍，擒歸之信，有旨賜死。之孝亦坐罪革職。尚藩完了。耿精忠亦為諸弟所劾，召至京師，交部議罪。大學士明珠首言精忠應加極刑，遂把精忠磔死。耿藩又了。唯孫延齡妻孔四貞，為太后義女，且勸夫反正，先至京師宣告，有旨實封郡主，祿贍終身。於是大赦天下，詔戶部發帑代償宿負，並減免用兵各省賦稅，特下一道明諭道：

當滇逆初變時，多謂撤藩所致，欲誅建議之人以謝過者。朕自少時，見三藩勢焰日熾，不可不撤，豈因三桂背叛，遂諉過於人？今大逆削平，瘡痍未復，其恤兵養民，與天下休息。

三藩已平，中國本部十八省及關東三省，都屬大清版圖，真成了浩蕩乾坤，昇平世界。獨有臺灣鄭經，抗志海外，偏不受清朝命令。海外田橫。先是精忠叛清時，與經同攻廣東，精忠歸閩降清，汀州、泉州、漳州等郡，皆為經所據。精忠與清親王傑書，合軍攻經收復各郡。經退守廈門，嗣復令部將劉國軒等，分路入犯，攻陷海澄，圍攻漳泉，巡撫吳興祚與將軍賴塔，出兵泉州，總督姚啟聖與提督楊捷，出兵漳州，鄭軍始退。只海澄仍為國軒所據，湖南水師萬正色，督率戰艦二百艘，由海赴閩，與興祚、啟聖等，水陸夾攻，遂復海澄，並奪回金、廈二島。鄭經及國軒，仍退據臺灣。將軍賴塔意欲招撫鄭經，省得再來纏擾，遂著人致書鄭經，意旨婉轉，頗承朝廷屢次招撫苦心。其中涉及議約不成之事，均將責任推諉於封疆諸臣，執泯削髮登岸，彼此齟齬，對於鄭經，則匆恕詞，信中有云：

「足下父子，自闢荊榛，且眷懷勝國，未嘗如吳三桂之僭妄。本朝亦何惜海外一彈丸地，不聽田橫壯士，逍遙其間乎？今三藩殄滅，中外一家，豪傑失時，必不復思嘘已灰之焰，毒瘡痍之民。若能保境息民，則從此不必登岸，不必薙髮，不必易衣冠，稱臣入貢可也。不稱臣，不入貢，亦可也。以臺灣為箕子之朝鮮，為徐福之日本，與世無患，與人無爭，而沿海生靈，永息塗炭，唯足下圖之！」

鄭經得書，復請如約，只要把海澄縣作為互市公所。賴塔倒也有意允許，不意總督姚啟聖，偏說出許多後患，堅持不可。偏是漢人作梗。一場和議，化作飛灰。

鄭經有子數人，長子克最賢，頗知禮賢下士，經連年出外，一切國事都交克管理，並不聞有什麼失政。只克乃是乳婢所生，並非嫡出，家人統看他不起，不過鄭經愛寵克，又無過可摘，只得大家隱忍。嗣鄭經連為清軍所敗，退歸臺灣，鬱鬱不得志，乃效戰國時信陵君故事，日近醇酒婦人，借消愁悶，哪裡曉得酒能伐性，色足戕身，警世名言。天下沒有流連酒色的人能延年益壽，不到一二年，釀成一種頭昏目眩的病症，心腎兩虧。日漸加重，竟致不起。遺言命克𡒉嗣位，奈家人素來輕視克𡒉，群小又憚他明察，合力構謀，不怕克𡒉不死。侍衛馮錫範甘作禍首，勾通內外，此時成功妻董氏尚存，聽了左右讒言，平白地將克𡒉鴆死，擁立鄭經次子克塽為主，襲爵延平郡王。克塽幼弱，不能理事，諸事統由馮錫範決斷。錫範驕橫不法，大失人心。臺灣要保不牢了。諜報傳入內地，閩督姚啟聖非常得意，想乘此吞滅臺灣了。

姚啟聖係浙江會稽人，證明漢族。少年時已膽大敢為，後來從徵有功，康親王傑書竭力保奏，竟擢為福建總督。福建迭遭兵燹，十室九空，康親王收服耿藩，驅逐鄭氏，表面看是平靖，內容實是擦亂。當時閩中住著一王、一貝子、一公、一伯及將軍、都統各員，都帶著皇室禁旅、滿洲健兒。這班兵士，吃了百姓的糧米，占了百姓的房屋，還要百姓的子弟給他當差，百姓的妻女畀他侍寢，可憐這等小百姓，敢怒而不敢言。到了康親王奉旨班師，兵士們擄去金帛，不可勝計，還有眉清目秀一班俊僕、嬌嬌滴滴的一班婦女，兵士不肯捨去，也要把他們帶回。姚啟聖假義行仁，面請康親王下令禁止，暗地裡設法償還，計捐金二十萬兩，拔還難民二萬多人，這不可謂非姚氏功德。因此閩人感激異常，多擺著長生祿位，供奉這位總督姚公。人人說亂世時難以做官，吾謂亂世時做官反易，如若不信，請看姚啟聖。啟聖暗想，人民已受籠絡，功勞還是尋常，總要做一件大大的事業，方不愧為清家柱石。適值臺灣內亂，立即奏了一本，說是臺灣主少國危，時不可失。康熙帝便令王大臣會議，內閣學士李光地請即照准，康熙帝遂降旨准奏。啟聖復力保降將施琅，材可大用，得旨授施琅為福建水師提督，加太子太保銜。武將加文銜，也是清朝創舉。

施琅本鄭氏舊將，習知海上險要，到任後，日夕督操，練成水師軍二萬，分載戰船三百艘，指日攻打臺灣。會彗星出現，尚書梁清標及給事中孫蕙，疏陳天象告警，不宜用兵，有詔暫停進剿。施琅力主出師，朝議又遷延數月。到康熙二十二年，因施琅屢次上奏，遂如所請。

臺灣在福建東北，姚啟聖欲候北風進取臺灣，施琅獨請乘南風先取澎湖。且言：「澎湖不破，臺灣無取理，澎湖失，臺灣不戰自潰。」遂疏請力任討賊，留督臣在廈門濟餉。康熙帝又言聽計從，於是施琅遂進兵澎湖。守將劉國軒四面築垣，環列火器，把澎湖守得特別嚴密。施琅遣游擊藍理為先鋒，乘潮進薄，自乘樓船繼進。國軒令守兵連放火炮，間以矢石，自晝至夜，相持不下。忽然颶風大起，波如山立，戰船隨流簸蕩，支撐不住。國軒駕船而出，直衝樓船，施琅急督兵迎敵，猛被一箭射來，正中琅目，琅不禁失聲，幾乎跌倒。幸虧總兵吳英，見主帥受傷，一面令親卒保護施琅，一面率軍士力戰，炮矢齊發，射退國軒，大風亦漸漸平息，兩邊鳴金收兵。

次晨，施琅定計分攻，力懲前創，命總兵陳蟒，率五十艘攻雞籠嶼，總兵魏明，率五十艘攻牛心灣，自督五十六艘分作八隊，直搗中堅，仍用藍理為先鋒，另具八十艘為後應。國軒見清軍繼出，正擬堅守，仰見東南角上，微雲漸合，立命發兵。部長曾遂道：「施琅再來，必懲前轍，我軍不如固守為是。」國軒道：「今日必有大風，正可一鼓殲敵，何為不出？」曾遂問道：「主帥何以知有大風？」國軒以手指東南角，示曾遂道：「汝在海上多年，難道不知海上氣候，雲合風生，雷鳴風止麼？」曾遂喜躍而出，率領戰艦，先來迎敵。適遇一清艦駛至，舟上大書藍理二字，曾遂知清軍前鋒已到，喝令水兵接仗。此時正值盛暑，藍理裸著半體，立在船頭，兩手執著雙刀，先把敵兵劈下了數十個，敵兵見藍理凶猛，各執長槍刺來，藍理將雙刀亂削，削斷槍桿無數，又砍了好幾個敵兵。自身也著了十多槍。陡遇一彈飛來，掠過藍理肚腹，藍理向後而倒。那邊曾遂大呼道：「藍理死了！」突見藍理躍起，持刀大吼道：「藍理尚在，曾遂死了。」應對有趣。復連呼：「殺賊，殺賊！」震聲如雷。施琅聞藍理被傷，急率軍艦上前，見藍理腹破腸出，鮮血淋漓，忙令藍理弟藍瑗、藍珠，翼藍理下了小舟，掬腸入腹，裹好創處，載回營中。

說時遲，那時快，國軒已聯檣而來，接應曾遂，奮力相撲。施琅命各隊分列，人自為戰，槍戟並舉，箭彈互施，真殺得天日無光，風雲變色。突然間天空中一聲霹靂，響徹海濱，國軒不勝駭愕，曾遂以下諸將士，都相顧失色，軍心一亂，哪裡還願抵敵？眼見得敗陣退還。清軍乘勢掩殺，焚毀敵艦百餘艘，斃敵兵萬餘名，國軒倉卒退至牛心灣，遇清將魏明殺來，不敢抵當，另走雞籠嶼，又遇著清將陳蟒，前後左右，統是清兵，沒奈何逃奔臺灣去了。

施琅乘勝至臺灣，舟泊鹿耳門，膠淺被擱，敵艦復來攻擊。施琅連忙對仗，火箭火彈，互擲一陣，怎奈敵兵如蟻而來，施琅舟不能動，被他四面圍住。正緊急間，藍理搖舟來救。敵大驚，相率披靡。藍理左手執盾，右手執刀，躍上敵船，連斬巨魁十餘人，敵兵鳧水遁去。乃請施琅易舟，琅執理手，並問創疾。藍理笑道：「主帥有急，就使創裂至死，亦顧不得許多。」遂與施琅轟擊鄭軍，鄭軍退去。

次晨，海上大霧迷濛，潮高丈餘，施琅、藍理等鼓舟而入，國軒方在島上督守，見清軍隨潮進來，推案起立，嘆道：「聞先王得臺灣，鹿耳門潮漲，今又這般，豈非天數麼？」遂遣使迎降，繳出延平郡王招討大將軍印，獻發表灣版籍。自順治十八年，成功據臺灣獨立，二十三年而亡。

施琅遣人由海道告捷，七日至京，康熙帝大喜，封施琅為靖海侯，命克塽等入都，授克塽海澄公，劉國軒、馮錫範亦封伯爵。克塽以下，皆得受封，康熙帝算是厚道，然馮錫範亦得伯爵，未免賞罰不當。遂於臺灣闢地墾荒，設一府三縣，隸屬福建省。自是清朝威力，遠達海外，琉球、暹羅、安南諸國都，遣使朝貢，連歐洲的義大利、荷蘭等國，亦通使修好，請開海禁，求互市。廷議准海濱通商，設粵海、閩海、浙海、江海四關，置吏榷稅，這就是沿海通商的基礎，小子且按下慢表。

且說中國北方，有個俄羅斯國，元朝時，已被蒙古兵滅掉大半，到了元朝衰微，俄羅斯又漸漸強盛起來，把蒙人盡行驅逐，獨霸一方。滿清初興，遣兵略黑龍江，俄羅斯亦發遠征軍，越外興安嶺，到黑龍江北岸。會清兵入關，無暇遠略，俄將喀巴羅領了幾百個俄兵，將黑龍江北岸的雅克薩地占據了去，用土築城，屯兵把守，復分兵下黑龍江，被清都統明安達禮及沙爾呼達，先後擊退，只是雅克薩城占據如故。

康熙二十一年，三藩削平，海內無事，康熙帝想驅除俄人，略定東北，先差副都統郎坦，託名出獵，渡過黑龍江，偵探雅克薩城形勢。郎坦回奏俄兵稀少，容易掃除，康熙帝乃決意征俄，預命戶部尚書伊桑阿，赴寧古塔督造大船，並築造墨爾根、齊齊哈爾兩城，添置十驛，以便水陸通餉。又遣薩布素為黑龍江將軍，籌劃戰備，令蒙古車臣汗，斷絕俄人貿易。二十二年，俄將模里尼克率可薩克兵六十多人，自雅克薩城出發，直到黑龍江下流。適遇清船巡弋，一鼓而起，把六十多個可薩克兵，盡行拿住。模里尼克沒有飛毛腿，自然一併捉來，送到齊齊哈爾拘禁。

二十三年，清兵至雅克薩城勸降，俄兵不從。

二十四年，清都統彭春率水陸兩軍北征，陸軍約萬人，隨帶巨炮二百門、水軍五千人、戰艦百艘，從松花江出黑龍江，齊集雅克薩城下，俄將圖爾布青嚴行拒守，部下兵只四百多名，彭春令他把城退讓，引兵歸國，圖爾布青恃著驍勇，不肯聽命，清兵始用巨炮轟城，圖爾布青開城接戰，以一抵十，以十抵百，倒也一番鏖鬥，怎奈眾寡懸殊，究不相敵，只得棄了土城，退至尼布楚。彭春令軍士將土城毀去，率兵凱旋，誰知到了次年，圖爾布青偕了陸軍大佐伯伊頓，又到雅克薩地，築起土壘，駐兵守禦。彭春復引兵八千，運大砲四百門進攻，圖爾布青令伯伊頓守住土壘，自率部兵抵死拒戰。他手下不過四百多人，前次傷亡了數十名，只剩得三百多人，他獨能與八千清兵往來衝突，清兵圍住了這邊，他衝到那邊，圍住了那邊，復衝到這邊。清初勁旅尚難把三百俄兵，一鼓殲滅，可見俄兵強悍情形。彭春焦躁起來，督令開炮。圖爾布青還不管死活，來奪炮具。轟的一聲，圖爾布青中彈倒斃，俄兵方逃入壘中。

伯伊頓部下，亦只一、二百名，同了圖爾布青部下遺兵，死守不去。清兵放炮轟壘，他卻掘了地洞，令部兵穴居避彈，彈來躲入，彈止鑽出，壘有殘缺，隨時修補，弄得清兵沒法。適荷蘭貢使在都，自稱與俄羅斯毗鄰，願作居間調人。康熙帝遂命荷蘭使臣，遺書俄國，責他無故寇邊。旋得俄皇大彼道覆書，略言：「中俄文字，兩不相通，因致衝突。現已知邊人構釁，當遣使臣詣邊定界，請先釋雅克薩圍兵。」康熙帝因窮兵徼外，未免過勞，遂允與議和，飭彭春解圍暫退。於是俄遣全權公使費耀多羅，到外蒙古土謝圖汗邊境，遣人至北京，請派官與議。康熙帝命內大臣索額圖等往會，途次聞土謝圖與準噶爾構兵，不便交通，復折回京師，再遣從官繞道出境，通訊俄使，議定以尼布楚為會場。索額圖又奉使至尼布楚，帶領西洋教士張誠、徐日昇作為譯官，另備精兵萬餘人，水陸並進，直達尼布楚城外。俄使費耀多羅亦率千人到尼布楚，見清使兵衛甚盛，頗有懼色。外交全恃兵力。次日在城外張幕開會，兩國公使及從人畢集，護兵各二百餘人，手執兵刃，侍立兩旁。俄使開議，語言軥磔，索額圖全然不懂，經張誠翻譯，始知俄使要求，以黑龍江南岸歸清，北岸界俄。索額圖道：「哪有此理？今日俄欲議和，須東起雅克薩，西至尼布楚，凡俄領黑龍江及後貝加爾湖殖民地，一律歸我方可。」以尼布楚歸中國，足阻俄人東來之鋒，索額圖初議，很是有理。俄使費耀多羅也不懂索額圖的說話，復由張誠譯出，交與俄使。俄使閱畢，只是搖頭。索額圖見和議不諧，逕自回營。翌日復會，索額圖稍稍退讓，擬把尼布楚地，作為兩國分界。俄使亦不允，索額圖又盛氣回營。張誠等往來調停，復由索額圖少讓，北以格爾必齊河及外興安嶺為界，南以額爾古納河為界，俄人所有額爾古納河南堡寨，當盡移河北。俄使尚堅執不從，索額圖遂召水陸兩軍，會齊城下，擬即攻城。俄使不得已照允。

遂於康熙二十八年訂約互換，約凡六條，大旨如下：

一　自黑龍江支流格爾必齊河，沿外興安嶺以至於海，凡嶺南諸川，注入黑龍江者，屬中國，嶺北屬俄。

二　西以額爾古納河為界，河南屬中國，河北屬俄。

三　毀雅克薩城，雅克薩居民及物用，聽遷往俄境。

四　兩國獵戶人等，不得擅越國界，違者送所司懲辦。

五　兩國彼此不得容留逃人。

六　行旅有官給文票，得貿易不禁。

約成，勒碑格爾必齊河東及額爾古納河南，作為界標，用滿、漢、蒙古、拉丁及俄羅斯五體文字，這叫做中俄《尼布楚條約》。正是：

外交開始成和約，後盾堅強怵外人。

自是中俄修好，百餘年不興兵革。蒙古以北，已斷，只蒙古尚未平靖，且待下回再說平定蒙古的方略。

臺灣孤懸海外，向未入中國版圖，鄭成功占踞二十餘年，至其孫克塽降清，臺灣始為清有，風止潮漲，一戰成功，豈真天意使然？亦強弱不敵之一證也。至若尼布楚議和，清史上稱為最榮譽之條約，實則俄兵遠來，勢孤而弱，清軍近發，勢盛而強。此約之成，寧非強弱不同之再證乎？然彭春再出，窮年累月，不能破一雅克薩土壘。索額圖原議不諧，終至讓步，俄之強已可知已。文中一鱗一爪，莫非敘述，亦莫非眉目，在善讀者默會可耳。

三部內閧禍起蕭牆　數次親征蕩平朔漠

上次說到索額圖赴會時，本自蒙古通道，因土謝圖與準噶爾構兵，中道被阻，以致折回。索額圖與俄訂約，已於上次敘畢，只準噶爾構兵一事，還未說明，本回正要續說下去。卻說中國長城外，就是蒙古地方，分作三大部：一部與長城相近，叫做漠南蒙古，亦稱內蒙古；內蒙古的北境，又有一部，叫做漠北喀爾喀蒙古，亦稱外蒙古，這兩部統是元太祖成吉思汗的後裔；還有一部在西邊，叫做厄魯特蒙古，乃是元太師脫歡，及瓦剌汗也先的後裔。漠南蒙古，內分六盟，清太宗時已先後歸附，獨喀爾喀、厄魯特兩大部，尚未帖服。喀爾喀還遣使乞盟，厄魯特從未通使，清朝亦視同化外，不去過問。只厄魯特自分四部，一名和碩特部，一名準噶爾部，一名杜爾伯特部，一名土爾扈特部。準噶爾部最強，順治年間，準噶爾部長巴圖爾渾臺吉，併吞附近部落，勢力漸盛。康熙初，渾臺吉死，其子僧格嗣立。僧格死，其子索諾木阿拉布坦嗣立。僧格弟噶爾丹，把姪兒殺死，篡了汗位(外人稱頭目為汗)，並將和碩特、杜爾伯特、土爾扈特等部，盡行霸據，於是向東略地，欲奪喀爾喀蒙古。

喀爾喀蒙古，舊分土謝圖、札薩克、車臣三部，土謝圖與札薩克相連，札薩克汗娶了一妾，人人說她是西施轉世，天女化身。豔名傳到土謝圖部，土謝圖汗竟成了一個單相思病，他卻想出了一個計策，陽稱到札薩克部賀喜，令部下包裹軍械，分載橐駝身上，假說是賀喜的送禮，隨帶了部役數百名，向札薩克部出發。這蒙古地方，本沒有什麼宮室城郭，就使是頭目住所，也不過立個木柵，疊些土壘，便算了事。土謝圖汗既到，就有札薩克部役接著，通報頭目。札薩克汗出來迎入，席地而坐。土謝圖汗便道：「聞得貴汗新納寵姬，特來道賀！」札薩克汗答道：「不敢當，不敢當！小妾已娶得多日了。」土謝圖汗道：「敝處與貴部，雖係近鄰，有時也消息不通，直到近日方知，特備薄禮相遺，尚祈笑納。」札薩克汗道：「這是更不敢拜領了。」土謝圖汗道：「這也何必客氣！只是貴姬豔名遠噪，叨在鄰誼，可否一容相見？」札薩克汗道：「這又何妨。」說罷，便召愛姬出室，與土謝圖汗行相見禮。土謝圖汗見她頎長白皙，楚楚可人，不覺心旌搖曳，魂魄飛揚，即定一定神，召部役解囊入內，喝聲道：「何不動手？」札薩克汗茫無頭緒，但見土謝圖汗的部役，從橐中取出物件，光芒閃閃，都是腰刀。好一分賀禮。札薩克汗也管不得愛姬，轉身就逃。那位愛姬，正想隨走，怎奈兩腳如釘住一般，不能前行，被土謝圖汗攔腰抱住，出外就跑。這等部役一聲吆喝，趕了橐駝，都回去了。

札薩克汗既失愛姬，頓時大怒，召齊部役，來攻土謝圖部。土謝圖汗知札薩克汗不肯干休，急遣人聯繫車臣汗與札薩克汗對敵。札薩克汗不能抵當，率眾敗走。三部相哄，遂惹出一個大禍祟來。禍首非別，就是準噶爾部大頭目噶爾丹。其實禍首不是噶爾丹，乃是札薩克的美姬。噶爾丹聞了此信，差人到札薩克部，願與調停。札薩克汗大喜，便叫原使到土謝圖部，索還愛妾。覆水難收，索還何用？原使應命至土謝圖，坐索札薩克汗的愛姬。看官！你想土謝圖汗費了好些心機，把這個美人兒，抱回取樂，哪裡肯原璧歸趙？偏這使人惡言辱罵，惱了土謝圖汗，將使人殺死。噶爾丹藉詞報復，揚言借俄羅斯兵，來攻土謝圖。土謝圖汗大懼，忙整守備，待了數月，毫無影響，到邊界窺探，亦沒有俄兵入境，只有幾個外來喇嘛，四處游牧。蒙俗向以游牧為生，鄰境往來，也是常事，土謝圖汗毫不在意。鎮日裡與搶來的美人調情飲酒，不防噶爾丹領了三萬勁騎，道出札薩克部，越過杭愛山，直入土謝圖境，與游牧喇嘛會合，使為前導，引至土謝圖汗住所。時正夜靜，土謝圖汗擁著美人，酣臥帳中，忽覺得火焰飆起，呼聲震天，宛如千軍萬馬排山倒海而來，他也不辨是何處人馬，忙從帳後竄去。噶爾丹殺入帳中，不見一人，到處搜尋，只剩得一個美人兒，睡在床上，縮做一團。噶爾丹也不去驚她，命部騎在帳外駐紮，自回內室，做了札薩克汗第三，慢慢的抱住嬌娃，享受個中滋味。一夕換得二郎君，畢竟美人有福。到了次日，復分兵為兩路，一路東出，襲破車臣部，一路西出，襲破札薩克部。假虜伐虢，噶爾丹頗有狡謀。他便踞著喀爾喀王庭，募集兵士數十萬，聲勢大張。

這喀爾喀三部人民，窮蹇無歸，只得投入漠南，到中國乞降。康熙帝命尚書阿爾尼發粟賑贍，且借科爾沁水草地，暫界游牧。噶爾丹也遣使入貢，康熙帝便令阿爾尼勸諭噶爾丹，要他率眾西歸，盡還喀爾喀侵地。噶爾丹拒絕清命，反日夕練兵，竟於康熙二十九年，借追喀爾喀部眾為名，選銳東犯，侵入內蒙古。尚書阿爾尼急率蒙古兵截擊。噶爾丹佯敗，沿途拋棄牲畜帳幙。蒙古兵貪利爭取，隊伍錯亂，噶爾丹返身來攻，阿爾尼不及整隊，被他一陣掩擊，殺得大敗虧輸，鼠竄而遁。

康熙帝得了敗報，定議親征，先命裕親王福全為撫遠大將軍，率同皇子允禔，出長城古北口，恭親王常寧為安北大將軍，率同簡親王雅布，出長城喜峰口，並命阿爾尼率舊部，會裕親王軍，聽裕親王節制。又別調盛京吉林及科爾沁兵助戰。車駕擬親幸邊外，排程各路大兵。是年七月，康熙帝啟鑾出巡，方出長城，忽得探報，恭親王軍在喜峰口九百里外，被噶爾丹殺敗回來，康熙帝命諸軍急進；途次，又聞噶爾丹前鋒，已到烏蘭布通，距京師只七百里，康熙帝倒也驚愕起來，飛詔徵調裕親王軍，到烏蘭布通，會截敵兵。旋得裕親王軍報，已至烏蘭布通駐紮，帝心少安。

且說噶爾丹乘勝南趨，到烏蘭布通，遇著清營阻住，遂遣使入見裕親王，略言追喀爾喀仇人，闌入內地，非敢妄思尺土，但教執畀土謝圖汗，即當班師。裕親王福全把來使叱回。次日，兩軍對仗，噶爾丹用了駝城，依山為陣。什麼叫做駝城？他用橐駝萬餘，縛足臥地，背加箱堆，蒙蓋溼氈，環列如柵，作為前蔽，所以名叫駝城。前有象陣，後有駝城，倒是極妙巧對。清軍隔河立陣，前面純立火炮，遙轟中堅，自午至暮，駝皆倒斃，駝城中斷。清軍分作兩翼，越河陷陣，遂破敵壘，噶爾丹乘夜遁去。次日，遣喇嘛至清營乞和。福全飛報行在，有詔「速即進兵，毋中他緩兵之計」，於是福全急發兵追趕，已自不及。噶爾丹奔回厄魯特，遺失器械牲畜無算，復遣人齎書謝罪，誓不再來犯邊，康熙帝偶有不適，遂諭來使回報噶爾丹，嗣後不得犯喀爾喀一人一畜，來使唯唯而去，遂詔諸王班師。第一次親征，第一次班師。

三十年，康熙帝以喀爾喀新附部眾數十萬，應用法令部勒，且準部寇邊，由土謝圖汗啟釁，不能不嚴加訓斥，乃議出塞大閱，先檄內外蒙古各率部眾，豫屯多倫泊百里外，靜候上命。過了數日，車駕出張家口，至多倫泊，盛設兵衛，首召土謝圖汗，責他奪妾開釁。土謝圖汗頓首謝罪，帝乃加恩特赦，留他汗號。復諭車臣、札薩克二汗，約束本部，永遠歸清，二汗亦即首謝恩。於是編外蒙古為三十七旗，令與內蒙古四十九旗同例，又因蒙俗素信佛教，命在多倫泊附近，設立匯宗寺，居住喇嘛，仍聽蒙人游牧近邊，自此外蒙歸命。

隔了兩年，擬遣三汗各歸舊牧，誰知噶爾丹又來尋釁，屢奉書索土謝圖汗，並陰誘內蒙古叛清歸己，科爾沁親王據實奏聞，康熙帝令科爾沁親王，覆書噶爾丹，偽許內應，誘令深入。噶爾丹果選騎兵三萬名，沿克魯倫河南下。克魯倫河在外蒙古東境，他到了河邊，竟停住不進。康熙帝又令科爾沁致書催促，去使還報，噶爾丹聲言借俄羅斯鳥槍兵六萬，等待借到，立刻進兵。真是乖刁。科爾沁復馳奏北京。康熙帝道：「這都是揑造謠言，他道是前次敗走，因火器不敵我軍的緣故，所以佯言借兵，恐嚇我朝，朕豈由他恐嚇的？」料敵頗明。

遂召王大臣會議，再決親征。

康熙三十五年，命將軍薩布素，率東三省軍出東路，遏敵前鋒。大將軍費揚古、振武將軍孫思克等，率陝、甘兵出寧夏西路，斷敵歸道。自率禁旅出中路，由獨石口趨外蒙古，約至克魯倫河會齊，三路夾攻。是年三月，中路軍已入外蒙古境，與敵相近，東西兩軍，道阻不至，帝援兵以待。訛言俄兵將到，大學士伊桑阿懼甚，力請迴鑾。康熙帝怒道：「朕祭告天地宗廟，出師北征，若不見一賊，便即回去，如何對得住天下？況大軍一退，賊必盡攻西路，西路軍不要危殆麼？」叱退伊桑阿，不愧英主。命禁旅疾趨克魯倫河，手繪陣圖，指示方略。從行王大臣，還是議論紛紛，各執一見，帝獨遣使噶爾丹促他進戰。噶爾丹登高遙望，見河南駐紮御營，黃幄龍纛，內環軍幔，外布網城，護衛兵統是勇猛異常，不由得心驚腳癢，拔營宵遁。狡黠的人，往往膽小。翌日，大軍至河，北岸已無人跡，急忙渡河前追，到拖諾山，仍不見有敵蹤，乃命回軍；獨命內大臣明珠，把中路的糧草，分運西路，接濟費揚古軍。

是時噶爾丹奔馳五晝夜，已到昭莫多，地勢平曠，林箐叢雜，噶爾丹防有伏兵，特別仔細，步步留心。俄聞林中炮聲突發，擁出一彪兵來，統是步行，約不過四百多名，噶爾丹手下尚有萬餘人，統是百戰劇寇，遇著這廝小小埋伏，全不在意。大眾爭先馳突，清兵不敢抵抗，且戰且走，約行五六里，兩旁小山夾道，清兵從山右趨入。噶爾丹勒馬，遙見小山頂上，露出旗幟一角，大書「大將軍費」字樣，便率眾上山來爭。清兵據險俯擊，矢銃迭發，敵兵毫不懼怯，前隊倒斃，後隊繼進，幸虧清兵陣前，設列拒馬木，阻住敵騎，噶爾丹乃止住東崖，依崖作蔽，一面令部兵舉銃上擊，聲震天地，自辰至午，死戰不退。忽山左繞出清兵千名，襲擊噶爾丹後隊，後隊統是駝畜婦女，只有一員女將，身披銅甲，腰佩弓矢，手中握著雙刀，腳下騎著異獸，似駝非駝，見清兵掩殺過來，她竟柳眉直豎，殺氣騰騰，領著好幾百悍賊，截殺清兵，清兵從沒有與女將對仗，到了此時，也覺驚異，便與女將戰了數十回合，只殺得一個平手。不料噶爾丹竟敗下山來，衝動後隊，山上清兵，從高臨下，把子母炮接連轟放。山腳下煙霧迷漫，但見塵沙陡起，血肉紛飛，敵騎抱頭亂竄，約有兩三個時辰。山上山下，只留清兵，不留敵騎。清兵停放銃炮，天地開朗，準部兵倒地無數，連穿銅甲的這位女將，也頭破血流，死於地下。紅顏委地，弔古戰場文中，卻未曾載入。看官！你道這員女將是哪一個？就是噶爾丹妃阿奴娘子，準部呼她為可敦。此時札薩克汗的愛姬，未知尚生存否？若尚存在，倒可升作可敦了。可敦善戰，力能抵住清兵，只因噶爾丹聞後隊被襲，返顧卻退，清兵乘勢殺下，敵兵大亂，自相凌藉，遂至可敦戰歿，只逃去了噶爾丹。

費揚古止諸將窮追，收兵回營，當即置酒高會，與諸將道：「今日戰勝，都是殷總兵化行之力，殷總兵勸我如此設伏，方得一鼓破敵，還請殷總兵多飲數杯，聊申本帥敬意。」說畢，親自酌酒，遞與殷化行。化行雙手捧杯，一飲而盡，接連又是兩杯，化行統共飲乾，離座道謝。化行是寧夏總兵，上文曾敘說費揚古率陝、甘兵出寧夏西路，化行隨征獻計，得此勝仗，所以費揚古特別獎勞。當時清營中歡聲雷動，由費揚古飛報捷音。康熙帝大悅，慰勞有加，仍命費揚古留防漠北，遣陝、甘軍凱旋，自率禁旅還京。第二次親征，第二次班師。

噶爾丹復奔回厄魯特，途中聞報僧格子策妄阿布坦，為兄報仇，占據準噶爾舊疆，拒絕噶爾丹。噶爾丹欲歸無所，竄居阿爾泰山東麓。康熙帝聞噶爾丹窮蹙，召使歸降，噶爾丹仍倔強不至。越年，康熙帝復親征，渡過黃河，到了寧夏，命內大臣馬思哈、將軍薩布素，會費揚古大軍深入，並檄策妄阿布坦助剿。噶爾丹聞大軍又出，急遣子塞卜騰巴珠，到回部借糧。回部在天山南路，當噶爾丹強盛時，亦歸服噶爾丹，至是回人將其子拘住，囚獻清軍。噶爾丹待糧無著，不知所為，左右親信，又相率逃去，或反投入清營，願為清兵嚮導。噶爾丹連接警信，有的說：「清兵將到。」有的說：「策妄阿布坦亦領部眾來攻。」有的說：「回部亦助清進兵。」一夕數驚，徬徨達旦。噶爾丹自言自語道：「中國皇帝，真是神聖，我自己不識利害，冒昧入犯，弄得精銳喪亡，妻死子虜，目今進退無路，看來只好自盡罷了。」遂即服毒而死。

帳下只遺一女，他的族人丹吉喇便挈了他的女兒，隨帶噶爾丹骸骨，擬至清營乞降，札薩克汗愛姬不知下落，想已被噶爾丹弄死了。不想中途被策妄阿布坦截住，將丹吉喇等捆綁起來，送交行在。康熙帝頒詔特赦，命丹吉喇為散秩大臣，噶爾丹子塞卜騰巴珠，也得了一等侍衛，俱安插張家口外，編入察哈爾旗。土謝圖、車臣、札薩克三汗，遣歸舊牧。此時土謝圖汗與札薩克汗相遇，不知應作何狀。闢喀爾喀西境千餘里，增編部屬為五十五旗，朔漠悉定，康熙帝銘功狼居胥山而還。第三次親征，第三次班師。

既至京師，大饗士卒，俘得老胡人數名，能彈箏，善作歌，帝賞以酒，各使奏技。中有一人能作漢語，笳歌淒楚，音調悲壯，但聽他嗚嗚咽咽的唱道：

雪花如血撲戰袍，奪取黃河為馬槽。滅我名王兮，虜我使歌，我欲走兮無駱駝，嗚呼黃河以北奈若何！嗚呼北以南奈若何！

康熙帝聞歌大笑，並賞他金銀數兩、橐駝一匹。小子讀這歌詞，又技癢起來，隨作詩一首道：

絕北親征耀六師，往還三次始平夷；
鐫碑勒石誇奇績，算是清朝全盛時。

看官欲知後事，請至下回再閱。

天生尤物，必傾人國，既亡札薩克，覆亡土謝圖，至車臣部亦遭累及，甚至噶爾丹亦因此興師，因此覆滅。是可知妹喜禍夏、妲己禍商、褒姒禍周，史冊垂戒，非無因也。康熙帝為有清一代英主，三次親征，卒平朔漠，撻伐之功，未始不盛；但必鐫碑紀績，沾沾自喜，毋乃驕乎！秦始皇琅琊刻石，竇車騎燕然勒銘，殊不足訓。以康熙帝之明，胡為效此？假故事以警世，揭心跡以垂譏。作者之用意深矣。

爭儲位塚嗣被黜　羅文網名士沉冤

卻說康熙帝聰明英武，算作絕頂，即位以後，滅明裔，掃叛王，降臺灣和俄羅斯，服喀爾喀，平準噶爾，他的聖德神功，小子已敘述大略。他還巡幸五臺山，共計五次，南巡又六次。巡幸五臺的緣故，有人說他是出去省親，因順治皇帝即位十八年，看破紅塵，到五臺山削髮為僧，康熙帝屢去探視，每到五臺，必令從騎停住寺外，單身進謁，直至順治帝已死，方才不去。這件事只可付作疑案，小子未曾目見，不敢信為實事。若講到巡幸東南，《東華錄》上明明說為治河的緣故，其實康熙帝意思，亦並不是單為治河，當時治河能手，有于成龍、靳輔等人，專管河務，都是考究地理、熟悉水性，難道康熙帝真是生而知之的聖人，略略巡閱，便能將河道大勢了然目中，特別籌劃得精密麼？他的深意，無非是昭示威德、籠絡人心；所以禪山謁陵，蠲租免稅，凡經過的地方，威德並用；東南的小百姓，從此怕他的威嚴、感他的德惠，把前明撇在腦後，個個愛戴清朝，清朝二百多年的基業，就此造成。若呆讀《東華錄》上文字，不加體會，便是笨伯，哪裡曉得康熙帝的作用？小說中有這般大議論，可謂得未曾有。但本書於敘述間，亦常夾有微議，我請將原文略換數字，指示閱者云，若呆讀此書的文字，不加體會，便是笨伯，哪裡曉得著書人的作用。只是康熙帝恰有一大失著，晚年來弄得懊喪異常，到去世的時候，反致不明不白，待小子細細道來：康熙帝有二十多個兒子，長子名叫允禔，就是初征噶爾丹時，作裕親王福全的副手。古語道：「立嫡以長」，論起年紀來，允禔應作太子，但他乃妃嬪所生，不由皇后產出。皇后何舍里氏，只生一子允礽，允礽生下，皇后便歿，康熙帝夫婦情深，未免心傷；且因允礽是個嫡長，宜為皇儲，就於允礽二歲時，先立為皇太子。二歲立儲，未免太早。後來重立皇后，妃嬪亦逐漸增加，一年一年的生出許多兒子，內中有四皇子胤禛，秉性陰沉，八皇子允禩、九皇子允禟，更生得異常乖巧，康熙帝特別愛寵一點。但既立允礽為太子，自然沒有掉換的心思。允礽漸長，就令大學士張英為太子師傅，教他詩書禮樂，又命儒臣陪講性理，南巡北幸時，亦嘗帶了允礽出去遊歷，總算是多方誘導；至親征噶爾丹，又要太子監國，宮廷中也沒有生出事來。

噶爾丹既平，東西南北，都已平靖，萬國樂業，四海澄清，康熙帝春秋漸高，也想享點太平弘福，有時讀書，有時習算，有時把酒吟詩，選了幾個博學宏詞老先生，陪侍左右，與他評論評論。這老先生輩，總是極力揄揚，交口稱頌。康熙帝又叫他纂修幾種書籍，什麼《佩文韻府》，什麼《淵鑑類函》，什麼《數理精蘊》，什麼《曆象考成》，什麼《韻府拾遺》，什麼《駢字類編》，還有《分類字錦》、《子史精華》、《皇輿全覽》等書，就是人人購買的《康熙字典》，也是這時候編成的。開了書櫥，一律搬出。每種書籍，統有御製序文，究竟是皇帝親筆，也不知是儒臣捉刀，涉筆成趣，小子無從深考。但日間與儒臣研究書理，夜間總與后妃共敘歡情，枕邊衾裡，免不得有陰謀奪嫡、媒孽允礽的言語。起初康熙帝拿定主意，不聽婦言，後來諸皇子亦私結黨羽，構造蜚語，吹入康熙帝耳中，漸漸動了疑心。宮中后妃人等，越發搖唇鼓舌，播弄是非，你唆一句，我挑一語，簡直說到允礽蓄謀不軌，窺伺乘輿，可笑這個英武絕倫的聖祖仁皇帝，竟被他內外盅惑，把允礽當作逆子看待。康熙四十七年七月，竟降了一道上諭，廢皇太子允礽，並將他幽禁咸安宮，令皇長子允禔及皇四子胤禎看守。於是這個儲君的位置，諸皇子都想補入。皇八子允禩，模樣兒生得最俊，性情亦特別乖刁，在父皇面前，越自殷勤討好，暗中卻想害死允礽，絕了後患。

事有湊巧，有一個相面先生，叫做張明德，在都中賣藝騙錢，哄動一時。貝子貝勒等，統去請教，明德滿口趨奉，統說他是什麼富、什麼貴。看官！試想社會中人，有幾個不喜歡奉承？因此都說這明德知人休咎，彷彿神仙一般。允禩懷著鬼胎，暗想自己相貌，究竟配不配做皇帝，遂換了衣裝，去試明德，誰知明德一邊，早已有人知風通報，等到允禩進去，明德即向地跪伏，口稱萬歲。允禩連忙搖手，明德見風使帆，導允禩入內室，細談一番，一面說允禩定當大貴，一面又俯伏稱臣。允禩喜甚，不但露出真面，反與明德密定逆謀。明德偽稱有好友十餘人，都能飛簷走壁，他日有用，都可招致出來效勞。允禩遂與他定了密約，辭別回宮；甫入禁門，遇著大阿哥允禔，被他扯住，邀至邸中，原來允禔曾封直郡王，另立府邸，當時屏去左右，向允禩道：「八阿哥從哪裡來？」滿俗向稱皇子為阿哥，所以允禔沿習俗語，叫允禩為八阿哥。允禩道：「我不過在外邊閒遊，沒有到什麼地方去？」允禔笑道：「你休瞞我！張明德叫你萬歲呢。」允禩驚問道：「大阿哥如何曉得？」允禔道：「我是個順風耳，自然聽見。」允禩道：「你既曉得，須要為我瞞過父皇。」允禔道：「這個自然，只可惜允礽不死，昨日聞有消息，父皇欲仍立允礽為太子。」允禩頓足道：「這恰如何是好？」允禔道：「我恰有一個妙法，但不知你做皇帝，怎麼謝我？」允禩道：「我若得了帝位，當封大阿哥為並肩皇帝。」允禔道：「不好不好，世上沒有並肩皇帝。況我仍要受你的封，不如勿做為是。」急得允禩連忙打恭，懇求妙策。允禔道：「你既要我設法，現在牧馬廠中，有個蒙古喇嘛，精巫蛊術，能咒人生死，若叫他害死允礽，豈不是好？」允禔非真心待弟，觀下文便知。允禩喜甚，便託允禔即日照行，揖別而去。想做皇帝，便要弄殺阿哥，帝位之害人甚矣。

允禔即去與蒙古喇嘛商議，蒙古喇嘛名叫巴漢格隆，與允禔為莫逆交，至是允禔與商，便取出鎮壓物十多件，交與允禔。允禔攜歸，想去通知允禩，轉念道：「我明明是皇長子，太子既廢，我宜代立，為什麼去助允禩？」當下躊躇一會，忽躍起道：「照這樣辦法，好一網打盡了。」遂匆匆入宮，見了康熙帝，把允禩與張明德勾通事，密奏一遍。康熙帝即令侍衛捉拿張明德，霎時間，明德拿到，立召內大臣問過口供，綁出宮門，凌遲處死。張明德面貌中，定要犯凌遲罪，但明德自會相面，何不趨吉避凶？一面飭宗人府將允禩鎖禁，允禩一想，這事只有大阿哥得知，我叫他瞞住父皇，他莫非轉去密奏麼？他要我死，我亦要他死，一班犬子，奈何奈何？遂對宗人府正道：「願見父皇一面！」宗人府落得容情，便帶入宮內。

康熙帝見了允禩，勃然大怒，把他批頰兩下。允禩泣道：「兒臣不敢妄為。都是大阿哥教兒臣行的。」康熙帝怒道：「胡說！他教你行，還肯告訴我麼？」允禩道：「父皇如若不信，可去拿問牧馬廠內的蒙古喇嘛。」康熙帝又命侍衛將蒙古喇嘛拿到，嚴刑拷訊，得供是實，隨差侍衛至直郡王府，不由允禔分說，竟入內搜尋，連地板盡行掘起，果然有好幾木人頭兒，埋在土內。侍衛取出，回宮奏復，康熙帝震怒得了不得，拔出佩刀，叫侍衛去殺允禔。侍衛至此，也不敢徑行奉命，跪伏帝前，代允禔求恕。此時早有宮監報知惠妃，惠妃係允禔生母，得了此信，三腳兩步地趨入，跪在地下，膝行而前，連磕了幾個響頭，口稱求皇上開恩開恩。康熙帝見此情狀，不由得心軟起來，便道：「愛妃且起！」惠妃謝過了恩，起立一旁，粉面中珠淚瑩瑩，額角上已突起兩塊青腫。美人幾乎急煞，天子未免有情，遂將佩刀收入，命侍衛起來，帶出允禔拘禁；又對惠妃道：「看你情面，饒了允禔，但我看他總不是個好人，須派人看管方好。」惠妃不敢再言，謝恩回宮。康熙帝即親書硃諭，將允禔革去王爵，即在本府內幽禁，領班侍衛，奉旨去訖。

康熙帝經此一怒，便激出病來，是晚遂不食夜膳，次日，微發寒熱，便令御醫診治。諸皇子親視湯藥，皇四子胤禛晨夕請安，且從中婉說廢皇太子的冤枉，深愜帝意，於是釋放廢太子，亦令入宮侍疾。越數日，帝疾漸癒，乃令廢皇太子及諸皇子近前，並宣召諸王入內，隨即申諭道：「朕暇時披覽史冊，古來太子既廢，往往不得生存，過後人君又莫不追悔。朕自拘禁允礽後，日日掛念。近日有病，只皇四子默體朕心，屢保奏廢皇太子允礽，勸朕召見。朕召見一次，愉快一次，嗣命在朕前守視湯藥，舉止頗有規則，不似從前的疏狂，想從前為允禔鎮魘，所以如此迷惑，現在既已改過，須要從此洗心。古時太甲被放，終成令主，有過何妨改之。即是今日諸臣齊集，或為內大臣，或為部院大臣，統是朕所簡用，允礽應親近伊等，令他左右輔導。崇進德業，方不負朕厚望。四皇子胤禛，幼年時微覺喜怒不定，目下能曲體朕意，殷勤懇切，可謂誠孝。五皇子允祺、七皇子允祐，為人淳厚，藹然可親，允礽亦應特別親熱。自此以後，朕不再記前愆，但教允礽日新又新，朕躬何憾！爾王大臣等須為我教導允礽，毋致再蹈覆轍！」諸王大臣未曾答覆，只見皇四子跪奏道：「兒臣奉皇父諭旨，說兒臣屢保奏廢皇太子，兒臣實無其事。蒙皇父褒嘉，兒臣不敢承受。」故意推辭，所謂秉性陰沉。康熙帝微哂道：「爾在朕前，屢為允礽保奏，爾以為沒有證據，所以當眾強辯。

爾果不欲居功，爾衷尚堪共諒；爾如畏允禔、允禩，故意圖賴，便非正直，轉大失朕意了。」知子莫若父。皇四子叩首稱謝，又奏道：「十年前侍奉皇父，因兒臣喜怒不定，時蒙訓誡，近十來年，皇父未曾申飭，兒臣省改微誠，已荷皇父洞鑑，今兒臣年逾三十，大概已定，喜怒不定四字，關係兒臣身上，仰懇皇父於諭旨內，恩免記載，兒臣深感鴻慈。」康熙帝便對王大臣道：「近十年來，四阿哥確已改過，不見有忽喜忽怒形狀，朕今不過偶然諭及，令他勉勵，不必盡行記載便了。」喜怒不定四字，都要爭辯，顯見陰鷙。不知《東華錄》已俱登出，爭辯何益？

諸王大臣遵旨退出，私自議論，都料廢太子又要重立，果然到了次年，復立允礽為皇太子，頒詔天下，遣官祭告天地宗廟社稷，並封皇三子允祉為誠親王，皇四子胤禛為雍親王，皇五子允祺為恆親王，皇七子允祐為淳郡王，皇十子允䄉為敦郡王，皇九子允禟、皇十二子允祹、皇十四子允禵俱為固山貝子。又追究魘魅事，將蒙古喇嘛巴漢格隆，處以磔刑，人家不怕他魘死，他卻被人剮死了。這事暫算了結。不料翰林院編修戴名世，作了一部《南山集》，又興起大獄來了。

先是康熙初年，浙江湖州府莊廷鑨，素習儒業，平時頗留心史籍，一日，到市上閒遊，見有一爿舊書坊，他卻踱將進去，隨手翻閱，舊書內中有一抄本夾入，視之，乃是明故相朱國楨的稿本。稿中記錄明朝史事，自洪武至天啟，都有編述，他即將此稿買回。招了幾個好朋友，互覽一番，友人統未曾見過，個個說是祕本。文人常態，專喜續貂，就各蒐集崇禎年間事情，補入卷末，並將自己姓名及友人姓名，一一附記，算是生平得意之作。廷死後，家人將此書刊行，適故歸安縣令吳之榮，失業家居，見了此書，讀到崇禎朝，有譭謗滿人等語。之榮遂上書告訐，清廷即令浙江大吏，按書中姓名，一一搜捕。已死的開棺戮屍，未死的下獄正法。廷是個首犯，開棺戮屍，不消說得，還把他兄弟駢戮，家產籍沒，真是可憐。吳之榮復職升官，為了此事，士人多箝口結舌，不敢妄談。偏這戴名世身居翰苑，清閒無事，著了一部《南山集》出來，集中採錄明桂王事，乃抄襲桐城人方孝標遺書，並不是名世創造的。都察院御史趙申喬，竟指使是誹謗朝廷，拜疏奏發。又是一個拍馬屁的官吏。康熙帝准了奏章。即飭拿名世下獄，命六部九卿會審。名世供詞抄錄方孝標《滇黔紀聞》是實。當由六部九卿議奏，內說戴名世有心抄錄，作大不敬論，應置極刑，方孝標亦應戮屍，方、戴族人，俱應坐死。此奏一上，自然照准，可憐名世為這文字因緣，身被寸磔，戴氏族中，與名世五服相連，統皆斬首。進士方苞，因是方孝標同宗，亦繫獄論死。幸虧大學士李光地極力洗釋，方苞得以出獄。方氏族人，除孝標子弟外，也總算矜全了幾個。這是康熙五十年間事。自此體制愈嚴，矇蔽愈重。康熙帝年已六旬，精神亦漸漸衰退，比不得壯年時候，事事明察。到了五十一年，皇太子允礽，又不知為著什麼事，觸怒了康熙帝，又把允礽廢黜，禁錮起來。小子但聞有御筆硃諭一道，略云：

前因允礽行事乖戾，曾經禁錮，繼而朕躬抱疾，念父子之恩，從寬免宥。朕在眾前，曾言其似能悛改，伊在皇太后眾妃諸王大臣前，亦曾堅持盟誓，想伊自應痛改前非，晝夜警惕。乃自釋放之日，乖戾之心，即行顯露，數年以來，狂易之疾，仍然未除，是非莫辨，大失人心。朕今年已六旬，知後日有幾，天下乃太祖、太宗、世祖所創之業，傳至朕躬，非朕所創立，恃先聖垂貽景福，守成五十餘載，朝乾夕惕，耗盡心血，竭蹶從事，尚不能詳盡，如此狂易成疾，不得眾心之人，豈可付託乎？故將允礽仍行廢黜禁錮，為此特諭。

允礽再廢後，康熙帝立定主意，不再言立太子事。諸皇子個個窺測，探不出什麼消息，便浼王大臣上書奏請。誰知上一次書，受一次訓責，甚且還要治罪。諸王大臣方在疑慮，忽西域來了警信，報稱策妄阿布坦殺進西藏去了。正是：

大內未曾蠲宿釁，極邊又已啟兵爭。

西藏係清朝藩屬，遇著外侮，又要勞動清兵了。

諸君試看下回，便自分曉。

塚嗣被黜，名士沉冤，皆專制之焰使然。唯專制故，天下始羡皇帝之尊嚴。官民受皇帝之壓制，不敢妄想，獨眾皇子濟濟比肩，皆有世襲之望，於是勾通內外，覬覦儲位，雖以清聖祖之英明，不能免巫蛊咒詛之禍。唯專制故，天下始怨皇帝之刻毒，一語失檢，罪及妻孥，禍延宗族，生固難免，死且戮屍，當時畏其威而不敢動，後世必有起而報復者，雖以清聖祖之德惠，不能逃千秋萬世之譏。本回為清聖祖病，抑且為清聖祖惜。且隱懸一專制影子，留戒後世，是文字有關國體者，可謂稗官中上乘文字。

聞寇警發兵平藏衛　苦苛政倡亂據臺灣

卻說中國西偏，有最高的大山一座，名叫喜馬拉雅。喜馬拉雅山北，有一種圖伯特人，聚族而居，號為西藏，古時與中國不相通，唐朝時部眾漸盛，入侵中華，唐史上稱它為吐蕃國。唐太宗李世民，因它屢次寇邊，沒有安靖的日子，不得已將宗女文成公主，嫁他國王噶木布，算是兩國和親，干戈得以少息。這文成公主素信佛教，在西藏設立佛寺，供奉釋迦牟尼佛像，自此西藏臣民，個個皈依，變成了一個佛教國。傳到元朝時候，元世祖南下吐蕃，邀請吐蕃拔思巴為帝師，冊封大寶法王，令他管領藏地，總握政教兩大權。他的子孫，取名「薩迦胡土克圖」。「薩迦」就是釋迦的轉音，「胡土克圖」乃是再世的意義。服飾尚紅，得娶妻生子，世人稱為「紅教」。傳到明朝，紅教徒漸漸不法，信用日衰，甘肅西寧衛中，出了一個宗喀巴，入大雪山修行得道，別立一派，禁娶妻生子，衣飾尚黃，稱作黃教。蕃眾大加敬信，勢力不亞法王。宗喀巴死，有兩大弟子，一名達賴，一名班禪，統居前藏拉薩地。他因教中嚴禁娶妻，不得生子，遂另創一嗣續法，說是達賴、班禪兩喇嘛（喇嘛即高僧之意），世世轉生。達賴死後，第一世轉生，是敦根珠巴，第二世轉生，是根敦堅錯。傳到第三世轉生，是鎖南堅錯，較有高行，蒙古諸部入藏歡迎，邀他至漠南說教，黃教遂流傳蒙古。第四世轉生，是雲丹堅錯，勢力越加擴張，漠北蒙古，因居地荒僻，不得親承教旨，另奉宗喀巴第三弟子哲卜尊丹巴後身，為大胡土克圖，總理外蒙古教務，居住庫倫。第五世達賴轉生，叫做羅卜藏堅錯，用他近親桑結為第巴。什麼叫做第巴？便是中國所稱管理政務的官員。達賴喇嘛只理教務，不管政事，自第二世達賴起，已另置第巴等官，代理國政。是時紅教未絕，後藏地方護法教主，叫做藏巴汗，藏巴汗反對黃教，桑結欲除滅了他，省得出來作梗，遂聯繫厄魯特蒙古，遣和碩特部長固始汗，引兵入後藏，襲殺藏巴，另奉班禪喇嘛移駐後藏。從此藏地分前後二部，前藏屬達賴管轄，後藏屬班禪管轄。

固始汗本居青海，曾受清太宗冊封，康熙三十七年，固始汗第十子達什巴圖爾，來京朝貢，康熙帝又封他為親王。固始汗得清廷援助，聲勢頗強，至是有功黃教，復得了前藏東部喀木地，命子達責鎮守，漸漸干涉前藏事情。桑結一想，殺了一個藏巴汗，又來了一個達延汗，未免引狼入室，自取禍殃。適值噶爾丹威振西域，桑結復陰與連結，叫他出兵青海，襲破和碩特部。桑結初意，頗高於吳三桂等，但仍不能脫離外人，終非善策。達賚勢力，亦因此一挫。未幾達賴五世歿，桑結祕不發喪，偽傳達賴命令，任意妄行。噶爾丹入寇中國，桑結亦陰為慫恿，至噶爾丹敗走，乃遣使入貢，詐稱奉達賴命，求賜桑結封爵。清廷未察真偽，封桑結為圖伯特國王，到了噶爾丹走死後，丹吉喇等來降，方報桑結矯偽情狀，康熙帝賜書切責，桑結還詐稱部屬未靖，不敢遽洩達賴喪事，今當另立達賴，擇日發喪。康熙帝因道途遼遠，不便細查，且由他將錯便錯的過去。桑結又欲去毒殺拉藏汗，事洩無成（拉藏汗即和碩部達賚姪兒）。達賚死，拉藏汗嗣，聞桑結有意害他，遂集眾潛入拉薩，將桑結捉來，一刀兩段。刁狡的人，總歸速死。復把桑結所立的達賴，指為贗鼎，擒獻清廷，另立新達賴伊西堅錯為第六世。

康熙帝嘉他恭順，封拉藏為翼法恭順汗。偏這青海諸蒙古，不信伊西堅錯為真達賴，另立了一個噶爾藏堅錯，在青海坐床，請清廷速賜冊印。自是達賴變了兩個，誰真誰假，不能辨悉，倒像一齣雙包案。兩下爭論，遂引出策妄阿布坦的兵禍來了。策妄截獻噶爾丹骸骨，奉表清廷，非常遜順，康熙帝命劃阿爾泰山西麓至天山北路一帶，給彼游牧。策妄得此廣土，竟想做第二個噶爾丹，併吞諸部。第一著下手，是娶了土爾扈特部阿玉奇汗女，做了妻室，復誘他妻弟背了阿玉奇，將父逐出俄羅斯。他假稱發兵幫助，竟把土爾扈特部占據起來。土爾扈特部勢本衰弱，自然也服了他。第二著下手，又是依樣畫葫蘆，拉藏汗有一姊，年近花信，不知經策妄如何運動，復許嫁了他。我怪拉藏汗的阿姊，何故甘心做小老婆？想是策妄定有媚內手段，一笑。策妄娶了拉藏姊，又把那元配生的女兒，許與拉藏汗子丹衷，令他入贅伊犁，不即放歸。親上加親，外面似非常親熱，誰知他滿懷鬼蜮，詭計多端，丹衷離國日久，欲挈婦偕回，策妄許他歸國，發兵護送。行了好幾個月，方入藏境，拉藏汗聞子婦回來，率領次子蘇爾札，到達穆阿附近，一面迎接新婦，一面犒賞護送軍。兩下相遇，丹衷夫婦，謁見已畢，拉藏汗便命在行帳開筵，令護送軍一律與宴。拉藏汗素性嗜酒，至此因子婦回國，特別暢飲，一杯未了又一杯，接連是十百千杯，飲得酩酊大醉，酣臥床上。這邊的護送軍，飲畢出外，就在拉藏汗行帳外紮好了營。

是夜準部將官大策零又至，部下有六千兵馬，會合護送軍，殺入拉藏帳內。拉藏汗手下衛兵本是不多，況又大家吃得沉醉，還有何人抵當？準部兵一擁而入，殺死了拉藏汗，把他次子蘇爾札捆綁起來，餘外不是被殺，便是被捆，只剩了一對新夫婦，一個是策妄嬌婿，一個是策妄嬌兒，總算用些情面，不去縛他。丹衷還算運氣。隨即潛到拉薩，騙入拉薩城，把個半真半假的新達賴拘入暗室，做個坐關和尚。妙語解頤。

這信傳到清廷，康熙帝本已遣靖逆將軍富寧安，率兵駐紮巴里坤，防備西域，至是急命傅爾丹為振武將軍，祁里德為協理將軍，出阿爾泰山，會合富寧安軍，嚴備準噶爾入寇，另遣西安將軍額魯特督兵入藏，侍衛色稜為後應，康熙五十七年，兩軍次第渡木魯烏蘇河，分道深入。大策零分軍迎戰，只數合便退。明是誘敵。額魯特率兵追入，色稜繼進，到喀喇烏蘇河岸，大策零留有伏兵，頓時四起，截住清兵。額魯特等料知陷入重地，率兵猛撲，怎奈這番敵軍，純是精銳，與前時接仗，大不相同。額魯特不能前進，只得退後，不料後面流星馬又到，報稱準兵繞出後路，把軍餉截奪去了。清兵聞軍餉被劫，不戰自亂，額魯特、色稜兩人，極力彈壓，勉強鎮定。過了數日，糧盡矢窮，準兵四面聚集，好似天羅地網一般，一陣攻擊，清兵全營覆沒，都做了沙場之鬼。雖是戰死，幸而死在西方，免得童男童女接引。

康熙帝接了敗報，再命皇十四子允禵為撫遠大將軍，駐節西寧，升任四川總督年羹堯，備兵成都，擬分道出發。敕封噶爾藏堅錯為達賴六世，檄蒙古兵扈從達賴，隨大軍直入西藏，於是蒙古各汗王貝勒，各率部兵至青海，恭候清兵出塞。康熙五十九年春，詔移允禵移駐木魯烏蘇河治餉，令將西寧軍付都統延信出青海，年羹堯仍坐鎮四川，令將川軍付護軍統領噶爾弼出打箭爐，分趨藏境。大策零聞清兵分出，自拒青海軍，另遣部兵三千餘人，抵當噶爾弼。噶爾弼副將岳鍾琪，素有膽略，領親兵六百名，首先開路，至三巴橋，係入藏第一險要。岳鍾琪招募番眾，許他重賞，令詐降守橋兵，裡應外合，竟把三巴橋占住。噶爾弼率軍來會，忽聞準部兵來奪三巴橋，頭目叫做黑喇瑪，有萬夫不當之勇，噶爾弼頗驚慌起來。岳鍾琪道：「有鍾琪在，就使來了紅喇瑪，也不怕他，待明日擒他便是。」是夕，岳鍾琪率兵出營，潛掘陷坑，上用青草蓋住，令兵士帶了鉤索，伏在陷坑裡面。部署已定，然後回營。次晨，黑喇瑪仗著勇力，飛奔前來，岳鍾琪出兵對敵，誘黑喇瑪至陷坑旁。黑喇瑪有勇無謀，但知上前追殺，不料腳下有坑，一腳蹈空，墜入坑內，任你黑喇瑪膂力過人，至此被伏兵鉤住，急切不能展身。伏兵緊緊捆縛，扛入清寨。黑喇瑪受擒，餘眾不戰自降。方擬鼓行入藏，忽來了大將軍檄文，令待青海軍並進。噶爾弼躊躇未決，岳鍾琪道：「我兵只齎兩月糧餉，從川西到此，已過了四十多日，若再待青海軍，糧餉食盡，如何入藏？現不如乘機疾進，沿途招撫番眾，用番攻番，約十日可抵拉薩，出其不意，容易蕩平。」噶爾弼欲集眾議決，鍾琪道：「事在必行，何須多議！鍾琪不才，願噴此一腔熱血，仰報朝廷，請於明晨即行。」鍾琪係岳武穆王二十一世孫，武穆仇金，鍾琪忠清，似不能善繩祖武，唯為清攻藏，恰有可原。噶爾弼也不多言。

次晨，岳鍾琪即用皮船渡河，直趨西藏，途中遇土司公布，用好言撫慰，公布很為感激，遂代為招集番兵七千，引鍾琪入拉薩。鍾琪觀番兵可恃，遂分部兵三千名，繞截大策零餉道，自領番眾趨拉薩城。拉薩城內，只有幾個準兵，見岳軍大至，盡行逃散。鍾琪長驅入城，號召大小第巴，宣示威德，除助逆喇嘛的，殺了五人，並幽禁九十多人，其餘一概赦免，那時僧俗都頂禮膜拜，感謝再生。

這時候，青海軍統領延信，正與大策零相持，連敗大策零數陣，策零欲退回拉薩，又被岳軍截住，進退兩難，遂扒山過嶺，遁回伊犁，途中崎嶇凍餒，死了大半。延信遂送新達賴入藏登座，令拉藏汗舊臣康濟鼐，掌前藏政務，頗羅鼐掌後藏政務，留蒙古兵二千駐守，奉詔班師，各回原地鎮守，西藏暫歸平靖。康熙帝又要咬文嚼字，親製一篇平定西藏碑文，命勒石大招寺中，小子也不暇細錄。

只是康熙帝安樂一次，總有一次憂愁，相逼而來。憂樂相循，禍福相倚，是顛撲不破的事理。入藏軍已報凱旋，臺灣忽報大亂。說來可笑，臺灣亂首，乃是一個販鴨營生的小百姓，名叫一貴，他的姓恰與大明太祖皇帝相同。嘗見人家婚喪事，排列儀仗，每借同姓的頭銜，書入頭行牌，以示烜赫。一貴雖是販鴨，然與明祖同姓，亦自足誇。自施琅收服臺灣後，臺民雖稍有蠢動，事發即平，至康熙晚年，用了一個貪淫暴虐的王珍，實授臺灣知府，沒有稅的要加稅，沒有糧的要徵糧，百姓不服，就要拿來打屁股，或枷號幾個月，還有一切訴訟事件，有錢即贏，無錢即輸，因此臺民怨憤異常。官逼民反。這個朱一貴，雖是販鴨為生，他卻有幾個酒肉朋友，一叫黃殿，一叫李勇，一叫吳外，這三人素不安分，與朱一貴恰很是莫逆，一日，到了酒樓，一面吃酒，一面談論平日事情，黃殿問一貴道：「近日朱大哥生意可好？」一貴搖頭道：「不好不好！現在這個混帳知府，棺材裡伸手，死要銅錢，連我販賣幾隻鴨，也要加捐。我此番販鴨一千隻，反蝕了好幾千本錢，看來只好罷休哩。」小本經營，不應加重捐，觀此便知。李勇、吳外齊聲道：「這般狗官，總要殺掉他方好。」該殺！一貴道：「只有我等幾個小百姓，哪裡能殺知府？」黃殿道：「要殺這個混帳知府，也是不難，只此處非講事堂，兄弟們不要多嘴。」言畢，以目示意。大家飲完了酒，由一貴付了酒鈔，遂同至一貴家內，彼此坐定，黃殿道：「朱大哥你道是販鴨好，是做皇帝好？」一貴醉醺醺的笑道：「黃二弟真吃醉了，販鴨的人，怎麼好同皇帝去比？」黃殿道：「朱大哥想做皇帝否？」一貴大笑道：「像我的人，只能販鴨，哪裡會做皇帝？」黃殿道：「明太祖朱元璋曾充廟祝，後來一統江山，好端端的做了皇帝。大哥也是姓朱，販鴨雖賤，比廟祝要略勝三分，水無斗量，人無貌相，要做皇帝，何難之有？」一貴聽了此言，不覺手舞足蹈起來，便道：「我就做皇帝，黃二弟等須要幫助我。」黃殿道：「總教大哥不要驚慌，明日就請大哥南面為王。」一貴乘著醉意，便道：「我果有一日為王，就使千刀萬剮，亦是甘心。」賭什麼氣？罰什麼咒？天道昭彰，不容妄說。黃殿道：「一言為定，不要圖賴。」一貴道：「自然不賴。」

黃殿便邀同李勇、吳外，告別而去。

到了次日，黃殿復同李勇、吳外，帶了一、二百個流氓，抬了箱籠，匆匆到一貴家來。一貴不知何故，慌忙問道：「黃二弟！你同這許多人，到我家何干？」黃殿道：「請你即日做皇帝。」一貴此時，已把昨日的酒話，統共忘記，至此始恍惚記憶起來，便笑道：「昨日乃是酒後狂言，如何作準？」黃殿道：「不能，不能！昨日你已認實，今朝不能圖賴。就使你要不做，也不容你不做。」說畢，就命手下開了箱衣，取出黃冠黃袍，把朱一貴改扮起來。一貴道：「你等太會戲弄我了。」黃殿道：「哪個來戲你？」頓時七手八腳，將朱一貴舊服扯去，穿了黃冠黃服，一個販鴨的小民，居然要他坐在南面，做起強盜大王來了。看官！你道這套黃冠黃袍，是哪裡來的？他是從戲子那裡借來，暫時一穿，還有一套蟒袍宮裙，續行取出。黃殿趨入內室，扶出一個黃臉婆子，教她改裝。可憐這黃臉婆子，嚇得發抖，哪裡敢穿這衣服？黃殿也顧不得什麼嫌疑，竟將蟒袍披在黃臉婆子身上，引她至一貴左側坐下。於是大眾取出衣服，一律改扮，穿紅著綠，擠作一堆，向朱一貴夫婦叩起頭來。弄得朱一貴夫婦受也不是，不受也不是，索性像木偶一般。大家拜畢，竟去外邊劫掠，擄些金銀財帛，做起旗帳，造了軍器，占了民房數十間，就揭竿起事。

一夫作俑，萬人響應，不到十日，竟招集了數千人。臺灣總兵歐陽凱，急議發兵往剿，游擊劉得紫素稱知兵，至是請行。歐陽凱不許，偏遣一個龐大無能的周應龍，領兵前去。敵寨距府城只三十里，周應龍沿途停止，三十里路，走了三日，敵眾依山拒守，應龍也不去攻擊，反縱兵焚掠近村。村民大憤，相率從賊。南路奸民杜君英，亦乘此作亂，與朱一貴連合，襲殺鳳山參將苗景龍，府城大震。歐陽凱帶了劉得紫及副將許雲，率兵一千五百，親剿一貴、黃殿、李勇、吳外等，出寨迎敵，許雲躍馬陷陣，賊皆辟易，黃殿等都逃入山中。會水師游擊遊崇功，亦自鹿耳門入援，歐陽凱大喜，只道是敵眾膽落，毫不設備。過了兩日，朱一貴、杜君英合軍大至，遙見塵頭起處，約有數萬人馬，迤邐前來。清兵先已膽寒，面面相覷。歐陽凱急出抵禦，正接仗間，把總楊泰立在歐陽凱背後，忽然躍起，將歐陽凱刺落馬下。劉得紫急忙趨救，不防楊泰又一槍刺來，得紫急閃，坐騎已中了一槍，那馬負痛跆地，把得紫掀落地上，也被叛兵擒住。霎時官軍大亂，許雲、遊崇功攔阻不住，賊軍又圍裹攏來，只得拚命血戰。到了日中，矢炮俱盡，各手刃數十人，自刎而亡。

於是水師游擊張賢、王鼎等，率兵千餘、戰艦數十艘，逃出澎湖。臺灣道梁文煊，知府王珍等，盡驅港內商舶漁艇，逃出鹿耳門。周應龍逃得更快，竟遁入內地。朱一貴進陷臺灣府，大掠倉庫，復得鄭氏舊貯炮械硝磺鉛鐵等，非常歡喜。北路奸民賴池、張嶽，亦同日陷諸羅縣，擊殺參將羅萬倉，凡七日而全臺陷。朱一貴大會部眾，犒宴三日，自稱中興王，國號永和，封黃殿為輔國公，兼銜太師，李勇、吳外等為侯，以下封了許多將軍總兵。袍服不及裁製，戴了一頂明朝冠，便算了事。裡面擄了無數婦女，充作妃嬪。一貴左擁右抱，說不盡的快活。臺灣百姓編出一種歌謠道：

頭戴明朝冠，身衣清朝衣。
五月稱永和，六月還康熙。

看了這種謠傳，朱一貴的王位，恐怕是不穩固了。

究竟朱一貴做了幾日臺灣王，下回再行詳敘。

達賴轉生，明是佛教欺人之說，狡黠諸徒，利用之以攬權勢，於是真偽達賴之問題生。內鬨未休，外侮已至，卒至全藏大亂，欺人者適以自欺，亦何益乎？清聖祖既遣將平藏，何不於此時設定賢吏，昌明政教，有以移其風而易其俗？乃復送一無知無識之達賴，入藏坐床，平一時之亂或有餘，平一世之亂則不足，此所謂敷衍目前之計，無怪其旋平旋亂也。若臺灣收入版圖，已數十年，芟荊棘，夷溪洞，用夏變夷，推行風教，吾知數十年內，亦可收功。乃所用非人，徒知殃民，不知化民，一販鴨徒揭竿作亂，僅七日而全臺俱陷，何擾亂之速耶？有清一代，唯聖祖最號英明，而於絕域政教，不甚厝意，遑問自鄶以下乎？閱本回，應令人嘆惜。

暢春園聖祖殯天　乾清宮世宗立嗣

卻說朱一貴既陷臺灣，逃官難民，盡至澎湖，澎湖守將，倉猝不知所為，亦盡室登舟，將渡廈門，百姓驚惶得了不得。獨守備林亮決計固守，馳赴海濱，攔住官民家眷，不准內渡，人心稍稍鎮定。水師提督施世驃自廈門至澎湖，南澳總兵藍廷珍奉閩督檄令，亦至澎湖來會。於是命守備林亮、千總董芳為先鋒，率領艦隊八千人，直搗鹿耳門。適朱一貴與杜君英爭長，自相殘殺，鄉民憤一貴暴掠，又各結民團，保護村落。清兵聞一貴內亂，百姓不附，頓時勇氣百倍；到了鹿耳門，岸上大砲迭發，林亮、董芳冒死直進，遙望岸上炮臺，火藥累積，林亮飭水兵用炮還擊，注射火藥，炮聲過處，火藥上沖，震得海水陡立，天地為昏。那時岸上的守兵，統彈得不知去向。林亮、董芳即舍舟登岸，率兵直入。施世驃、藍廷珍亦帶領大軍隨進，節節進攻，隨勦隨撫。看官！你想這等朱一貴、杜君英的混帳東西，哪裡敵得住幾員虎將？連戰連敗，連敗連走，清兵乘勢追殺，直薄臺灣城下，東西南北，布滿兵隊，大砲的聲音，鎮日不息。朱一貴束手無策，只躲在偽宮內，對了一班王妃王妾，哭泣不止。此時究竟是販鴨好？是做皇帝好？還是外面的軍師黃殿，想了一個劫營的計策，於夜間潛開城門，突擊清營，誰知早被藍廷珍料著，擺了一個空營計，待李勇、吳外等殺入，伏兵一齊掩擊，像砍瓜切菜一般。林亮斬了李勇，董芳刺死吳外，只剩了後隊的黃殿，急忙逃回，轉身一望，城門已閉，城上立著一員大將，不是別人，乃是清游擊劉得紫。原來劉得紫被楊泰擒去，獻與一貴，一貴頗重得紫名，不去殺他，把他禁住學宮。得紫不食三日，情願餓死。諸生林皋、劉化鯉密勸得紫受食，徐圖恢復，得紫乃飲食如常，此次黃殿出城劫營，把城中部眾盡行拔出，林、劉二生遂邀集良民，擁得紫出學宮，閉了城門，請得紫上城拒守。黃殿進退無路，投濠自盡。施世驃下令，降者免死，於是叛眾盡降。劉得紫開城迎入，把前情敘說一遍，世驃即令導入偽宮，擒出朱一貴，審問屬實，推入囚籠。室內的偽妃偽嬪，統教民間自認，令他帶去。做了數日妃嬪，滋味如何？統計清兵攻入鹿耳門，進復臺灣府城，也是七日。世驃復分兵搜剿南北兩路，擒到杜君英等，與朱一貴檻送北京，一概凌遲處死。千刀萬剮之言驗了，一貴自思，甘心不甘心？復將棄臺逃走的道府廳縣，盡行治罪。只王珍已懼罪自盡，命即剖棺梟示。王珍是個首惡，可惜不把他凌遲。施世驃等各邀獎敘，也不必細說了。

且說康熙帝因臺灣再平，八荒無事，自己又年將七旬，明知風燭草霜，衰年易邁，索性開了一個盛會，凡滿、漢在職官員及告老還鄉、得罪被譴的舊吏，年紀六十五以上的人，統召入乾清宮，一一賜宴。這時候，正是康熙六十一年春間，天氣晴和，不寒不暖，一班老頭兒，團坐兩旁，差不多有一千個，圍住這個老皇帝，飲起酒來，皇帝又特別加恩，叫他們不要拘謹，大眾奉諭，開懷暢飲。酒興半酣，老皇帝動了詩興，做成七律詩一首，命與宴諸臣，按律恭和。這班老頭兒，把詩文一道，多半束諸高閣，滿員是簡直未曾用過工夫，至此要他個個吟詩，幾乎變成一種虐政，幸虧這班老人有些乖刁，預料這老皇帝召他飲酒，免不得咬文嚼字，因此早打好通關，先與幾個能詩作賦的老朋友，商量妥當，倩他作了搶替，一面復賄通宮監，託令傳遞，所以當場都吟成一詩，恭呈御覽，雖是好歹不一，總算不至獻醜。詩中大意，千首一律，無非是歌功頌德一套爛語。等到詩已做成，日近黃昏，大眾散席，謝了聖恩，出宮而去。這場盛宴，叫做千叟宴，康熙帝倒也非常得意。太監得了銀子，還要得意。可奈盛筵不再，好景難留，轉瞬間已是冬月，大學士九卿等方擬次年聖壽七旬，預備大慶典禮，誰料天有不測風雲，人有旦夕禍福，康熙帝竟生起病來。這場病非同小可，竟是渾身火熱，氣急異常，太醫院內幾個醫官輪流入內診脈，忙個不了。服藥數劑，稍稍減退，身子漸覺爽快，氣喘也少覺平順，只是精神衰邁，一時未能回覆，所以未便起床。諸皇子朝夕問安，皇四子胤禎，此次侍奉卻不見十分殷勤，每遇夜間，總要到理藩院尚書府內，密談一回。有何大事？這理藩院尚書名叫隆科多，乃是皇四子的母舅。句中有眼。過了數日，康熙帝病體，又好了一些，因臥床多日，未免煩躁，要出去閒逛一番。皇四子胤禎入奏：「父皇要出去散心，不如至暢春園內，地方寬敞，又是近便，最好靜養。」康熙帝道：「這也是好，只冬至郊天期已近了，朕躬不能親往，命你恭代，須預先齋戒為是。」皇四子胤禎聞了此諭，未免躊躇。康熙帝見他情形，便問道：「你敢是不願去？」胤禎即跪奏道：「兒臣安敢違旨，但聖體未安，理應侍奉左右，所以奉命之下，不覺遲疑。」康熙帝道：「你的兄弟很多，哪個不能侍奉？你只管出宿齋所，虔誠一點便好。」胤禎無奈，遵旨退出。是夜，又與這個母舅隆科多，密議了一夕大事。

次日，康熙帝到暢春園，諸皇子隨駕前往，隆科多本是皇親，也隨同幫護。獨皇四子胤禎已去齋所，不在其中。有隆科多作代表，已經夠了。又過了數天，康熙帝病症復重，御醫復輪流診治，服了藥全然無效，反加氣喘痰湧，有時或不省人事，諸皇子都著了忙，只隆科多說是不甚要緊。是夜，康熙帝召隆科多入內，命他傳旨，召回皇十四子，只是舌頭蹇澀，說到十字，停住一回，方說出四子二字。隆科多出來，即遣宮監去召皇四子胤禎，翌晨，胤禎至暢春園，先見了隆科多，與隆科多略談數語，即入內請安。康熙帝見他回來，痰又上湧，特別喘急。諸皇子急忙環侍，但見康熙帝指著胤禎說道：「好！好！」只此兩字，別無他囑，竟兩眼一翻，歸天去了。諸皇子齊聲號哭，皇四子胤禎，大加哀慟，比諸皇子尤覺悽慘。真耶假耶？

隆科多向諸皇子道：「諸阿哥且暫收淚，聽讀遺詔！」此時諸皇子中，唯允禵遠出未歸，允礽仍被拘禁，未能擅出奔喪，允禩先已釋放，一同在內，聽得「遺詔」二字，先嚷道：「皇父已有遺詔麼？」隆科多道：「自然有遺詔，請諸阿哥恭聽！」便即開讀道：「皇四子人品貴重，深肖朕躬，必能仰承大統，著繼朕登基，即皇帝位。」允禩、允禟齊聲道：「遺詔是真麼？」隆科多正色道：「誰人有幾個頭顱，敢揑造遺詔？」於是嗣位已定，皇四子趨至御榻前，復撫足大慟，親為大行皇帝更衣，可謂誠孝。隨即恭奉大行皇帝還入大內，安居乾清宮。喪事大典，悉遵舊章，不必細表。後人有滿清宮詞一首，紀此事道：

新月如鉤夜色闌，太醫直罷藥爐寒。斧聲燭影皆疑案，是是非非付史官。

統計康熙帝在位六十一年，守成之中，兼寓創業，南征北討的事情，上文已經詳敘，若講到內外各大吏，也算是清正的多，貪汙的少。自鰲拜伏罪後，後來只有大學士明珠，佐命有功，得康熙帝信任，未免露出驕恣情狀，然總不如鰲拜的專橫。此外名臣如魏裔介、魏象樞、李光地、湯斌等，都通理學，于成龍、張伯行、熊賜履、張鵬翮、陸隴其等，都守清操，彭孫遹、高士奇、朱彝尊、方苞等，雖沒有什麼功業，也要算治世文臣，有的通經，有的能文，肚子中含有學問，與一班酒囊飯袋，究竟兩樣。康熙帝也好學不倦，上自天象地輿音樂法律兵事，下至騎射醫藥，蒙古西域拉丁文書字母，無乎不窺，無乎不曉；兼且自奉勤儉，待民寬惠，六十年間，蠲租減賦的諭旨，時有所聞，所以全國百姓，統是畏服；滿族中得此奇人，總要算出乎其類，拔乎其萃了。

可惜晚年來儲位未定，遂致晏駕後，出了一樁疑案。這位秉性陰沉的四阿哥，竟登了大寶，擬定年號是「雍正」兩字，以次年為雍正元年，是為世宗憲皇帝。第一道諭旨，便封八阿哥允禩、十三阿哥允祥為親王，令與大學士馬齊、舅舅隆科多，總理內外事務。第二道諭旨，命撫遠大將軍允禵回京奔喪，一切軍務由四川總督年羹堯接續辦理。兩諭俱有深意，休作閒文看過。

過了殘臘，就是雍正元年元日。雍正皇帝升殿，受朝賀禮畢，連下諭旨十一道，訓飭督撫提鎮以下文武各官，大致意思是「守法奉公，整躬率物，倘有不法情事，難逃朕衷明察，毋貽後悔！」次日復視朝，百官俱至，雍正帝問百官道：「昨日元旦，卿等在家，作何消遣？」眾官員次第回答，或說飲酒，或說圍棋，或說是閒著無事；只有一個侍郎，臉色微赬，聽眾人俱已答畢，不能再推，只得老老實實的說道：「微臣知罪，昨晚與妻妾們玩了一回牌。」雍正帝笑道：「玩牌原干例禁，昨日乃是元旦，你又只與家中人消遣，不得為罪。朕念你秉性誠實，毫無欺言，特賞你一物，你持回去，與妻妾並看罷！」說畢，擲下小紙包一個。侍郎拾在手中，謝恩而退；回到家中，遵著上諭，取出御賜的物件，叫妻妾同看；當即拆開紙包，大家一瞧，個個嚇得伸舌，復將昨日玩過的紙牌，仔細一檢，恰恰少一張。看官試掩卷一猜！應知這紙包中，不是別物，定是昨日所失的一張紙牌兒。那時有一位姨太太道：「昨日的紙牌，是我收藏，當時也不及細檢，不知如何被皇帝拿去一張？難道當今的聖上，是長手佛轉世麼？」侍郎道：「不要多嘴，以後大家留意便是。」這位姨太太偏要細問，侍郎走出戶外，四周圍瞧了一番，方入戶閉門，對妻妾道：「我今日還算大幸，聖上問我昨日的事，我曉得這個聖上，不比那大行皇帝，連忙老實說了，聖上方恕我的罪，賜我這張紙牌；若少許欺騙，不是殺頭，便是革職哩！」眾妻妾又都伸舌道：「有這麼厲害！」侍郎道：「當今皇上做皇子時，曾結交無數好漢，替他當差辦事，這班人藏有一種殺人的利器，名叫血滴子。」說到此處，忽聽簷上一聲微響，侍郎大驚失色，連忙把頭抱住。疑心生暗鬼。眾妻妾不知何故，有幾個膽小的，忙躲入桌下。歇了半晌，一物從窗中縱入，侍郎越加膽怯，勉強一顧，乃是一隻貍斑貓。侍郎至此，不覺失笑，隨令眾妻妾各歸內室。眾妻妾經此一嚇，也不敢再問這血滴子。

小子恐看官尚未明白，只好補說數語，再入正傳。這血滴子是什麼東西？外面用革為囊，裡面卻藏著好幾把小刀，遇著仇人，把革囊罩他頭上，用機一撥，頭便斷入囊中，再用化骨藥水一彈，立成血水，因此叫做血滴子。這乃雍正皇帝同幾位綠林豪客，用盡心機想出來的。

這班綠林豪客的首領，便是四川總督年羹堯，羹堯係富家之子，幼時脾氣乖張，專喜耍槍弄棍，他的父親年遐齡，請了好幾個教書先生，教他讀書，都被羹堯逐去。後來得了一個名師，能文能武，把羹堯壓服，方才學得一身本領。這名師臨別贈言，只有「就才斂範」四字。羹堯起初倒也謹佩師訓，嗣後與皇四子胤禎結交，受他重託，招羅幾個好漢，結拜異姓兄弟，幫助這位皇四子。皇四子就保薦年羹堯，說他材可大用。康熙帝召見，果然是一個虎頭燕頷、威風凜凜的人物，遂連次超擢，從百總、千總起，直升至四川總督。皇四子外恃年羹堯，內仗隆科多，竟得了冠冕堂皇的帝位。他恐人心不服，有人害他，遂用了這班豪客，飛簷走壁，刺探人家隱情。撫遠大將軍允禵，督理西陲軍務，是雍正帝第一個對頭，不但怕他帶兵，還要防他探悉隱情。因此借奔喪為名，立刻調回，令年羹堯繼任。上文第二道諭旨，已自表明。至允禵回京後，免不得有點風聲聞知，且允禩、允禟輩，又要同他細敘前情，語言之間，總帶了三分怨望，誰知早已有人密奏，雍正帝即調往盛京，令他督造皇陵。允禵已去，又降了一道上諭，命總理王大臣道：

貝子允禵，原屬無知狂悖，氣傲心高，朕屢加訓誨，望其改悔，以便加恩，但恐伊終不知改，而朕必欲俟其自悔，則終身不得加恩矣。朕唯欲慰我皇妣皇太后之心，著晉封允禵為郡王，伊從此若知改悔，朕自疊沛恩施，若怙終不悛，則國法具在，朕不得不治其罪。允禵來時，爾等將此旨傳諭知之！

這道上諭，真正離奇，既要封他為郡王，又說他什麼無知，什麼不悛，這是何意？古人說得好：「將欲取之，必姑與之。」雍正帝登位，先封允禩為親王，也是這個用意。不過允禩本得罪先帝，人人曉得他的罪孽，所以加他封爵，絕不多談。上文第一道諭旨，更自表明。獨這允禵，乃先帝愛寵的驕子，前時並沒有什麼處分，只可先把他無影無蹤的罪名，加在身上，一面假作慈悲，封為郡王，令臣民無從推測，然後好慢慢擺布。

過了數月，又想出一個新奇法子，召集總理王大臣及滿漢文武官員，齊集乾清宮。大眾不知有什麼大事，都捏著一把汗。雍正威權，已見一斑。到了宮內，但見雍正皇上，南面高坐，諭眾官道：「皇考在日，曾立二阿哥為太子，後來廢而又立，立而又廢。皇考晚年，常悶悶不樂，朕想立儲係國家大計，不立不可，明立亦不可。爾等有何妙策？」王大臣齊聲道：「臣等愚昧，憑聖衷定奪便是！」雍正帝道：「據朕想來，建立太子，與一切政治不同。一切政治，須勞大眾參酌，立太子的事情，做主子的理應獨斷。譬如朕有幾個皇子，倘必經大眾議過，方可立儲，恐怕這個王大臣，說是這個阿哥好，那個王大臣，說是那個阿哥好，豈不是築室道旁，三年不成麼？既如此說，何必召王大臣會議？只是明立太子，又未免兄弟爭奪，惹出禍端，朕再三籌畫，想出一種變通的法子，將擬定皇儲的詔旨，親寫密封，藏在匣內。」說到此處，把頭向上面一望，手向上面一指，隨即道：「便安放在這塊正大光明匾額後面，可好麼？」諸王大臣等，自然異口同聲，都說思慮周詳，臣下豈有異議？雍正帝遂命諸臣退出，只留總理事務王大臣在內，自己密書太子名字，封藏匣內，令侍衛緣梯而上，把這錦匣安放匾額後面，總算儲位已定。這方匾額，懸在乾清宮正中，正大光明四字，乃是雍正帝御筆親書，這也不在話下。

總理事務王大臣，只看見這匣子，不曉得裡面的名字，究竟是哪一位阿哥，後來雍正帝晏駕，方將此匣取下，開了匣子，才識密旨中寫著皇四子弘曆，正大光明，恐未必是這樣講法。這弘曆是皇后鈕祜祿氏所出，相傳鈕祜祿氏起初為雍親王妃，實生女孩，與海寧陳閣老的兒子，是同年同月同日生的。鈕祜祿氏恐生了女孩，不能得雍親王歡心，佯言生男，賄囑家人，將陳氏男孩兒抱入邸中，把自己生的女孩子，換了出去。陳氏不敢違拗，又不敢聲張，只得將錯便錯，就算罷休。後人也有一首宮詞，隱詠這事道：

果然富貴亦神仙，內使傳呼敞御筵。
不辨呂嬴與牛馬，上方新賜洗兒錢。

立儲事已畢，忽接到川督年羹堯八百里緊報，「青海造反」，為這四字，又要勞動兵戈了。

看官少憩，待小子續編下回。

本回起首二十行，只結束臺灣亂事，不足評論。接續下去，便是清聖祖晏駕事，後人互相推測，議論甚多。或且目世宗為楊廣，年羹堯、隆科多為楊素、張衡，事鮮左證，語不忍聞，作書人所以不敢附和也。唯聖祖欲立皇十四子允禵，皇四子竄改御書，將「十」字改為「於」字，此則故父老皆能言之，似不為無因。但證諸史錄，亦不盡相符。作者折衷文獻，語有分寸。至世宗嗣位，開手即鬼鬼祟祟，繪出一種祕密情狀，立儲，大事也，乃亦以祕密聞，然則天下事亦何在不容祕密耶？司馬溫公云：「事無不可對人言。」清之世宗，事無一可對人言，以視乃父之寬仁，蓋相去遠矣。

平青海驅除叛酋　頒朱諭慘戮同胞

卻說青海在西藏東北，本和碩特部固始汗所居地，固始汗受清朝冊封，第十子達什巴圖爾，又受清封為和碩親王，前文已經表過。應二十九回。達什死，子羅卜藏丹津襲爵。羅卜藏丹津陰謀獨立，欲脫清廷羈絆，遂於雍正元年，召集附近諸部，在察罕羅陀海會盟，令各復汗號，不得再遵清廷封冊，自己叫做達賴渾臺吉，統率諸部。又暗約策妄阿布坦為後援，擬大舉入寇。偏是丹津的同族額爾德尼，及察罕丹津兩人，不願叛清，被丹津用兵脅迫，兩人竟挈眾內奔。是時清兵部侍郎常壽，適駐西寧，管理青海事務，因額爾德尼來奔，奏聞清廷。雍正帝尚未探悉隱情，只道是青海內鬨，即遣常壽往青海調停，常壽到了青海，丹津不由分說，竟將常壽拘禁起來。川督年羹堯，飛草奏報，奉命授年羹堯為撫遠大將軍，進駐西寧，四川提督岳鍾琪，任奮威將軍，參贊軍務。年羹堯分兵兩路，北路守疏勒河，防丹津內犯，南路守巴塘理塘，阻丹津入藏，又檄巴里坤鎮守將軍富寧安等，見上第二十九回。出屯吐魯番，截住策妄援兵。丹津三路援絕，只號召遠近喇嘛二十萬眾，專寇西寧。岳鍾琪自四川出發，沿途剿撫，解散丹津黨羽，西陲一帶，統已廓清，乘勢至西寧，遙見西北郭隆寺旁，聚集番僧無數，鍾琪即令兵士前進，驅殺番僧。那時番僧並沒有十分勇略，不過一點劫掠的伎倆，忽見大軍紛至，勢甚凶猛，哪裡還敢抵敵？呼嘯一聲，四散奔逃，被岳軍追過三條峻嶺，焚去十七寨及廬舍七千餘，斬首六千級，餘眾都竄還青海，丹津聞敗大驚，送歸常壽，奉表請罪。原來是銀樣鑞槍頭。清廷不許，益促年羹堯進兵。

羹堯擬集兵四萬餘名，由西寧松潘甘州疏勒河，四面進攻，約於雍正二年四月內出發。岳鍾琪請道：「青海地方寥闊，寇眾不下十萬，我軍四路會攻，彼若亦四散誘我，擊彼失此，擊此失彼，恐要四面受敵哩。愚見不如先期發兵，乘春草未生時，搗其不備，方為上策。」羹堯遲疑未決，鍾琪飛驛上奏，並願率精兵四千，自去殺賊。頗有膽略。雍正帝准奏，把西征事專任鍾琪。鍾琪遂於二月出師，途次見野獸奔逸，料知前面定有間諜，嚴陣前行，果遇敵騎數百，四面兜圍，殺得一個不剩；復連夜進兵，沿路殲敵數千，於是敵無哨探，鍾琪令部兵蓐食銜枚，宵行百六十里，直抵丹津帳外，拔柵而入。這時丹津正抱著兩三個番婦，並頭睡熟，不料清兵撲至，倉猝之中，扯了一件番婦衣，披在身上，從帳後逃出，騎了白駝，向西北逃去。男裝女扮，倒也好看。鍾琪一陣追剿，殺斃無數，真個是屍橫遍野，血流成渠，一面掃穴犁庭，擄出丹津的弟妹，及敵黨頭目數十人，頭目殺訖，弟妹押解京師，招降男女數萬，奪得駝馬牛羊器械甲仗無算。自出師至破敵，凡十五日，往返兩月，好算奇捷。詔封年羹堯一等公，岳鍾琪三等公，勒碑太學，如康熙時徵準部例。岳鍾琪又進剿餘黨，以次蕩平，先後拔青海地千餘里，分其地賜各蒙古，分二十九旗，設辦事大臣於西寧，改西寧衛為府城。青海始定。

雍正帝既平外寇，復一意防著內訌，這日召舅舅隆科多入內議事，議了許久，隆科多始自大內退出。眾王大臣聞這消息，料知雍正帝必有舉動。到了次日，降旨派固山貝子允禟往西寧犒師，王大臣亦看不出什麼異事。過了兩日，又命郡王允巡閱張家口，王大臣也沒有什麼議論。只是廉親王允禩未免悶悶不樂。調虎離山，其兆已見。又過了十餘日。兵部參奏，「允奉使口外，不肯前往，捏稱有旨令其進口，竟在張家口居住」云云。有旨：「著廉親王允禩議奏。」允禩復陳，應由兵部速即行文，仍令允前往，並將不行諫阻的長史額爾金，交部議處。有旨：「允既不肯奉差，何必再令前往，額爾金無關輕重，何必治罪，著允禩再議具奏。」專尋著允禩，其意何居？允禩無法，只得再奏：「允不肯前往，捏旨進口，應革去郡王，逮回交宗人府禁錮。」於是雍正帝批交諸王貝勒貝子公，及議政大臣，速議具奏。諸王大臣已俱知聖意，不得不火上添油，井中投石，把一個郡王逮回，圈禁宗人府去了。允罪狀已定，不料宗人府又上一本，彈章內稱：「貝子允禟，差往西寧，擅自遣人往河州買草，踏看牧地，抗違軍法，橫行邊鄙，請將允禟革去貝子，以示懲儆。」當即奉旨：「允禟革去貝子，安置西寧。」

是年冬月，廢太子允礽，忽在咸安宮感冒時症，雍正帝連忙著太醫診治，復派舅舅隆科多，前往探問。廢太子見了隆科多愈加氣惱，病勢日增，服藥無效。雍正帝又許他入內侍奉，不到十天，廢太子竟死了。雍正帝立即下旨，追封允礽為和碩理密親王，又封弘晰母為理親王側妃，命弘晰盡心孝養。理親王侍妾曾有子女者，俱令祿贍終身。又親往祭奠，大哭一場。並封弘晰為郡王。一班拍馬屁的王大臣，都說聖上仁至義盡，就是雍正帝自說：「二阿哥得罪皇考，並非得罪朕躬，兄弟至情，不能自已，並非為邀譽起見。」吾誰欺，欺天乎？只郡王弘晰奉了遺命，在京西鄭家莊闢一所私第，奉母寧居，不聞朝事，總算一個明哲保身的貴胄。

雍正三年春，廉親王允禩、怡親王允祥、大學士馬齊、舅舅隆科多，奏辭總理事務職任，得旨照允，唯廉親王允禩懷挾私心，遇事阻撓，不得議敘。看官！試想人非木石，哪有不知恩怨的道理？這雍正帝對待兄弟，這般寡恩，這般樹怨，自然那兄弟們滿懷忿恨，也想報復，偏這雍正帝刻刻防備，凡允禩、允禟、允䄉、允禵的祕密行為，令隨帶血滴子的豪客，特別留心偵察。一日，西寧探客來報，說：「九阿哥允禟在西寧，用西洋人穆經遠為謀主，編了密碼，與允禩往來通遞，大約是蓄謀不軌，請聖上密防！」隨呈上一封密函，乃是九阿哥與八阿哥的書信，被探客竊取得來。雍正帝反覆觀看，任你聰明伶俐，恰是一句不懂；當即收藏匣中，令探客再去細察。又一日，盛京探客亦到，報稱：「十四阿哥允禵，督守陵寢，有奸民蔡懷璽，到院投書，稱允禵為真主，允禵並不罪他，反將書上要緊字樣，裁去塗抹，所以特來報聞。」雍正帝誇獎一番，打發去訖。這個探客已去，那個探客又來，據言，「八阿哥允禩，日夜詛咒，求皇上速死。」雍正帝勃然大怒，詔大學士等撰文，告祭奉先殿，削允禩王爵，幽禁宗人府，移允禟禁保定，逮回允禵治罪。復陰令廷臣上本參奏，不到數天，參劾允禩、允禟、允禵的奏章，差不多有數十本。隆科多等尤為著力，臚陳罪狀，允禵四十大罪，允禟二十八大罪，允禩十四大罪，俱乞明正典刑。雍正帝恰令諸王大臣，再三復議。諸王大臣再三力請，堯曰宥之三，皋陶曰殺之三，本出蘇東坡論說，想雍正帝定是讀過，所以作此情狀。方才下旨，把允禩、允禟削去宗籍，允禵拘禁，改允禩名為「阿其那」，允禟名為「塞思黑」。「阿其那」、「塞思黑」等語，乃是滿洲人俗話，「阿其那」三字，譯作漢文，就是豬。「塞思黑」三字，譯作漢文，就是狗。還有數道長篇大論的硃諭，小子錄不勝錄，只好將著末這一道，錄供眾覽如下：

我皇考聰明首出，文武聖神，臨御六十餘年，功德隆盛，如征三藩，平朔漠，皆不動聲色，而措置帖然。凡屬凶頑，無不革面洗心，望風響化。而獨是諸子中，有阿其那、塞思黑、允禵者，奸邪成性，包藏禍心，私結黨援，妄希大位，如鬼如蜮，變幻千端，皇考曲加矜全寬宥之恩，伊等並無感激悔過之意，以致皇考震怒，屢降嚴旨切責，忿激之語，凡為臣子者，不忍聽聞。聖躬因此數人，每憂憤感傷，時為不豫，朕侍奉左右，安慰聖懷，十數年來，費盡苦心，委曲調劑，此諸兄弟內廷人等所共知者。及朕即位，以阿其那實為匪黨倡首之人，伊若感恩，改過自新，則群邪無所比暱，黨與自然解散，是以特別優禮，晉封王爵，推心任用。且知其素務虛名，故特獎以誠孝二字，鼓舞勸勉之。蓋朕心實望其遷善改過也。乃伊辦理事務，懷私挾詐，過犯甚多，朕俱一一寬免，未罰伊一人之俸，未治伊家下一人之罪，亦始終望其遷善改過耳。迄今三年有餘，而悖逆妄亂，日益加甚，時以盅惑人心，擾亂國政，煩朕心激朕怒為事。而公廷之上，諸王大臣之前，竟至指誓天日，詛咒不道，不臣之罪，人人髮指。朕思此等凶頑之人，不知德之可感，或知法之可畏，故將伊革去王爵，拘禁宗人府，而阿其那反向人云：「拘禁之後，我每飯加餐，若全屍以歿，我心斷斷不肯。」似此悖逆之言，實意想所不到，古今所罕有也。總之伊自知從前所為之事，久為朕心洞悉，且為天地所必誅，捫心自問，殊無可赦之理，遂以伊毒忍之性度朕，故為種種桀驁狂肆之行，以激朕怒，但欲朕置伊於法，使天下不明大義之人，或生議論，致朕之聲名，有損萬一，以快其不臣之心，遂其怨望之意。

朕受皇考付託之重，統御寰區，一民一物，無不欲其得所，以共享皇考久道化成之福，豈於兄弟手足，而反忍有傷殘之念乎？且朕昔在藩邸時，光明正大，諸兄弟才識，實不及朕，待朕悉皆恭敬盡禮，不但不敢侮慢，並無一語爭競，亦無一事猜嫌，此歷來內外皆知者，不待朕今日粉飾過言也。今登大位，豈忽有藏怒匿怨之事，而欲修報復乎？無奈朕昆弟中，有此等大奸大惡之徒，而朕於家庭之間，實有萬難萬苦之處，不可以德化，不可以威服，不可以誠感，不可以理喻，朕展轉反覆，無可如何，含淚呼天，我皇考及列祖在天之靈，定垂昭鑑。

阿其那與塞思黑、允禵、允禩、允禔結為死黨，而阿其那陰險詭譎，實為罪魁；塞思黑之惡，亦與相等；允禵等狂悖糊塗，受其籠絡，聽其指揮，遂至膠固而不解。總之此數人者，希冀非分，密設邪謀，賄結內外朋黨，煽惑眾心，行險僥倖之輩，皆樂為之用，私相推戴，而忘君臣之大義。此風漸積，已二十餘年，唯朕知之最詳最確。若此時不將朕所深知灼見者，分晰宣諭，曉示天下，垂訓後人，將來朕之子孫，欲明晰此逆黨之事，恐年歲久遠，或有懷挾私心之輩，藉端牽引，反致無罪之人，枉被冤抑。況朕之所深知者，在廷諸臣，未必能盡知之，三年以來，朕遇便則備悉訓示，明指伊等居心行事之奸險；今在廷諸臣，雖知之矣，而天下之人，未必能知之。此是非邪正，所關甚大，朕所以不得不反覆周詳，剖悉曉諭也。諸王大臣臚列阿其那、塞思黑、允禵各款，合詞糾參，請正典刑以彰國法，參劾之條，事事皆係實跡，而奏章中所不能盡者，尚有多端，難以悉數。

今諸王大臣以邪黨不翦，奸宄不除，恐為宗社之憂，數次力引大義滅親之請者，固為得理，但朕受皇考付託之重，而手足之內，遭遇此等逆亂頑邪，百計保全而不得，實痛於衷，不忍於情。然使姑息養奸，優柔貽患，存大不公之私心，懷小不忍之淺見，而不籌及國家宗社之長計，則朕又為列祖列宗之大罪人矣。允禔、允禩、允禵，雖屬狂悖乖張，尚非首惡，已皆拘禁，冀伊等感發天良，悔改過惡。至阿其那復塞思黑治罪之處，朕不能即斷，俟再加詳細熟思，頒發諭旨，可將諸王大臣等所奏，及朕此旨頒示中外，使咸知朕萬難之苦衷，天下臣工，自必諒朕為久安長治之計，實有不得已之處也。特諭。

這諭下後，不到數日，順承郡王錫保入奏，阿其那死了。雍正帝故作驚訝道：「阿其那有什麼重病，竟致身死？看守官也太不小心，既見阿其那有病，為何不先報知？」錫保道：「據看守官說，昨日晚餐，阿其那還好好兒吃飯，不料到了夜間，暴疾而亡。」雍正帝頓足道：「朕想他改過遷善，所以把他拘禁，不忍加誅，誰知他竟病死了。」正嗟嘆間，宗人府又來報導：「塞思黑在保定禁所，亦暴疾身死。」雍正帝嘆道：「想是皇考有靈，把二人伏了冥誅，若使不然，他二人年尚未老，為什麼一同去世呢？」次日，諸王大臣合詞奏請，阿其那、塞思黑逆天大罪，應戮屍示眾，其妻子應一律正法。同黨允禵允亦應斬決。允禩、允禟等即果不法，究是雍正帝兄弟，允禩、允禟已死，允禵、允禟不過殘喘苟延，諸王大臣還要奏請斬決，連妻子都要正法，若非暗中唆使，哪有這般大膽？奉旨：「阿其那、塞思黑已伏冥誅，應毋庸議！其妻子從寬免誅，逐回母家，嚴加禁錮。」方不再奏。

後人有詩詠此事道：

阿其那與塞思黑，煎豆燃萁苦不容。
玄武門前雙折翼，泰陵畢竟勝唐宗。

允禩、允禟死後，雍正帝已除內患，復想出一種很毒的手段，連年羹堯、隆科多一班人物，也要除滅了他，這真算是辣手。

下回表明一切，請看官往後續閱！

蕩平青海，功由岳鍾琪，年羹堯第拱手受成而已，封為一等公，酬庸何厚？且聞其父年遐齡，亦晉公爵，其長子斌列子爵，次子富列男爵，賞浮於功，寧非別有深意耶？後人謂世宗之立，內恃隆科多，外恃年羹堯，不為無因。作者既於前回表明，本回第據事直敘，兩兩對勘，已見隱情。若允禩允禟等，不過於聖祖在日，潛謀奪嫡而已，世宗以計得立，即視之若眼中釘，始則虛與委蛇，繼則屢加呵責，匪唯斥之，且拘禁之；匪唯禁之，且暗殺之。改其名曰阿其那、曰塞思黑，曾亦思阿其那、塞思黑為何人之子孫？自己又為何人之子孫乎？辱其兄弟，與辱己何異，與辱及祖考又何異。雖利口喋喋，多見其忍心害理而已。作者僅錄硃諭一道，已如見肺肝，王大臣輩無譏焉。

兔死狗烹功臣驕戮　鴻罹魚網族姓株連

卻說撫遠大將軍年羹堯，本是雍正帝的心腹臣子，青海一役，受封一等公；其父遐齡，亦封一等公爵，加太傅銜，賜緞九十匹；長子斌封子爵；次子富亦封一等男。古人說得好：「位不期驕，祿不期侈」，年羹堯得此寵遇，未免驕侈起來。況他又是雍正帝少年朋友，並有擁戴大功，自思有這個靠山，斷不至有意外情事，因此愈加驕縱。平時待兵役僕隸，非常嚴峻，稍一違忤，立即斬首。他請了一個西席先生，姓王字涵春，教幼子唸書，令廚師館僮，侍奉維謹。一日，飯中有穀數粒，被羹堯察出，立即處斬。又有一個館僮，捧水入書房，一個失手，把水倒翻，巧巧潑在先生衣上，又被羹堯看出，立拔佩刀，割去館僮雙臂。嚇得這位王先生，日夜不安，一心只想辭館，怎奈見了羹堯，又把話兒噤住，恐怕觸忤東翁，也似廚師館僮一般，戰戰兢兢，過了三年，方得東翁命令，叫幼子送師歸家。這位王先生，離開這閻羅王，好像得了恩赦，匆匆回家；到了家門，蓬蓽變成巨廈，陋室竟作華堂，他的妻子，出來相迎，領著一群丫頭使女，竟是珠圍翠繞，玉軟香溫，弄得這位王先生，茫無頭緒，如在夢中。後經妻子說明，方知這場繁華，統是東家年大將軍，背地裡替他辦好，真是感激不盡。那位年少公子，奉了父命，送師至家，王先生知他家法森嚴，不敢叫他中道折回；到了家中，年公子呈上父書，經先生拆閱，乃是以子相托，叫幼子居住師門，不必回家。先生越發奇怪，轉想年大將軍既防不測，何不預先辭職，歸隱山林？這真不解！其實羹堯總難免一死，即使歸隱，亦恐雍正不肯放過。當時亦不便多嘴，便將來書交年公子自閱。公子閱畢，自然遵了父命，留住不歸。先生也自然特別優待，且不必說。

只年將軍總是這般脾氣，喜怒無常，殺戮任性，起居飲食，與大內無二，督撫提鎮，視同走狗。在西寧時，見蒙古貝勒七信的女兒，姿色可人，遂不由分說，著兵役抬回取樂，一面令提督吹角守夜。提督軍門總道他得了嬌娃，無暇巡察，差了一個參將，權代守夜。誰知這位年大將軍，精神正好，上了一次舞臺，又起身出營巡邏，見守夜的乃是參將，並不是提督，遂即回營，把提督參將，一齊傳到，喝令斬決示眾。但他既殘忍異常，如何軍心這般畏服？他殺人原是厲害，他的賞賜，也比眾不同，一賜千萬，毫不吝惜，所以兵士絕不謀變。唯這賞錢從哪裡得來？未免納賄營私，冒銷濫報。雍正帝未除允禩允禟等人，雖聞他種種不法，還是隱忍涵容，等到允禩允禟已經拘禁，他索性把同與祕謀的人，也一律處罪，免得日後洩漏。手段真辣。一日下諭，調年羹堯為杭州將軍，王大臣默窺上意，料知雍正帝要收拾羹堯，便合詞劾奏。雍正帝大怒，連降羹堯十八級，罰他看守城門。他在城門裡面，守得特別嚴密，任你王孫公子，絲毫不肯容情，因此挾怨的人，愈沿愈多。王大臣把他前後行為，一一參劾，有幾條是真憑實據，有幾條是周內深文，共成九十二大罪，請即凌遲處死。還是雍正帝記念前勞，只令自盡，父子等俱革職了事。唯年富本不安本分，著即處斬，所有家產，抄沒入官。

年羹堯已經伏法，還有隆科多未死，雍正帝又要處治他了。都察院先上書糾劾隆科多，說他庇護年羹堯，例應革職。得旨：「削去太保銜，職任照舊。」嗣刑部又復上奏，劾他挾勢婪贓，私受年羹堯等金八百兩、銀四萬二千二百兩，應即斬決。有旨：「隆科多才尚可用，恰是有才。免其死罪，革去尚書，令往理阿爾泰邊界事務。」隆科多去後，議政王大臣等，復奏隆科多私鈔玉牒，存貯家中，應拿問治罪。奉旨准奏，即著緹騎逮回隆科多，飭順承郡王錫保密審，錫保遵旨審訊，提出罪案，質問隆科多。隆科多道：「這等罪案，還是小事，我的罪實不止此。只我乃是從犯，不是首犯。」錫保道：「首犯是哪一個？」隆科多道：「就是當今皇上。」錫保道：「胡說！」隆科多道：「你去問他，哪一件不是他叫我做的。他已做了皇帝，我等自然該死。」彷彿隋朝的張衡。錫保不敢再問，便令將隆科多拘住，一面鍛鍊成獄，說他大不敬罪五件，欺罔罪四件，紊亂朝政罪三件，奸黨罪六件，不法罪七件，貪婪罪十七件，應擬斬立決，妻子為奴，財產入官。雍正帝特別加恩，特下諭旨道：

隆科多所犯四十款重罪，實不容誅，但皇考升遐之日，召朕之諸兄弟，及隆科多入見，面降諭旨，以大統付朕。是大臣之內，承旨者唯隆科多一人，不啻自認。今因罪誅戮，雖於國法允當，而朕心實有所不忍。隆科多忍負皇考及朕高厚之恩，肆行不法，朕既誤加信任於初，又不曾嚴行禁約於繼，唯有朕身引過而已。在隆科多負恩狂悖，以致臣民共憤，此伊自作之孽，皇考在天之靈，必昭鑑而默誅之。隆科多免其正法，於暢春園外，附近空地，造屋三間，永遠禁錮。伊之家產，何必入官，其妻子亦免為奴。伊子岳興阿著革職，玉桂著發往黑龍江當差。欽此。

雍正帝本是個刻薄寡恩的主子，喜怒不時、刑賞不測，他於年羹堯、隆科多二人，一令自盡，一飭永禁，唯家眷都不甚株累，分明是紀念前功，特別矜全的意思。只前回說這年大將軍，係血滴子的首領，此次年將軍得罪，難道這種俠客，不要替他復仇麼？據故老傳說：雍正帝既滅了允禩、允禟一班兄弟，復除了年羹堯、隆科多一班功臣，他想內外無事，血滴子統已沒用，索性將這班豪客，誘入一室，陽說飲酒慰勞，暗中放下毒藥，一古腦兒把他鴆死，絕了後患，所以血滴子至今失傳。這種遺聞，畢竟是真是假，小子無從證實，姑遵了先聖先師的遺訓，多聞闕疑便了。

只是年羹堯案中，還牽連文字獄兩案：浙人汪景祺，作西征隨筆，語涉譏訕，年羹堯不先奏聞，目為大逆罪，把汪景祺立即斬決，妻子發往黑龍江為奴。還有侍講錢名世，作詩投贈年羹堯，頌揚平藏功德，諂媚奸惡，罪在不赦，革去職銜，發回原籍。榜書「名教罪人」懸掛錢名世居宅，總算是特別寬典。此外文字獄，亦有數種：江西正考官查嗣庭，出了一個試題，係大學內「維民所止」一語，經廷臣參奏，說他有意影射，作大逆不道論。小子起初也莫名其妙，後來覓得原奏，方知道他的罪證，原奏中說「維」字「止」字，乃「雍」字「正」字下身，是明明將「雍正」二字，截去首領，顯是悖逆。可憐這正考官查嗣庭未曾試畢，立命拿解進京，將他下獄，他有冤莫訴，氣憤而亡。還要把他戮屍梟示，長子坐死，家屬充軍。欲加之罪，何患無辭！又有故御史謝濟世，在家無事，註釋《大學》，不料被言官聞知，指他譭謗程、朱，怨望朝廷。順承郡王錫保參了一本，即令發往軍臺效力。這個謝濟世竟病死軍臺，不得生還。秦皇焚書坑儒，亦是此意。相傳雍正年間，文武官員，一日無事，使相慶賀，官場如此，百姓可知，這真叫法網森嚴呢。

另有一種案子，比上文所說的，更是重大，待小子詳細敘來：浙江有個呂留良，表字晚村，他生平專講種族主義，隱居不仕。大吏聞他博學，屢次保薦，他卻誓死不去。家居無事，專務著作，到了死後，遺書倒也不少，無非論點夷夏之防，及古時井田封建等語。當時文網嚴密，呂氏遺書，不便刊行，只其徒嚴鴻逵、沈在寬等，抄錄成編，作為祕本。湖南人曾靜，與嚴、沈兩人，往來投契，得見呂氏遺著，擊節嘆賞。尋聞雍正帝內誅骨肉、外戮功臣，清宮裡面，也有不乾不淨的謠傳。他竟發生痴想，存了一個尊攘的念頭。他有個得意門生，姓張名熙，頗有膽氣，曾靜與他密議，張熙道：「先生之志則大矣，先生之號則不可。」曾靜道：「《春秋》大義，內夏外夷，若把這宗旨提倡，哪有不感動人心？你如何說是不可？」張熙道：「滔滔者，天下皆是也，靠我師生兩個，安能成事？」曾靜道：「居！吾語汝！」滿口經書，確是兩個書癲子。遂與張熙耳語良久。張熙仍是搖頭，曾靜道：「他是大宋岳忠武王後裔，難道數典忘祖麼？況滿廷很加疑忌，他亦晝夜不安，若有人前往遊說，得他反正，何愁大業不成？」張熙道：「照這樣說來，倒有一半意思，但是何人可去？」曾靜道：「明日我即前往。」張熙道：「先生若去，吉凶難卜，還是弟子效勞為是。」有事弟子服其勞，張熙頗不愧真傳。曾靜隨寫好書信，交與張熙，並向張熙作了兩個長揖，張熙連忙退避。次日，張熙整頓行裝，到業師處辭行。曾靜送出境外，復吩咐道：「此行關係聖教，須特別鄭重！」迂極。張熙答應，別了曾靜，徑望陝西大道而去。

這時川陝總督正是岳鍾琪，張熙晝行夜宿，奔到陝西，問明總督衙門，即去求見。門上兵役把他攔住，張熙道：「我有機密事來報制軍，敢煩通報。」便取出名帖，遞與兵役。由兵弁遞進名帖，鍾琪一看，是「南靖州生員張熙」八個小字，隨向兵弁道：「他是個湖南人氏，又是一個秀才，來此做什麼?不如回絕了他!」兵弁道:「據他說有機密事報聞,所以特地前來。」鍾琪道:「既如此,且召他進來!」兵弁出去一會,就帶了張熙入內。張熙見了岳鍾琪只打三拱,鍾琪也不與他計較,便問道:「你來此何幹?」張熙取出書信,雙手捧呈。鍾琪拆閱一周,頓時面色改變,喝令左右將張熙拿下。左右不知何故,只遵了總督命令,把張熙兩手反綁。張熙倒也不甚驚懼,鍾琪便出坐花廳,審問張熙,兩旁兵弁差役,齊聲呼喝,當將張熙帶進,令他跪下。鍾琪道:「你這混帳東西,敢到本部堂處獻書,勸本部堂從逆,正是不法已極,只我看你一個書生,哪有這般大膽,究竟是被何人所愚,叫你投遞逆書?你須從實招來,免受刑罰!」張熙微笑道:「制軍係大宋忠武王後裔,獨不聞令先祖故事麼?忠武王始終仇金,曉明攘夷大義,雖被賊臣搆陷,究竟千古流芳。公乃背祖事仇,寧非大誤,還請亟早變計,上承祖德、下正民望,做一番烈烈轟轟的事業,方不負我公一生抱負。」鍾琪大喝道:「休得胡說!我朝深恩厚澤,浹髓淪肌,哪個不心悅誠服?獨你這個逆賊,敢來妄言。如今別話不必多說,但須供出何人指使,何處巢穴。」張熙道:「揚州十日,嘉定三日,這是人人曉得的故事,我公視作深恩厚澤,真正奇聞。我自讀書以來,頗明大義,內夏外夷,乃是孔聖先師的遺訓,如要問我何人指使,便是孔夫子,何處巢穴,便是山東省曲阜地方,所供是實。」詼諧得妙。鍾琪道:「你不受刑,安肯實供?」喝左右用刑。早走上三四個兵役,把張熙撳翻,取過刑杖,連撻臀上,一五一十的報了無數,連臀血都澆了出來。張熙只連叫「孔夫子」、「孔老先生」,終沒有一句實供。鍾琪覆命左右加上夾棍,這一夾,比刑杖厲害得多,真是痛心徹肺,莫可言狀。張熙大聲道:「招了,招了。」兵役把夾棍放寬,張熙道:「不是孔夫子指使,乃是宋忠武王岳飛指使的。」妙語。鍾琪連拍驚堂木,喝聲快夾。兵役復將夾棍收緊,張熙哼了一聲,暈絕地上。兵役忙把冷水噴醒,鍾琪喝問實供不實供？張熙道：「投書的是張熙，指使的亦是張熙，你要殺就殺，要剮就剮。哼、哼、哼！我張熙倒要流芳百世，恐怕你岳鍾琪恰遺臭萬年。」鍾琪暗想道：「我越用刑，他越倔強，這個蠢漢，不是刑罰可以逼供的。」當命退堂，令將張熙拘入密室。

過了兩夕，忽有一個湖南口音，走入張熙囚室內，問守卒道：「哪個是張先生？」守卒便替他指引，與張熙照面。張熙毫不認識，便是那人開口道：「張兄久違了！」張熙不覺驚異起來。那人道：「小弟與張兄乃是同鄉，只與張兄會過一次，所以不大相識。」張熙問他姓名。那人道：「此處非講話之所。唯聞張兄創傷，特延傷科前來醫治，待張兄傷癒，再好細談。」說畢，便引進醫生，替他診治，外敷內補，日漸痊可。那人復日夕問候，張熙感他厚誼，一面道謝，一面問他來歷。那人自說現充督署幕賓，張熙越加驚疑。那人並說延醫診治，亦是奉制軍差遣，張熙道：「制軍與我為仇，何故醫我創傷？」那人起身四瞧，見左右無人，便與張熙附耳道：「前日制軍退堂，召我入內，私對我說道：『你們湖南人，頗是好漢。』我當時還道制軍不懷好意，疑我與張兄同鄉，特來窺探，我便答道：『這種人心懷不軌，有什麼好處？』制軍恰正色道：『他的言語，倒是天經地義，萬古不易，只他未免冒失，哪裡有堂堂皇皇，來投密書，我只得把他刑訊，瞞住別人耳目，方好與他密議。』隨央我延醫診治。我雖答應下來，心裡終不相信，所以次日未來此處。處處反說，不怕張熙不入彀中。不意到了夜間，制軍復私問延醫消息，並詢及張兄傷痕輕重如何？我又答道：『此事請制軍三思，他日倘傳將出去，恐怕未便，況當今密探甚多，總宜謹慎為是。』制軍悵然道：『我道你與他同鄉，不論國防，也須顧點鄉誼，你卻如此膽小，聖言微義，從此淹沒了。』隨又取出張兄所投的密書，與我瞧閱，說著：『書中語語金玉，不可輕視。』我把書信閱畢，繳還制軍，隨答道：『據書中意思，無非請制軍發難，恐怕未易成功。』這一句話，惱了制軍性子，頓時怒容滿面道：『我與你數年交情，也應知我一二，為什麼左推右阻？』我又答道：『據制軍意見，究屬如何？』制軍道：『我是屢想發難，只惜無人幫助，獨木不成林，所以隱忍未發，若得寫書的人，邀作臂助，不患不成。你且將張某醫好，待我前去謝罪，詢出寫書人姓字，前去聘他方好。』又叫我嚴守祕密，我見制軍誠意，並因張兄同鄉，所以前來問候。」張熙聽他一派鬼話，似信非信，便道：「制軍如果有此心，我雖死亦還值得。但恐制軍口是心非。」那人便接口道：「現今皇上也很疑忌制軍，或者制軍確有隱衷，也未可知。」故作騰挪之筆，可謂善。說畢辭去。

隔了一宿，那人竟與岳制軍同至密室。岳制軍謙恭得了不得，聲聲說是恕罪；又袖出人蔘二支，給他調養，並說道：「本擬設席壓驚，只恐耳目太多，不便張皇，還請先生原諒！」敘了許久，也不問起寫書人姓字，作別而去。嗣後或是那人自來，或是制軍同至，披肝露膽，竭盡真誠。張熙被他籠住，不知不覺地把曾靜姓名流露出來。岳鍾琪當即飛奏，並移諮湖南巡撫王國棟，拿問曾靜。雍正帝立派刑部侍郎杭弈祿、正白旗副都統海蘭，到湖南會同審訊。曾靜供稱生長山僻，素無師友，因歷試州城，得見呂留良評論時文及留良日記，因此傾信。又供出嚴鴻逵、沈在寬等，往來投契等情。杭弈祿等據供上聞，雍正帝復飛飭浙江總督李衛，速拿呂留良家屬，及嚴鴻逵、沈在寬一干人犯，並曾靜、張熙，一併押解到京，命內閣九卿讞成罪案。留良戮屍，遺書盡毀。其子毅中處斬，鴻逵已病歿獄中，亦令梟首。在寬凌遲處死。罪犯家屬，發往黑龍江充軍。曾靜、張熙，因被惑訛言，加恩釋放。唯將前後罪犯口供，一一匯錄刊布，冠以聖諭，取名大義覺迷錄，頒行海內，留示學宮。可憐呂留良等家眷，被這虎狼衙役，牽的牽，扯的扯，從浙江到黑龍江，遙遙萬里，備極慘楚，單有一個呂四娘，乃留良女兒，她卻學成一身好本領，奉著老母，先日遠颺去了。

小子湊成七絕一首道：

文字原為禍患媒，不情慘酷盡堪哀。
獨留俠女高飛去，他日應燃死後灰。

雍正帝既懲了一干人犯，復洋洋灑灑的下了幾條諭旨，小子不暇遍錄，下回另敘別情。

年羹堯、隆科多二人，與謀奪嫡，罪有攸歸，獨對於世宗，不為無功。世宗殺之，此其所以為忍也。且功成以後，不加裁抑，縱使驕恣，釀成罪惡，然後刑戮有名，斯所謂處心積慮成於殺者。讀禁隆科多諭旨，不啻自供實跡。言為心聲，欲蓋彌彰，矯飾亦奚益乎？文獄之慘，亦莫過於世宗時，一獄輒株連數十百人，男子充戍、婦女為奴，何其酷耶？本回於雍正帝事，僅敘其大者，此外猶從闕略，然已見專制淫威，普及臣民，作法於涼，必致無後。

呂嬴牛馬，亶其然乎？

畏虎將準部乞修和　望龍髯苗疆留遺恨

卻說羅卜藏丹津遠竄後，投奔準噶爾部，依策妄阿布坦。清廷遣使索獻，策妄不奉命。是時西北兩路清軍，已經撤回，唯巴里坤屯兵，仍舊駐紮。雍正五年，策妄死，子噶爾丹策零立，狡黠好兵，不亞乃父。雍正帝擬興師追討，大學士朱軾、都御史沈近思，都說時機未至，暫緩用兵，獨大學士張廷玉，與上意相合。乃命傅爾丹為靖遠大將軍，屯阿爾泰山，自北路進，岳鍾琪為寧遠大將軍，屯巴里坤，自西路進，約明年會攻伊犁。雍正帝親告太廟堂子，隨升太和殿，行授鉞禮，並親視大將軍等上馬啟行。是日天本晴朗，忽然烏雲四合，大雨傾盆，旌纛不揚，徽袍皆溼。不祥之兆。沿途露餐風宿，到了汎地，駐紮數月。會羅卜藏丹津，與族屬舍楞，謀殺噶爾丹策零，奪據準部。事洩，丹津被執。身作寓公，還想吞滅主人翁，真正該死！噶爾丹策零遣使特磊到京，願執丹津來獻。於是有旨令兩大將軍暫緩出師，回京面授方略。令提督紀成斌、副將軍巴賽，分攝兩路軍事。不料噶爾丹策零聞將軍召還，竟遣兵二萬，入襲巴里坤南境科舍圖牧場，搶奪牲畜。紀成斌倉卒無備，不及赴援，幸虧總兵樊廷、副將冶大雄，急率二千兵馳救。總兵張元佐亦領兵來會。力戰七晝夜，方殺退敵眾，奪回牲畜大半。詔獎樊廷、張元佐等，降紀成斌為副將，仍令傅爾丹、岳鍾琪各赴軍營。

傅爾丹容貌修偉，頗有雄糾氣象，無如徒勇寡謀，外強中乾。先是與岳鍾琪同時出師，沿途紮營，兩旁必列刀槊，鍾琪問他何用？傅爾丹道：「這種刀槊，統是我的傢伙，擺立兩旁，所以勵眾。」鍾琪微笑，出了營，語自己的將佐道：「將在謀不在勇，徒靠這個軍器，恐不中用。這位傅大將軍，未免要臨陣蹉跌呢！」此次奉命再出，亟至科爾多，策零遣大小策零敦多布，率兵三萬，進至科爾多西邊博克託嶺。傅爾丹聞報，命部將往探，捉住番兵數名回來，由傅爾丹訊問。番兵答道：「我軍前隊千餘人，已至博克託嶺，帶有駝馬二萬隻，後隊現尚未到。」傅爾丹道：「你等願降否？」番兵道：「既已被捉，如何不降？」傅爾丹大喜，令為前導，即發兵萬人隨襲敵營。忽有數人入諫道：「降兵之言不可信，大帥宜慎重方好！」傅爾丹視之，乃是副都統定壽、永國、海壽等人，便道：「你等何故阻撓？」開口便說他阻撓，活肖鹵莽形狀。定壽道：「行軍之道，精銳在先，輜重在後，斷沒有先後倒置的道理，況據降兵報稱，敵兵前隊，只千餘名，駝馬恰有二萬頭，這等言語，顯是不情不實，請大帥拷訊降卒，自得真供。」已經道破，人人可曉，偏這傅爾丹不信。傅爾丹叱道：「他已願降，如何還要拷訊？就使言語不實，他總有兵馬紮駐嶺上，我去驅殺一陣，逐退賊兵，亦是好的。」總是恃勇輕敵。便令副將軍巴賽率兵萬人先進，自率大兵接應。巴賽挑選精騎四千，跟降卒前行，作為先鋒，三千為中軍，三千為後勁，勒馬銜枚，疾趨博克託嶺。到了嶺下，望見嶺上果有駝馬數十頭，番兵數十名，巴賽忙驅兵登嶺，番兵立刻逃盡，剩下駝馬，被清兵獲住。是釣魚的紅曲蟺。復向嶺中殺入，山谷間略有幾頭駝馬，四散吃草，仍是誘敵。前鋒不願劫奪，大抵嫌少。只管疾行。後隊見有駝馬，爭前牽勒，猛聽得胡笳遠作，番兵漫山而來。巴賽亟想整隊迎敵，各兵已自嘩亂，霎時氈裘四合，把清兵前後隔斷，前鋒到和通泊陷入重圍，只望後隊援應，後隊的巴賽又望前隊回援，兩不相顧，大眾亂竄。番兵趁這機會，萬矢齊射，清兵前鋒四千名陷沒和通泊，巴賽身中數箭，倒斃谷中。六千人不值番兵一掃，蕩得乾乾淨淨。

這時候，傅爾丹已到嶺下，暫把大兵紮住，擬窺探前軍情形，再定進止。忽見番兵乘高而下，呼聲震天，傅爾丹亟命索倫蒙古兵抵禦，科爾沁蒙古兵懸著紅旗，土默特蒙古兵懸著白旗，白旗兵爭先陷陣，紅旗兵望後遁走。索倫兵驚呼道：「白旗兵陷沒，紅旗兵退走了。」各軍隊聞了此語，嚇得心驚膽顫，你也逃，我也走，只恨爹娘少生兩條腿子，拚命亂跑。傅爾丹驚惶失措，也只得且戰且走。勇在哪裡？番兵長驅掩殺，擊斃清兵無數，傷亡清將十餘員，只傅爾丹手下親兵二千名，保住傅爾丹逃回科爾多。番兵俘得清兵，用繩穿脛，盛入皮囊內，繫在馬後，高唱胡歌而去。清兵都做了入網之魚。

敗報傳到北京，雍正帝急命順承郡王錫保代為大將軍，降傅爾丹職。別遣大學士馬爾賽，率兵赴歸化城，扼守後路。那邊大小策零，既敗傅爾丹，遂乘勝進窺喀爾喀，繞道至外蒙古鄂登楚勒河，惹出一個大對頭來。這個大對頭，名叫策凌，他是元朝十八世孫圖蒙肯的後裔，幼時曾居北京，侍內廷，尚公主，後來帶了家眷，還居外蒙古塔米爾河。他的祖宗蒙肯，尊奉黃教，達賴喇嘛給他一個「三音諾顏」的美號。藏俗叫善人為「三音」，蒙古俗叫官長為「諾顏」，蒙藏合詞，譯作漢文，就是好官長的意義。策凌襲了祖宗的徽號，隸入土謝圖汗下，他因喀爾喀與準部毗連，預練士卒，防備準寇，適值小策零繞道來攻，策凌先遣六百騎挑戰，誘他追來，自率精騎，躍馬沖入。敵將喀喇巴圖魯，勇悍善戰，持刀來迎，被策凌大喝一聲，立劈喀喇巴圖魯於馬下。小策零部眾見喀喇被殺，無不股慄，當即退走。策凌追出境外，俘馘數千名，方令退兵。馳書奏捷，奉旨晉封親王，命他獨立，不復隸土謝圖。自是喀爾喀蒙古內，特增三音諾顏部，與土謝圖、札薩克、車臣三汗，比肩而立了。

小策零敗還後，屯兵喀喇沙爾城，至雍正十年六月，糾眾三萬，偷過科爾多大營，復圖北犯。順承郡王錫保，急檄策凌截擊，策凌兼程前進，將至本博圖山，忽接塔米爾河警信，準兵從間道突入本帳，把子女牲畜，盡行掠去，策凌憤極，對天斷髮，誓殲敵軍，一面返旆馳救，一面告急錫保，請師夾攻。策凌部下，有一個脫克渾，綽號飛毛腿，一晝夜能行千里，他渾身穿著黑衣，外罩黑氅，每登高峰，探敵虛實，用兩手張開黑氅，好像老鷹一般，敵兵就使望見亦疑是塞外巨鷹，不去防備，他卻把敵兵情勢，望得明明白白，來報策凌。活似戲子中一個開口跳。策凌至杭愛山西麓，得脫克渾報知，敵兵就在山後，便令部兵略略休息，到夜間逾山而下，如風如雨，殺入敵營。這等番兵得勝而歸，飽餐熟睡，迨至驚覺，摸刀的不得刀，摸槍的不得槍，也有鑽出頭而頭已落，也有伸出腳而腳已斷，也有掣出刀，卻殺了自己頭目，點起銃，卻打了自己部兵，只有腳生得比人長的，耳生得比人靈的，先行疾走，方得逃出。策凌奮力追趕，殺到天明，追至鄂爾昆河，左阻山，右逼水，中間橫亙一大喇嘛廟，叫做額爾德尼寺，敵無去路，仍冒死回撲。策凌躍出陣前，也不顧死活，惡狠狠的與敵相搏。究竟敵兵已敗，未免膽怯，蒙兵方勝，來得勢盛，兩下拚命，也有分別。這一場惡戰，敵兵一半被殺，一半擠入水中，不但掠去的子女牲畜，盡被策凌奪回，就是小策零帶來的輜重甲杖，亦統行丟棄。小策零率領殘騎，扒山遁去。策凌滿望錫保出兵邀擊，誰知錫保所遣的丹津多爾濟，觀望卻避，竟被小策零生還。馬爾賽已奉命移守拜達里克城，亦約束諸將，閉門不出。小策零沿城西走，城內將士，請馬爾賽發令追襲，馬爾賽仍是不允。將士大憤，自出追敵，怎奈敵已走盡，只得了少許敵械，回入城中。策凌一一奏聞，詔斬馬爾賽，革錫保郡王爵，封策凌為超勇親王，授平郡王福彭為定邊大將軍，代錫保職，用策凌為副手，守住北路。

時西路將軍岳鍾琪駐守巴里坤，按兵不動，只檄將軍石雲倬等，赴南山口截準兵歸路。石雲倬遷延不進，縱令潰兵遠颺。岳鍾琪劾奏治罪，大學士鄂爾泰並劾岳鍾琪擁兵數萬，縱投網送死之賊，來去自如，坐失機會，罪無可貸，遂詔削岳鍾琪大將軍號，降為三等侯，尋復召還京師，命鄂爾泰督巡陝甘，經略軍務，並令副將軍張廣泗，護寧遠大將軍印。廣泗奏言準夷專靠騎兵，岳鍾琪獨用車營，不能制敵，反為敵制，因此日久無功，雍正帝復奪鍾琪職，交兵部拘禁。

張廣泗受任後，壁壘一新，無懈可擊，準酋噶爾丹策零，亦遣使請和。雍正帝召王大臣會議，或主剿，或主撫，還是雍正帝乾綱獨斷，對王大臣道：「朕前奉皇考密諭，準夷遼遠，不便進剿，只有誘他入犯，前後邀截，方為上策。現經上年大創，他已遠徙，不敢深入，我兩路大兵，暴露已久，不如暫時主撫，再作遠圖。」這諭一下，諸王大臣同聲贊成，乃降旨罷征，遣侍郎傅鼐及學士阿克敦，往準部宣撫。準酋欲得阿爾泰山故地，超勇親王策凌，堅持不可，往復爭論，直到乾隆二年，始議定阿爾泰山為界，準部游牧，不得過界東，蒙人游牧，不得過界西，總算勉就和平，這且按下慢表。

且說中國西南，有一種苗民，很是野蠻，相傳軒轅黃帝以前，中國地方本是苗民居住，後來軒轅黃帝與苗族頭目蚩尤戰了一場，蚩尤戰敗被殺，餘眾竄入南方，後復逐漸退避，伏處南嶺，名目遂分作幾種：在四川的叫做僰；在兩廣的叫做僮；在湖南貴州的叫做猺；在雲南的叫做倮。這數省中的苗民，要算雲、貴最多，官長管不得許多，向來令他自治。地方自治制，要算由苗民發起。他族中有幾個頭目，總算歸官長約束，號為土司。吳三桂叛亂時，雲、貴土司頗為所用，事平後，清廷也無暇追究，苗民不服王化，專講劫掠，邊境良民，被他騷擾得了不得，雍正皇帝用了一個鑲黃旗人鄂爾泰，做了雲、貴總督，他見苗民橫行無忌，竟獨出心裁，上了一本奏摺，內說：「苗民負險不服，隱為邊患，要想一勞永逸，總須改土為流，所有土司，應勒令獻土納貢，違者議剿。」這奏一上，盈廷王大臣，統嚇得瞠目伸舌，這也是尋常計策，王大臣等詫為奇議，可見滿廷多是飯桶，毫無遠見。只雍正帝服他遠識，極力嘉獎道：「奇臣，奇臣！這是天賜與朕呢。」因飭鑄滇、黔、桂三省總督印，頒給鄂爾泰，令他便宜行事。鄂爾泰剿撫並用，擒了烏蒙土司祿萬鍾及威遠土目札鐵匠、鎮遠叛首刁如珍，降了鎮雄土司隴慶侯及廣西土府岑映震、新平土目李百疊，於是雲、貴生苗二千餘寨，一律歸命，願遵約束。自從雍正四年，到了九年，這五年內，鄂爾泰費盡苦心，開闢苗疆二三千里，麾下文武，如張廣泗、哈元生、元展成、韓勛、董芳等，統因平苗升官，鄂爾泰亦受封伯爵，雍正帝連下批札，有「朕實感謝」等語。這位鄂伯爵的功勞，真正是獨一無二了。

雍正十年，召鄂爾泰還朝，授保和殿大學士，旋因準部內侵，命督巡陝、甘，經略軍務。張廣泗又早調任西北，護理寧遠大將軍事，自是苗疆又生變端，雍正十三年春，貴州台拱九股苗復叛，屯兵被圍，營中樵汲，都被斷絕。軍士掘草為食、鑿泉以飲，死守經月，方得提督哈元生援兵，突圍出走。哈元生擬大舉進剿，怎奈巡撫元展成，輕視苗事，與哈元生意見不合，只遣副將宋朝相，帶兵五千，進攻台拱，甫至半途，遇苗民傾寨而來，眾寡不敵，相率潰退。苗民遂迭陷貴州諸州縣，有旨發滇、蜀、楚、粵六省兵會剿，特授哈元生為揚威將軍，副以湖廣提督董芳，嗣又命刑部尚書張照為撫苗大臣，熟籌剿撫事宜。

哈元生沿途剿苗，迭復名城，頗稱得手，不想副將馮茂誘殺降苗六百餘名，暨頭目三十餘人，餘苗逃歸傳告，糾眾詛盟，先把妻女殺死，誓抗官兵，遍地蔓延，不可收拾。張照到了鎮遠，還是腐氣騰騰的密奏改流非計，不如議撫。哈元生、董芳亦因政見不同，互相齟齬。尋議分地分兵，滇、黔兵隸哈元生，楚、粵兵隸董芳，彼此不相顧應，一任苗民東衝西突，沒法弭平。朝上這班王大臣，爭說鄂爾泰無端改流，釀成大禍。專事咎人，實屬可恨！鄂爾泰時已還朝，迫於時論，亦上表請罪，力辭伯爵，雍正帝允如所請，只仍命鄂爾泰直宿禁中，商議平苗的政策。

張廣泗聞鄂爾泰被貶，心中也自不安，奏請願即革職，效力軍前，雍正帝尚在未決。一日，正與莊親王允祿、果親王允禮、大學士鄂爾泰、張廷玉，在大內議事，自未至申，差不多有兩個時辰，方命退班。鄂爾泰因苗族未平，特別掂念，回到宅中，無情無緒的吃了一頓晚餐。憂心君國，是愛新覺羅氏忠臣。忽見宮監奔入，氣喘吁吁，報稱：「皇上暴病，請大人立刻進宮！」鄂爾泰連忙起身，馬不及鞍，只見門外有一煤騾，跨上疾走，馳入宮前，下了馬，疾趨入內，但見御榻旁人數無多，只皇后已至，滿面淚容。鄂爾泰揭開御帳，不瞧猶可，略略一瞧，不覺哎喲一聲，自口而出。正在驚訝，莊親王、果親王亦到，近矚御容，都嚇了一大跳。莊親王道：「快把御帳放下，好圖後事。」一面並請皇后安，皇后嗚咽道：「好端端一個人，為什麼立刻暴亡？須把宮中侍女內監，先行拷訊，有究原因方好。」還是鄂爾泰顧全大局，隨道：「侍女宮監，未必有此大膽，此事且作綏圖，現在最要緊的是續立嗣君。」莊親王接口道：「這話很是，乾清宮正大光明匾額後，留有錦匣，內藏密諭，應即只遵。」隨督率總管太監，到乾清宮取下祕匣，當即開讀，乃「皇四子弘曆為皇太子，繼朕即皇帝位」二語。是時皇子弘曆等，已入宮奔喪，隨即奉了遺詔，命莊親王允祿、果親王允禮、大學士鄂爾泰、張廷玉輔政。經四大臣商酌，議定明年改元乾隆。乾隆即位，就是清高宗純皇帝。但雍正帝暴崩的緣故，當時諱莫如深，不能詳考，只雍正以後，妃嬪侍寢，須脫去袒衣，外罩長袍，由宮監負入，復將外罩除去，裸體入御。據清宮人傳說，這不是專圖肉慾，乃是防備行刺、懲前毖後的緣故。小子不敢深信，雍正帝能偵探內外官吏，寧獨不能制馭妃嬪？唯後人有詩一首道：

重重寒氣逼樓臺，深鎖宮門喚不開；
寶劍革囊紅線女，禁城一嘯御風來。

據這首詩深意，係是專指女俠，難道是上文所說的呂四娘為父報仇麼？是真是假，一俟公論。

下回要說乾隆帝事情了。

唯戰而後能和，唯剿而後可撫。對待外人之策，不外乎此。準部入犯，非戰不可，清世宗決意主剿，善矣。乃誤任一有貌無才之傅爾丹，致有和通泊之敗，若非策凌獲勝，不幾殆甚。至苗疆之變，罪不在鄂爾泰，張照、董芳輩實屍其咎。不能剿，安能撫？此將才之所以萬不可少也。世宗自矜明察，而所用未必皆材，且反以明察亡身，蒲留仙《聊齋志異》載有俠女一則、或說即呂四娘軼事，信如斯言，精明之中，須含渾厚，毋徒效世宗之察察為也。

分八路進平苗穴　祝千秋暗促華齡

卻說乾隆帝即位後，朝政頗尚寬大，凡宗室人等，舊被圈禁，至是一律釋放。封允禩、允禵公爵，復阿其那、塞思黑紅帶，收入玉牒。自己的兄弟骨肉亦均封為親王。已故弟兄，各追封賜謚。尊母鈕祜祿氏為皇太后。冊立元妃富察氏為皇后。母族后族都另眼相看。又把岳鍾琪、陳泰等釋出獄中。赦汪景祺、查嗣庭家屬罪，命他回籍。因此宗室覺羅，勳戚故舊官吏人民，沒一個不頌揚仁德。確能幹蠱。只雲、貴叛苗，未曾平靖，乾隆帝初次用兵，不得不稍示威嚴，特逮回張照、哈元生、董芳治罪，哈元生似屬可免。別授張廣泗為七省經略，節制各路人馬。廣泗本是治苗的熟手，到了貴州，統盤籌算，想了一個暫撫熟苗、力剿生苗的計策，握定宗旨，自易下手。隨即上奏道：

臣到任後，巡閱大勢，默觀夫叛苗之所以蔓延，張照等之所以無功者，由分戰兵守兵為二，而合生苗熟苗為一也。兵本少而復分之使單，寇本眾而復毆之使合，其謬可知。且各路首逆，咸聚於上下九股清江丹江高坡諸處，皆以一大寨，領數十百寨，雄長號召，聲勢犄角，我兵攻一方，則各方援應，彼眾我寡，故賊日張，兵日挫。為今日計，若不直搗巢穴，殲渠魁，潰心腹，斷不能渙其黨羽。唯暫撫熟苗，責令繳凶獻械，以分生苗之勢，而大兵四出，同搗生苗逆巢，使彼此不能相救，則我力專而彼力分，以整擊散，一舉可滅，而後再懲從逆各熟苗，以期一勞永逸，庶南人不復反矣。伏乞聖鑑！

乾隆帝覽畢，命他照奏辦事。張廣泗遂調集貴州兵馬，齊屯鎮遠，扼守雲、貴通衢，特選精兵萬餘人，用四千兵攻上九股，四千兵攻下九股，自統五千餘名，攻清江下流各寨。號令嚴明，所向克捷。

乾隆元年春，復檄調各省援兵，分作八路，一齊發動，如潮前進。那時苗民雖奮死抗拒，究竟一隅草寇，不敵七省大兵，風飄雨掃，瓦解土崩，所有未死的逆苗，都逃入宿巢去了。廣泗會集大軍，進攻巢穴，行了數日，遙見一座大山，擋住去路，危崖如削，峻嶺橫空，四圍又都是小山攢住，蜿蜿蜒蜒的約有數百里。好稱山國。廣泗紮住了營，召進熟苗數名，問道：「這個地方叫做什麼？」熟苗道：「這名牛皮大箐，廣闊得了不得，北通丹江，南達古州，西拒都勻八寨，東至清江台拱，差不多有五百里方圓，向係生苗老巢。幽密得很，就是近地苗蠻，亦沒有曉得底細。」廣泗道：「據你說來，簡直是無人可入的，本經略卻是不怕，偏要進去。」不入虎穴，焉得虎子？便令熟苗退出。

次日，召集部將，令攻牛皮大箐，將士統有難色，廣泗拍案道：「養兵千日，用兵一時，國家費了無數軍餉，所為何事？難道叫你坐食不成？本經略受國厚恩，圖報正在今日，如得一戰成功，好與你等同膺巨賞，萬一失敗，本經略亦不忍獨生，願與大眾同死此地。天下事不患不成，但患不為，果使戮力同心、生死與共，何怕這牛皮大箐？何憚這待死苗民？」慷慨激昂。將士見主帥發怒，自然唯唯從命。廣泗又道：「據熟苗言，這牛皮大箐內，險惡異常，本經略豈肯冒昧從事，叫你前去尋死？但我來彼入，我去彼出，曠日持久，何時得了，好在各處已無叛苗，我軍糧餉尚足，正應設法搜掘，謀個一勞永逸的善策。現在令各軍分守箐口，先截叛苗出路，他向來不知耕作，料想箐內決無良田，不出一月，他自坐困，我們卻節節進攻，步步合圍，何愁不濟？」將士聽了此言，方個個歡喜起來，爭願效力。是所謂好謀而成。

廣泗遂傳令諸軍，密堵箐口，又在箐外四布伏兵，嚴防逋逸，圍了半月，始漸漸進逼，得步進步，得尺進尺，叛苗無處覓食，多在箐中餓斃。起初還有幾個強悍的，出來馳突，統被圍軍斬捕，後來不見苗蹤。廣泗遂驅軍大進，行入箐內，但見叢莽塞徑，老樾蔽天，霧雨冥冥，瘴煙羃羃，極大的蛇虺，極惡的野獸，出沒其間。廣泗令軍士縱火焚林，霎時間火勢騰上，滿山滿野，統是濃煙，動植各物，無不燒死。就是這等叛苗，也躲無可躲，竄出峒外，一半被殺，一半被捉，還有這種苗妻苗女、苗子苗孫，都已餓得骨瘦如柴，跪在峒旁，抱著頭慘呼饒命。官兵也無暇分辨，亂砍亂戳，覆巢下無完卵，遊釜中無生魚，幸虧廣泗下令禁止慘戮，還算儲存了幾個。

大箐已破，又搜剿附逆熟苗，分首惡、次惡、脅從三等，首惡立誅，次惡嚴辦，脅從肆赦。約歷數月，先後掃蕩，共毀除一千二百二十四寨，赦免三百八十八寨，陣斬苗民一萬七千餘名，俘二萬五千有零，獲銃炮四萬六千五百具，刀矛弓弩標甲，多至十四萬八千件。宥其半俘，收其叛產，設九衛屯田，養兵駐守。乾隆帝聞報大喜，命廣泗總督貴州，兼管巡撫事，賜輕車都尉世職，並豁免苗疆錢糧，永不徵收。苗民訴訟，仍從苗俗習慣，不拘律例。自是雲、貴邊境，才算平靖。

苗疆已定，海內承平，乾隆帝乃偃武修文，命大學士等訂定禮樂，鄂爾泰、張廷玉兩大臣，悉心斟酌，規據三禮，考正八音，把朝儀定得特別嚴密，樂章採得特別整齊。又復連年五穀豐登，八方朝貢，真個是全盛氣象，備極榮華。此時做個皇帝，方稱躊躇滿志。乾隆帝記起世宗遺旨，令在京三品以上及各省督撫學政，保薦博學鴻詞，嗣因世宗晏駕，不及舉行，至此正好纘成先志，開試文科。遂命各省文士，一律進京，計得一百七十六員，在保和殿考試。吟風弄月，摛藻揚華，篇篇是錦繡文章，個個是鼓吹盛世。當由大總裁等評定甲乙，恭呈御覽。乾隆帝拔取雋才十五員，遵照康熙年例，一等五人，授翰林院編修，二等十人，授翰林院檢討及庶吉士。各員謝恩任職，也不在話下。

只這乾隆帝坐享太平，垂裳而治，未免要想出這歡娛的事情來。禁城裡面的花園，算是暢春園最大，前明時懿戚徐偉作為別墅，園內花木參差，亭臺軒敞，別具一番風景。聖祖在日，曾賜名暢春，覆命於園內北隅，築屋數間，賜名圓明，令皇子在此讀書。世宗未登位時，最喜在圓明園飲酒吟詩，登位後，大興建築，樓臺亭榭，添了無數。暢春園附近，又有一長春仙館，比暢春園規模略小，館中倒也異樣精緻，乾隆帝踵事增華，令把三處並為一處，發出庫中存款，命工部督工改造。這一場建築，比世宗時闊大得多。東造琳宮，西增復殿，南築崇臺，北構傑閣，說不盡的巍峨華麗。又經這班文人學士，良工巧匠，費了無數心血，某處鑿池，某處疊石，某處栽林，某處蒔花，繁麗之中，點綴景緻，不論春秋冬夏，都覺相宜。又責成各省地方官，蒐羅珍禽異卉、古鼎文彝，把中外九萬里的奇珍、上下五千年的寶物，一齊陳列園中，作為皇帝家常的供玩。略略數語，金銀已不知貴得多少了。從前秦始皇築阿房宮，陳後主起臨春、結綺、望仙三閣，隋煬帝營顯仁宮芳華苑，料想也不過如此。以秦始皇、陳後主、隋煬帝相比，價值何如？這年園工告成，乾隆帝奉了皇太后，到園遊覽，並下特旨，自后妃以下，凡公主福晉，宗室命婦以及椒房眷屬，概令入園玩賞，於是大家遵旨入園。是日，春光藹藹，曉色融融，乾隆帝護著皇太后鑾駕，到了園內，后妃公主等，一律相隨，兩旁迎駕的人，統已站著。乾隆帝龍目一瞧，一半是風鬟霧鬢，素口蠻腰，此時也不暇評豔。直至行宮裡面，下了輿，隨太后步入，大眾向兩宮磕頭，除老年婦人外，都裝扮得天仙相似，獨有一位命婦，眉似春山，眼如秋水，面不脂而桃花飛，腰不彎而楊柳舞，真個是閉月羞花，沉魚落雁。乾隆帝顧了這個麗人，暗想道：「這人很有些面善，未識是誰家眷屬？」只是當眾人前，不好細問，便呆呆的坐著。眾人又轉向皇后處，請過了安，但見皇后起立，與那麗人握手道：「嫂嫂來得好早！」麗人卻嬌滴滴道：「應該恭候！」乾隆帝聽了兩人問答，方記起這位麗人，乃是皇后的親嫂子，內務府大臣傅恆的夫人。當由太后傳下懿旨道：「今日來此遊覽，大家不必拘禮。」眾人都又謝恩。太后又諭道：「遊覽不如徐步，坐了輿，反沒甚趣味。」乾隆帝恰不聽見，心不在焉，聽而不聞。還是皇后答了「恐勞聖體」四字。太后道：「我雖年老，徐步數里，想亦不至吃力。」乾隆帝方稟道：「聖母既要步行，叫輦駕跟著便是。要徐步，便徐步，要乘輿，便乘輿。」太后道：「這倒很好。」宮監獻茶，太后以下，統已飲畢，遂出來四處閒遊。皇帝皇后緊緊的跟著太后。皇后後面，便是傅夫人。皇帝頻頻回顧，傅夫人頗有些覺得，也有意無意，瞻仰御容。到一處，小憩一處。日中在離宮午餐，直到傍晚，太后方興盡回宮，皇帝皇后，亦一同隨返。皇后與傅夫人，又是握手敘別，皇帝更戀戀不捨，臨別時還回顧數次。傅夫人站立了好一歇，等到兩宮不見，方坐轎回去。一縷情絲，已經牽住。

乾隆帝自此日起，常掂唸著傅夫人，鎮日裡無情無緒，連皇后也不曉得他的心思，請問數次，不見回答。一日，遇著皇后千秋節，由太后預頒懿旨，令妃嬪開筵祝壽。乾隆帝竟開心起來，忙至慈寧宮謝恩，皇后更不必說。乾隆帝回到坤寧宮，對皇后道：「明日是你生辰，何不去召你嫂子入宮，暢飲一天？」皇后道：「她明日自應到來，何必去召？」乾隆帝道：「總是去召她穩當。前日去逛圓明園，我見你兩人很是親熱，此番進來，好留她盤桓數日，與你解悶。」皇后嘿然。乾隆帝即傳宮監，叫他奉皇后命，明晨召傅夫人入宮宴賞。宮監去了一回，復奏傅夫人正預備祝千秋節，明日遵旨入宮。是夕，乾隆帝便宿在皇后宮內。次日早起視朝，不見有什麼大事，當即輟朝入宮。文武百官，隨駕至宮門外，祝皇后千秋。祝畢，大眾散去。乾隆帝到坤寧宮，見眾妃嬪及公主福晉等，齊集宮中，傅夫人亦已在內。此時乾隆帝目中，只見有傅夫人。因御駕進來，個個站立，按照儀注行禮。乾隆帝忙道：「一切蠲免。今日為皇后生辰，奉皇太后懿旨賜宴，大家好歡飲一天。若仍要拘牽禮節，倒反自尋苦惱，朕卻不願吃這苦頭。」隨令大家卸了禮服，一概賜坐。偏是傅夫人換了常服，越加妖豔，頭上梳就旗式的髻子，發光可鑑，珠彩橫生；身上穿一件桃紅灑花京緞長襖，襯著這杏臉桃腮，嬌滴滴越顯紅白；襖下露出藍緞鑲邊的褲子，一雙天足，穿著滿幫繡花的京式旗圓。乾隆帝目不轉睛地瞧著了她，她卻嫣然一笑道：「壽禮未呈，先蒙賜宴，這都是皇太后、皇上的厚恩，臣妾感激不盡。」乾隆帝道：「姑嫂一體，何用客氣。」嫂可代姑，原是一體。當下傳旨擺宴，乾隆帝請傅夫人上坐。傅夫人道：「哪有冠履倒置的道理？」於是皇帝坐首席，皇后坐次席，第三席應屬傅夫人。傅夫人又謙讓一番，各位公主福晉等因傅夫人係皇后親嫂，自然特別尊崇，定要傅夫人坐第三席，傅夫人仍堅執不肯。乾隆帝道：「此處不是大廷上面，須按品列次，嫂子就坐了罷！」傅夫人無奈遵旨。比坐位重大的事情，亦應遵旨，但只一坐何妨。公主福晉等依次坐下，眾妃嬪亦侍坐兩旁。這次壽筵，正是異常豐盛，說不盡的山珍海味。飲到半酣，大眾都帶著酒意，脫略形跡，乾隆帝發了詩興，要大家即事聯詩。公主福晉等嚷道：「這個旨意，須要會吟詩的方可遵從，若不會吟詩，只得違旨。就使皇上要治罪，也是無可奈何了。」乾隆帝道：「不會吟詩，罰飲三杯，只皇后與嫂嫂，卻不在此例。」大眾方各無言。當由乾隆帝起句道：「坤闈設帨慶良辰。」皇后即續下道：「奉命開筵宴眾賓。」乾隆帝聞皇后吟畢，便道：「第三句請嫂嫂聯吟！」傅夫人道：「這卻不能，情願遵旨罰飲三杯。」乾隆帝道：「前說過嫂嫂不在此例，就使不會吟詩，也要硬吟的。況且姑姑能詩，嫂嫂沒有不能的道理。」這是從姑嫂一體語推闡出來，傅夫人只得想了一想，便吟道：「臣妾也叨恩澤逮。」乾隆帝道：「我接罷，『兩家並作一家春』，這句好不好？」恰是妙句。傅夫人極口讚揚。此心已許君皇了。乾隆帝又命眾人拇戰一回，釵聲釧聲，及一片呼三喝四的嬌聲，擠成一番熱鬧。傅夫人連飲了幾杯，酡顏半暈、星眼微餳，一片春意。乾隆帝見她已醉，命宮女扶至別宮暫寢，復令大家閒散一番，乾隆帝也出宮而去。

隔了一小時，大家重複入席，飲酒數巡，時已未刻，皇后令宮女去視傅夫人，宮女去了，好一歇，未見回報。等到大家用過了膳，宮女始含笑而來，報稱傅娘娘臥室緊閉，不便入內。皇后道：「皇上呢？」宮女道：「皇上麼？」說了兩聲皇上，停住後文。皇后已微覺一半，不問下去。隱忍得妙。大家散了宴，少坐片刻，日影西沉，宮中統已上燈，便各謝宴退出。是晚只傅夫人不勝酒力，留住宮中。次晨，乾隆帝仍出視朝，不愧英主。傅夫人方至坤寧宮告辭，皇后對她一瞧，雲鬟半亸，猶帶睡容。便微哂道：「嫂子恭喜！」已含醋意。這一語，說得這位傅夫人，不知不覺，面上一陣一陣的熱起來了，當即匆匆辭去。

自此皇后見了乾隆帝，不似前日的溫柔，乾隆帝也覺暗暗抱愧，少往坤寧宮。昭陽殿裡，私恨綿綿，誰知禍不單行，皇后親生子永璉，竟於乾隆三年，一病不起，醫藥無靈。這位璉哥兒，本已由乾隆帝遵照家法，密立皇儲，至此溘逝，這皇后恨上加恨，痛上加痛，哭得死去活來。乾隆帝趁這時機，打疊起溫柔功夫，百般勸解，再三引咎，允她再生嫡子，定當續立為儲，並諡永璉為端慧皇太子，賜奠數次，皇后方才回心轉來，過了數年，又生下一子，賜名永琮，總道他長命長壽，克承大統，怎奈生了兩年，陡出天花，又致夭折。看官！你想這富察皇后，此時還有趣味麼？乾隆帝想了一法，借東巡為名，奉皇太后率皇后啟鑾，暗中實為皇后憂悶，藉此消遣。伉儷情也算從重。謁了孔陵，祭了岱嶽，凡山東名勝的地方，統去遊覽，奈這皇后悲悼亡兒，無刻去懷，外邊雖強自排遣，內裡不知怎樣難過。沿途山明水秀、林靜花香，別人看了，都覺襟懷爽適，入她眼中，獨成慘綠愁紅；又復冒了一些風寒，遂在舟中大發寒熱。乾隆帝即令隨帶醫官，診脈進藥，服了下去，好似飲水一般，復徵召山東名醫，盡心診治，亦是沒效，連忙下旨迴鑾，甫到德州，皇后已暈了數次，乾隆帝隨時慰問，也沒有一言相答；到皇太后來視，方模模糊糊的說了「謝恩」二字。臨終時，對著乾隆帝，只滴了數點紅淚。後人有詩惋嘆道：

星霓蒼龍失國儲，巫陽忽又叫蒼舒。
長秋從此傷盡落，雲黯纖阿返桂輿。

皇后已崩，乾隆帝念自結褵以來，與皇后非常恩愛，只為了傅夫人，稍稍乖離，後來又復和協，不想中道淪亡，失了一位賢后，正是可痛，遂對棺大慟一場。皇太后聞知，忙令乾隆帝先歸，自己與莊親王允祿、和親王弘晝，緩程回京。乾隆帝遵了母訓，帶同大行皇后梓宮，兼程回去。

欲知後事，下回再講。

苗疆未平，清高宗無此愉快，皇后千秋節，亦無此鬧熱，虢姨不來，內蠱何從而起？皇后富察氏之猶得永年，未可知也。本回敘平苗事，寫得聲威震疊，敘祝壽事，寫得喜氣汪洋，而最後尾聲，則又寫得哀痛動人。歡容變作啼容，好景無非幻景，讀此可以悟往復平陂之理。

征金川兩帥受嚴刑　降蠻酋二公膺懋賞

卻說乾隆帝自德州回京，途次感傷，不消細說；到京後，命履親王允祹等，總理喪事，奉安皇后梓宮於長壽宮，諸王大臣，免不得照例哭臨；宮中妃嬪及福晉命婦，統為皇后服喪。傅夫人係皇后親嫂子，自然特別盡禮。乾隆帝見她淡裝素服，別具丰神，未免起了李代桃僵的思想，可惜羅敷有夫，不能強奪，只得背地裡做個襄王，重證高唐舊夢。好在傅夫人每日伴靈，在宮內留宿，不是伴死，卻是伴生。柳暗抱橋，花欹近岸，費長房暫縮相思地，女媧氏勉補離恨天，這位乾隆帝，方漸漸解了悼亡的憂痛。嗣因皇太后還宮，恐乾隆帝悲傷過甚，要替他續立皇后，乾隆帝以小祥為期，太后也不便勉強。因此坤寧宮中，尚是虛左以待，只冊諡大行皇后為孝賢皇后，並把大行皇后母家，特別恩遇，晉封后兄富文公爵。餘外不是封侯，就是封伯，共得爵位十四人，並升任傅恆為保和殿大學士，兼戶部尚書。一大半為了令正。「外家恩澤古無倫」，這句滿清宮詞，就是為此而作。

內喪粗了，外釁復起，大金川土司莎羅奔，忽又侵入川邊來了。這個金川土司，是四川省西邊土司中的一部，本係吐蕃領地，明朝時，部酋哈伊拉本內附，因他信奉喇嘛教，封為演化禪師。嗣後分為二部，一部居大金川，一部居小金川。順治七年，小金川酋卜兒吉細，與川吏往來，由川吏保為土司，康熙五年，復授大金川酋嘉勒巴演化禪師印。嘉勒巴孫莎羅奔，從清將軍岳鍾琪征藏，頗有功，清廷又升他為金川安撫司。乾隆初，莎羅奔勢漸強盛，令舊土司澤旺，管轄小金川部，又把他愛女阿扣，嫁與澤旺為妻。阿扣貌美性悍，憎澤旺粗鄙，不甚和睦，澤旺事事依從，她總悶悶不樂；只澤旺弟良爾吉，生得姿容壯偉，阿扣見了，未免動心。良爾吉正在青年，哪有不知風月的勾當？與阿扣眉來眼去，非止一日，奈因澤旺在旁，不便下手，這日應該有事，澤旺擬出外遊獵，良爾吉託病不從，等到澤旺已去，他即闖入內寢，想與阿扣調情。色膽天來大。阿扣正手託香腮，呆坐出神，見良爾吉進來，便起身相迎。良爾吉久蓄邪念，管什麼叔嫂嫌疑，竟似餓鷹一般，將阿扣摟住求歡。阿扣假作推開，急得良爾吉下跪道：「我的娘！今日須救我一救！」阿扣道：「我不是觀世音菩薩，如何救你？」良爾吉道：「阿嫂正是救苦救難的觀世音。」阿扣瞅了良爾吉一眼，便道：「好一個急色兒，起來罷！」良爾吉站起身來，不由分說，竟將阿扣抱入帳中，你半推半就，我又驚又愛，小子若再描繪情狀，要變作誨淫導奸，只說一句良爾吉盜嫂便了。到了步武陳平地步。

澤旺遊獵回來，那時叔嫂二人，早已雲收雨散，內外分居。但天下事若要不知，除非莫為，閨房中曖昧事情，免不得要傳到澤旺耳中，澤旺不得不少加管束。阿扣及良爾吉，不能常續舊歡，心中未免懊惱，會聞莎羅奔侵略打箭爐土司，頗得勝仗，良爾吉乘間與阿扣商量，擬請莎羅奔調澤旺從軍，省得阻攔好事。阿扣大喜，佯託歸寧，密稟她老子莎羅奔，獻了調遣澤旺的計策。莎羅奔遂著人徵調澤旺，澤旺向來懦弱，不願與別部土司啟釁，當即辭卻。來人回報莎羅奔，莎羅奔大怒，飭部眾去拿澤旺。阿扣忙出帳請道：「要拿澤旺，何須興動部眾，只叫著數人，隨女兒前去，包管澤旺拿到。」回去續歡，也是要緊。莎羅奔遂依他女兒的計策，挑選頭目二人，率健婢數十名，送女回小金川。澤旺接著，只得款待來使，犒飲已畢，來使辭歸，由澤旺送出帳外；忽來使變了臉，命手下健卒擒住澤旺，澤旺大叫我有何罪。來使道：「你奉調不至，所以特來請你。」澤旺部下，攘臂而起，方想奪回澤旺，當由良爾吉攔阻道：「我兄係大金川女婿，此去當不至受辱，若一動兵戈，大家傷了和氣，反不得了。」小金川部眾，聞了此語，遂束手不動，由大金川來使，劫了澤旺而去。

良爾吉回入帳中，忙至內寢，但見阿扣含笑道：「我的計策好不好？」良爾吉道：「今日當竭力報效。」阿扣啐了一聲，便整頓酒餚，對酌起來。飲酣興至，兩人又寬衣解帶，做那鴛鴦勾當。從此名為叔嫂，暗實夫婦。

清廷聞莎羅奔內侵，遂命張廣泗移督四川，相機勦治。廣泗入川後，率兵至小金川駐紮，忽報良爾吉求見，當由廣泗召入。良爾吉跪在地下，假作大哭道：「莎羅奔不道，將長兄澤旺擒去，現在生死未卜，懇大帥急速發兵，攻破大金川，奪回長兄，恩同再造。」張廣泗不知是詐，便叫他起來，勸慰一番，令作前軍嚮導，往討莎羅奔。

這大金川本是天險，西濱河，東阻大山，莎羅奔居勒烏圍，令他兄子郎卡，居噶爾崖。勒烏圍、噶爾崖兩處，非常險峻，四川巡撫紀山曾遣副將馬良柱等率兵進，未得深入。張廣泗奏調兵三萬，分作兩路，一由川西入攻河東，一由川南入攻河西；河東又分四路，兩路攻勒烏圍，兩路攻噶爾崖，以半年為期，決意蕩平。怎奈河東戰碉林立，易守難攻。什麼叫做戰碉？土人用石築壘，高約三四丈，彷彿塔形，裡面用人守住。四面開窗，可放矢石，每奪一碉，須費若干時日，還要傷死數百人。這碉雖毀，那碉復立，攻不勝攻，轉眼間已是半年，毫無寸效。張廣泗急得沒法，牛皮大箐不足畏，遇著戰碉，反致沒法，軍事之難可知。命良爾吉另尋間道。良爾吉道：「此處無間道可入，只有從昔嶺進攻，方可直入噶爾崖，但昔嶺上面，恐已有人固守，進攻亦是難事。」張廣泗道：「從前貴州的苗巢，何等艱險，本制軍還一鼓蕩平，何怕這區區昔嶺呢？倘若畏險不攻，何時得平大金川？」遂命部將宋宗璋、張應虎及張興、孟臣等，分路搗入，仍用良爾吉作為前導，誰知這良爾吉早已密報莎羅奔，令他趕緊防禦，等到清兵四至，番眾鼓譟而下，把清兵殺得四分五裂。張興、孟臣戰死，宋宗璋、張應虎逃回。廣泗還道良爾吉預言難攻，特別信用。良爾吉兩面討好，莎羅奔竟將愛女充賞，令與良爾吉為夫婦。良爾吉快活異常，只瞞住張廣泗一人，日間到了清營，虛與周旋，夜間回入本寨，偕阿扣通宵行樂。樂固樂矣，如天道難容何？廣泗毫不覺察，唯仍用以碉逼碉的老法子，自乾隆十二年夏月攻起，到十三年春間，只攻下一二十個戰碉，此外無功可報。

會聞故將軍岳鍾琪到來，廣泗出營迎接，因他老成望重，雖起自廢籍，倒也不敢輕視。鍾琪入廣泗營，兩下會議，廣泗願與鍾琪分軍進攻。鍾琪攻勒烏圍，廣泗攻噶爾崖，方在議決，忽報大學士訥親，奉命經略，前來視師。張、岳兩人，又至十里外遠迎，但見訥親昂然而至，威嚴得了不得，見了兩帥，並不下馬。兩帥上前打拱，他只把頭略點一點。既到戰地，紮駐大營，廣泗等又入營議事，訥親把廣泗飭責一番，廣泗大不謂然，負氣而出。訥親遂調齊諸將，下令限三日取噶爾崖，總兵任舉，參將賈國良，最號驍勇，奉訥親命，領兵急進。此時良爾吉得了此信，忙遣心腹到噶爾崖，報知郎卡，教他小心抵禦。郎卡遂挑選勁卒，埋伏昔嶺兩旁，自率精騎下噶爾崖，專待清兵廝殺。任舉、賈國良驅軍直入，如風馳電掣一般，到了昔嶺，山路崎嶇，令軍士下馬前行，任舉在前，賈國良在後，任舉兵已逾嶺而進，賈國良兵尚在嶺中，忽兩邊突出兩路番兵，把清兵沖斷。

任舉令前軍排齊隊伍，與番兵角鬥，互有殺傷，只賈國良的後軍，截留嶺內，無可施展，番兵用箭亂射，任你賈國良武藝絕倫，也被無情的箭鏃攢集身中，傷重而亡。這邊任舉還不知國良戰死，抖擻精神，驅殺番兵，不想郎卡又到，一支生力軍殺入，任舉不能支持，奈前後無路，自知不能生還，便拚了命，殺死番兵數十名，大叫一聲，嘔出狂血無數。番兵圍將攏來，復格死數人，方才暈絕，兵士亦大半做了刀頭之鬼。

訥親聞了敗報，方識大金川厲害，亟召張廣泗等商議，隨向廣泗道：「任舉、賈國良，兩員驍將，統已陣亡，我不料區區金川，有這般厲害。還請制軍等別圖良策！」廣泗道：「公爺智深勇沉，定能指日滅賊，如廣泗輩碌碌無能，老師糜餉，自知有罪，此後但憑公爺裁處，廣泗奉命而行便了。」這番言語，分明是譏諷訥親。這亦是廣泗短處。訥親暗覺慚愧，勉強道：「凡事總須和衷辦理，制軍不應推諉，亦不可別生意見。」廣泗道：「據愚見想來，只有用碉逼碉一法，待戰碉一律削平，勒烏圍、噶爾崖等處，便容易攻入了。」俟河之清，人壽幾何？廣泗未免呆氣。岳鍾琪接口道：「據大金川地圖看來，勒烏圍在內，噶爾崖在外，若從昔嶺進攻，就使得了噶爾崖，距賊巢還有數百里，道迂且長，不如改尋別路為是。」廣泗道：「昔嶺東邊，尚有卡撤一路，亦可進兵。」鍾琪道：「從卡撤進兵，中間仍隔噶爾崖，與昔嶺也差不多。愚見不如另攻黨壩，黨壩一入，距勒烏圍只五、六十里，山坡較寬，水道亦通，破了外隘，便可進攻內穴，敢請公爺與制軍斟酌！」訥親茫無頭緒，不發一言。廣泗復道：「黨壩一方，已著萬人往攻，但亦不能得手。且澤旺弟良爾吉等，都說取道黨壩，不如從昔嶺卡撤，兩路進兵便當。良爾吉是此地土人，應熟悉地理，況又有志救兄，諒不致誤。」鍾琪微笑道：「制軍休再信良爾吉，良爾吉與他嫂子，暗裡通姦，土人多已知曉，制軍不可不防！」廣泗道：「良爾吉與嫂子犯奸，不過是個人敗德，於軍事沒甚關係。」鍾琪道：「嫂可盜，要什麼兄長，難道還肯真心助我麼？」廣泗道：「如此說來，都是我廣泗不好，嗣後廣泗不來參與軍情，那時定可成功呢。」說畢，起身別去。鍾琪亦辭了訥親，回到營中，暗想廣泗這般負氣，將來恐累及自己，遂修了一本奏摺，劾廣泗信用漢奸，防生他變。訥親亦奏劾廣泗老師糜餉各事。乾隆帝覽奏大怒，立命逮廣泗回京，又因訥親曠久無功，另遣傅恆代任經略，親賜御酒餞行，並命皇子及大學士，送至良鄉。內嫂子已疊受厚恩，內兄自應加禮。

傅恆去後，張廣泗已逮解到京，先由軍機大臣審問。廣泗把許多錯誤，都推在訥親身上。乾隆帝親自復訊，廣泗仍照前復對。乾隆帝怒道：「你果好好布置，剋日奏功，朕亦不令訥親到川，你既失誤軍機，還要諉過別人，顯是負恩誤國。朕若赦你，將來如何御將？」便問軍機大臣道：「張廣泗應如何處罪？」軍機大臣道：「按律應斬。」乾隆帝即命德保勒爾森為監刑官，把廣泗綁出午門斬訖。負氣的人，終歸自苦。隨傳旨令訥親明白復奏。

過了月餘，復奏已到，也是一派諉過的話頭，乾隆帝又惱了性子，將原奏擲地，飭侍衛至訥親家，取出訥親祖父遏必隆的遺劍，發往軍前，令訥親自裁。川內三大帥，只剩岳鍾琪一人，還算保全，將士們都嚇得膽顫心驚。

傅恆至軍，由岳鍾琪密稟良爾吉罪狀，遂召良爾吉入帳。良爾吉從容進見，傅恆喝左右拿下。良爾吉忙道：「大帥何故拿我？」傅恆喝道：「你蔑兄奸嫂，漏洩軍機，本經略已探聞的確，今日叫你瞑目受死。」良爾吉還想抗辯，傅恆喝左右斬訖報來。霎時間獻上首級，傅恆令懸竿示眾，一面擺隊出營，入小金川寨中，令軍士擒出阿扣，責她背夫淫叔的罪名。阿扣哀乞饒命，恁你如何長舌，已不中用。傅恆道：「萬惡淫婦，還想求生麼？」責人固明，責己若何？亦喝左右斬訖。可憐一對露水夫妻，雙雙畢命。是淫惡的果報。

敵間已除，軍容復整，傅恆又定了直搗中堅的計策，隨即上表奏道：

臣經略大學士傅恆跪奏。金川之事，自臣到軍以來，始知本末。當紀山進討之始，唯馬良柱轉戰直前，其鋒甚銳，斯時張廣泗若速濟師策應，乘賊守備未周，殄滅尚易，乃坐失機會，宋宗璋逗留於雜谷，張應虎失機於的郊，致賊將盡據險要，增碉備禦，七路十路之兵，無一路得進。及訥親至軍，未察情形，唯嚴切催戰，任舉敗沒，銳挫氣索，晏起偷安，將士不得一見，不聽人言，不恤士卒，軍無鬥志，一以軍務委張廣泗，廣泗又聽奸人所為，唯恃以卡偪卡，以碉偪碉之法。無如賊碉林立，得不償失，先後殺傷數千人，尚匿不實奏。

臣查攻碉最為下策，槍彈唯及堅壁，於賊無傷，而賊不過數人，從暗擊明，槍不虛發，是我唯攻石，而賊實攻人，且於碉外開濠，兵不能越，而賊得伏其中，自上擊下，又戰碉銳立，高於中土之塔，建造甚巧，數日可成，隨缺隨補，頃刻立就。且人心堅固，至死不移，碉盡碎而不去，炮方過而又起。客主勞佚，形勢迥殊，攻一碉難於克一城。即臣所駐卡撒左右山頂，即有三百餘碉，計半月旬日得一碉，非數年不能盡，且得一碉輒傷數十百人，較唐人之攻石鋒堡，尤為得不償失。如此曠日持久，老師糜餉之策，而訥親、張廣泗尚以為得計，臣不解其何心也。

兵法：「攻堅則瑕者堅，攻瑕則堅者瑕」，唯有使賊失其所恃，而我兵乃得展其所長。臣擬俟大兵齊集，同時大舉，分地奮攻，而別選銳師，旁探間道，裹糧直入，逾碉勿攻，繞出其後，即以圍碉之兵，作為護餉之兵，番眾無多，外備既密，內守必虛，我兵即從捷徑搗入，則守碉之番，各懷內顧，人無鬥志，均可不攻自潰。卡撒為攻噶爾崖正道，嶺高溝窄，臣既身為經略，當親任其難。至黨壩一路，岳鍾琪雖稱山坡較寬，可以水陸並進，兼有卡里等隘，可以間道長驅，但臣按圖諮訪，隘險亦幾同卡撒，且瀘河兩岸，賊已阻截，舟難徑達，唯可酌益新兵，兩路並進，以分賊勢，使其面面受敵，不能兼顧，雖有深溝高壘，漢奸不能為之謀，逆酋無所恃其險矣。至於奮勇固仗滿兵，而嚮導必用土兵，土兵中小金川尤驍勇。今良爾吉之奸諜已誅，驅策用之，自可得力。前此訥親、張廣泗，每得一碉，即撥兵防守，致兵力日分，即使毀除，而賊又於其地立卡，藏身以傷我卒，是守碉毀碉，均為無益。近日賊聞臣至，每日各處增碉，猶以為官兵狃於舊習，彼得恃其所長，不知臣決計深入，不與爭碉，唯俟大兵齊集，四面布置，出其不意，直搗巢穴，取其渠魁，約四月間當可奏捷矣。謹此上奏。

這篇大文，乃是乾隆十四年正月奏聞，乾隆帝留中不發。過了數日，反促傅恆班師回朝。傅恆復奏：「賊勢已衰，我兵且戰且前，已得險要數處，功在垂成，棄之可惜。若不掃穴擒渠，臣亦無顏回京」等語。乾隆帝復頒寄諭旨，反覆數千言，且說：「蕞爾土司，即掃穴犁庭，不足示武。」看官！你道乾隆帝是何命意？他因興師以後，已經二年，殺了兩個大臣，又失了任舉良將，未免懊悔，因此屢促班師。

此時大金川酋莎羅奔，已斷內應，並因連年抵禦，部眾亦死了不少，遂釋歸澤旺，遣師至清營謝罪。傅恆叱退來使，與岳鍾琪分軍深入，連克碉卡，軍聲大震。莎羅奔又遣人至岳鍾琪營，願繳械乞降，鍾琪因前征西藏，莎羅奔舊隸麾下，本來熟識，遂輕騎往抵勒烏圍。莎羅奔聞鍾琪親至，遂率領部眾，出寨恭迎，羅拜馬前。鍾琪責他背恩負義，莎羅奔叩首悔過，願遵約束，隨遣番人至大營前，闢地築壇，預設行幄。壇成，莎羅奔父子，從鍾琪坐皮船出峒，及到壇前，清經略大學士傅恆已高坐壇上，莎羅奔等俯伏壇下，由傅恆訓責一番，令返土司侵地，獻凶酋，納兵械，歸俘虜，供徭役。莎羅奔一一聽命，乃宣詔赦罪。諸番焚香作樂，獻上金佛一尊，首頂佛經，誓不復反。傅恆始下壇歸營，莎羅奔率眾退去。訥親，張廣泗連戰無功。傅恆獨一鼓平蠻，想係傅夫人的幫夫運。捷報奏達京師，乾隆帝大悅，優詔褒獎，比傅恆為平蠻的諸葛武侯，盟回紇的郭汾陽，遂封他為一等忠勇公，何不封他元緒公。岳鍾琪為三等威信公，立召凱旋，命皇長子及諸王大臣郊勞。既入禁城，乾隆帝御紫光閣，行飲至禮，賜經略大學士忠勇公傅恆，及隨征將士宴於豐澤園，復賞他御製詩章。中有一聯云：

兩階干羽欽虞典，大律官商奏採薇。

傅恆既歸，傅夫人不能時常進宮，乾隆帝要繼立皇后了。

繼后為誰？容待下回敘明。

訥親、張廣泗二人，處罪從同，而罪狀不同。廣泗信漢奸，比匪人，輕視訥親，積不相容，固有難逭之罪，然金川艱險，戰碉林立，非廣泗之出兵擣毀，則傅恆分路深入之計，恐亦未能驟行。且廣泗逮還，高宗親訊，以其抗辯而殺之，尤為失當。廣泗有罪，理屈詞窮，殺之可也，乃廣泗尚有可辨之處，而高宗不問曲直，立置重刑，刑戮任情，得毋太過！況廣泗有平苗之大功，尤應曲為赦宥乎？傅恆一出，叛酋乞降，雖由間諜之被誅，然其時金川精銳，已皆傷亡於張廣泗之手，廣泗不幸而衝其堅，傅恆特幸而乘其敝耳。莎羅奔舊隸岳鍾琪麾下，至此亦由鍾琪輕騎往撫，始悔罪投誠，是則金川之平，功亦多出岳鍾琪，傅恆因人成事，得沐榮封，兼邀諸葛、汾陽之譽，寧能無愧？意者其殆由虢姨承寵，特別賜恩歟？本回敘金川戰事，實隱指高宗刑賞之失宜。至良爾吉蔑兄盜嫂，阿扣背夫淫叔，不過作為渲染詞料，然其後授首軍前，揭竿示眾，亦可見天道禍淫之報，於世道人心，不無裨益云。

御駕南巡名園駐蹕　王師西討叛酋遭擒

卻說孝賢后崩逝後，已是小祥，乾隆帝至梓宮前親奠一回。奠畢，慈寧宮傳到懿旨，宣召乾隆帝進宮。到太后前請過了安，太后道：「現在皇后去世，已滿一年，六宮不可無主，須選立一人方好。」乾隆帝嘿然不答。其將誰語？太后道：「宮內妃嬪，哪一個最稱你意？」乾隆帝道：「妃嬪雖多，沒一個能及富察，奈何？」富察二字，含糊得妙。太后道：「我看嫻貴妃那拉氏，人頗端淑，不妨升她為后。」乾隆帝沉吟半晌，便道：「但憑聖母主裁！」太后道：「這也要你自己願意。」乾隆帝平日頗盡孝道，至此也不欲違逆母命，沒奈何答了一個「願」字。退出慈寧宮，又輾轉思想了一番，乃於次日下旨，冊封嫻妃那拉氏為皇貴妃，攝六宮事。那拉氏不即立后，乾隆帝之意可知。直到孝賢皇后二週年，尚未冊立正宮，經太后再三催促，方立那拉氏為皇后。參商之兆，已萌於此。此時鄂爾泰已死，張廷玉亦因老乞歸，鄂、張二人，本受世宗遺旨，身後俱得配享太廟，嗣因鄂、張各存黨見，朝官依附門戶，互相攻訐，事為乾隆帝所聞，心滋不悅。廷玉乞歸時，又堅請身後配享，觸忤龍顏，嚴旨詰責，追繳恩賜物件，革去伯爵，並不令配享。硬要做滿族奴才，致觸主怒，何苦何苦！廷玉驚慌得了不得，後來一病身亡，總算乾隆帝優待老成，仍令配享太廟，廷玉好瞑目了。

這是後話。

乾隆帝因宮廷中事，都未愜意，不免煩惱，便想到別處閒遊，借作排遣。十五年春季，奉了皇太后，巡幸五臺山，秋季又奉皇太后臨幸嵩嶽，兩處遊玩，仍不見有什麼消遣的地方。他想外省的景緻，還不及一圓明園，就時常到圓明園散悶，這日，在園中閒逛，起初是天氣陰沉，不甚覺得炎熱，到了午後，雲開見日，遍地陽光，掌蓋的忘攜御蓋，被乾隆帝大加申斥，忽隨從中有人說道：「典守者不得辭其責。」乾隆帝便問道：「誰人說話？」那人便跪倒磕頭。乾隆帝見他唇紅齒白，是一個美貌的少年，隨問道：「你是何人？」那人稟道：「奴才名和珅，是滿洲官學生，現蒙恩充當鑾儀衛差役，恭奉御輿。」乾隆帝道：「你是官學生，充這舁輿的差使，未免委屈，朕拔你充個別樣差使，可好麼？」和珅感激得了不得，便磕了九聲響頭，朗聲道：「謝萬歲萬萬歲天恩！」和珅初蒙主知，已極意貢諛，望而知為妄臣。乾隆帝便令他跟住身後，有問必答，句句稱旨，引得龍心大開，回到宮中，竟命他作宮中總管。這和珅驟膺寵眷，打疊精神，伺候顏色，乾隆帝想著什麼，不待聖旨下頒，他已暗中覺察，十成中總管八九成，因此愈加寵任，乾隆帝竟日夜少他不得，後人說他是彌子瑕一流人物，小子無從搜得確據，不敢妄說。

只乾隆帝素愛冶遊，得了和珅以後，越加先意承志。說起南邊風景，很是繁華，乾隆帝道：「朕亦想去遊幸一次，只慮南北迢遙，要勞動宮民，花費許多金錢，所以未決。」和珅道：「聖祖皇帝六次南巡，臣民並沒有多少怨諮，反都稱頌聖祖功德。古來聖君，莫如堯舜，《尚書．舜典》上，也說五載一巡狩，可見巡幸是古今盛典，先聖後聖，道本同揆，難道當今萬歲，反行不得麼？況且國庫充盈，海內殷富，就使費了些金銀，亦屬何妨。」乾隆帝生平，最喜仿效聖祖，又最喜學著堯舜，聽了和珅一番言語，正中下懷，自來英主多願愛民，後來亦多被小人導壞，漢武、唐玄與清高宗皆此類也。便道：「你真是朕的知己！」遂降旨預備南巡。和珅討差，督造龍舟，建得窮工奇巧，備極奢華，把康、雍兩朝省下的庫儲，任情揮霍，好像用水一般；和珅從中得了數十萬好處，乾隆帝還獎他辦事幹練，升他做了侍郎。這叫做升官發財。和珅復飛諮各省督撫，趕修行宮，督撫連忙募工修築，又把水陸各道，一律疏通，準備巡幸。乾隆十六年春正月，乾隆帝奉皇太后啟鑾，宮中挑選了幾個妃嬪，作為陪侍，皇后獨沒福隨遊，伉儷之情可想。外面除留守人等，盡令扈從，儀仗車馬，說不勝說，數不勝數。開路先鋒，便是新任侍郎和珅，御駕所經，督撫以下，盡行跪接，一切供奉，統由和珅監視。和珅說好，乾隆帝定也說好，和珅說不好，乾隆帝定也說不好。督撫大員，都乞和珅代為周旋，因此私下饋遺，以千萬計。

兩宮舍陸登舟，駕著龍船，沿運河南下，由直隸到山東，從前已經遊歷，沒甚可玩，只在濟寧州耽擱一日。由山東到江蘇，六朝金粉，本是有名，乾隆帝為此而來，自然要多留幾天。揚州住了好幾日，蘇州又住了好幾日，所有名勝的地方，無不遊覽。蘇杭水道最便，復自蘇州直達杭州，浙省督撫，料知乾隆帝性愛山水，在西湖建築行宮，特別軒敞。兩宮到了此地，遊遍六橋三竺，果覺得湖山秀美，踰越尋常。乾隆帝非常喜悅，不是題詩，就是寫碑；有時腦筋笨滯，命左右詞臣捉刀，並召試諸生謝墉等，賞給舉人，授內閣中書。又親祭錢塘江，渡江祭禹陵，復回至觀潮樓閱兵。

忽報海寧陳閣老，遣子接駕，乾隆帝奇異起來，還是太后叫他臨幸一番，太后應已覺著了。遂自杭州至海寧。此時陳閣老聞御駕將到，把安瀾園內裝潢得華麗萬分，陳府外面的大道整治得平坦如鏡，隨率領族中有職男子到埠頭恭候。隔了數時，遙見龍舟徐徐駛至，拍了岸，便排班跪接，奉旨叫免。陳閣老等候兩宮上岸登輿，方謝恩而起，恭引至家。陳老夫人亦帶了命婦在大門外跪迎，兩宮又傳旨叫免，乃起導兩宮入安瀾園，下輿升坐。接駕的一班男婦，復先後按次叩首。兩宮命陳閣老夫婦列坐兩旁，陳閣老夫婦又是謝恩。餘外男婦等奉旨退出。於是獻茶的獻茶，奉酒的奉酒，把陳家忙個不了。幸虧隨從的人有一半扈蹕入園，有一半仍留住舟中，所以園內不致擁擠，兩宮命陳閣老夫婦侍宴，隨從的文武百官，宮娥彩女，亦分高下內外，列席飲酒，大約有一、二百席，山南海北的珍味，沒一樣不採列，並有戲班女樂侑宴，這一番款待，不知費了多少金錢。只乾隆帝御容，很有點像陳閣老，陳老太太有時恰偷覷御容，似乎有些驚疑的樣子，究竟乾隆帝天亶聰明，口中雖是不言，心中恰是詫異，酒闌席散，奉了太后，與陳閣老夫婦，到園中遊玩一周，回入正廳。乾隆帝諭陳閣老夫婦道：「這園頗覺精緻，朕奉太后到此，擬在此駐蹕數天。但你們兩位老人家，年力將衰，不必拘禮，否則朕反過意不去，只好立刻啟行了。」陳閣老忙回道：「兩宮聖駕，不嫌褻陋，肯在此駐蹕數日，那是特別加恩，臣謹遵旨！」皇帝到了家裡，陳閣老以為光寵，我說實是晦氣。太后亦諭道：「此處伺候的人很多，你兩老夫婦，可以隨便疏散，不必時時候著。」閣老夫婦謝恩暫退。

是夕，乾隆帝召和珅密議，說起席間情況，囑和珅密察。和珅奉旨，屏去左右，獨自一人在園間踱來踱去，假作步月賞花的情形。更深夜靜，四無人聲，和珅不知不覺，走到園門相近，仍不聞有什麼消息，正想轉身回至寢室，忽見園角門房內，露出燈光一點，裡面還有唧唧噥噥的聲音，便輕輕的掩至門外，只聽裡面有人說道：「皇上的御容，很像我們的老爺，真是奇怪。」接連又有一人道：「你們年紀輕輕，哪裡曉得這種故事？」前時說話的人又問道：「你老人家既曉得故事，何不說與我們一聽。」和珅側著耳朵，要聽他對答，不料下文竟爾停住，只有一陣咳嗽聲，咯痰聲，不肯直敘，這是文中波瀾。不免等得焦躁起來。虧得裡面又在催問，那時又聞得答語道：「我跟老爺已數十年，前在北京時，太太生了一位哥兒，被現今皇太后得知，要抱去瞧瞧，我們老爺只得應允，誰料抱了出來，變男為女，太太不依，要老爺立去掉轉，老爺硬說不便，將錯就錯的過去。現在這個皇上，恐怕就是掉換的哥兒呢。」這兩句話，送入和珅耳中，暗把頭點了數點。忽聽裡面又有人說道：「你這老總管亦太粗莽，恐怕外面有人竊聽。」和珅不待聽畢，已三腳兩步的走了。路中碰著巡夜的侍衛，錯疑和珅是賊，細認乃是和大人，想上前問安，和珅連忙搖手，匆匆的趨回寢室。睡了一覺，已是天明，急起身至兩宮處請安。乾隆帝忙問道：「有消息麼？」和珅道：「略有一點消息，但恐未必確實。」乾隆帝道：「無論確與不確，且說與朕聽！」和珅道：「這個消息，奴才不敢奏聞。」乾隆帝問他緣故，和珅答稱：「關係甚大，倘或妄奏，罪至凌遲。」乾隆帝道：「朕恕你罪，你可說了。」和珅終不敢說，乾隆帝懊惱起來，便道：「你若不說，難道朕不能叫你死麼？」和珅跪下道：「聖上恕奴才萬死，奴才應即奏聞，但求聖上包涵方好！」乾隆帝點了點頭，和珅便將老園丁的言語，述了一遍。乾隆帝吃了一驚，慢慢道：「這種無稽之言，不足為憑。」聰明人語。和珅道：「奴才原說未確，所以求聖上恕罪！」乾隆帝道：「算了，不必再說了。」忽報陳閣老進來請安，乾隆帝忙叫免禮，並傳旨今日啟鑾，還是陳閣老懇請駐蹕數天，因再住了三日，奉太后迴鑾，陳閣老等遵禮恭送，不消細說。

兩宮仍回到蘇州，復至江寧，登鐘山，祭孝陵，泛秦淮河，登閱江樓，又召試諸生蔣雍等五人，並進士孫夢逵，同授內閣中書。駐蹕月餘，方取道山東，仍還京師。回京後，乾隆帝欲改易漢裝，被太后聞知，傳入慈寧宮，問道：「你欲改漢裝麼？」乾隆帝不答，太后道：「你如果要改漢裝，便是不忠不孝，不仁不義，我亦要讓你了。」乾隆帝連稱不敢，方才罷議。冕旒漢制終難復，徒向安瀾駐翠蕤。

日月如梭，忽忽間又過三年，理藩院奏稱準噶爾臺吉達瓦齊，遣使入貢，乾隆帝問軍機大臣道：「準部長噶爾丹策零，數年前身死，嗣後立了那木札爾，又立了喇嘛達爾札，擾亂數年，朕因他子孫相襲，道途又遠，所以不去細問。什麼今日，換了個達瓦齊？」軍機大臣道：「那木札爾，係噶爾丹策零次子，策零死，那木札爾立，後來因昏庸無道，被他女兒的丈夫弒掉了，另立策零庶長子喇嘛達爾札，現在喇嘛達爾札又被部眾弒掉，改立達瓦齊，這達瓦齊聞是準部貴族大策零子孫呢。」乾隆帝道：「照這般說，達瓦齊係策零僕屬，膽敢篡立，實是可恨，朕擬興師問罪，免他輕視天朝。」正商議間，又接邊臣奏摺，內稱：「輝特部臺吉阿睦撒納，為達瓦齊所敗，願率眾內附」等語。乾隆帝即命阿睦撒納來京陛見，並卻還達瓦齊貢使。阿睦撒納奉了上諭，當即到京求見，由理藩院尚書帶入，阿睦撒納叩首畢，乾隆帝問道：「你便是輝特部臺吉麼？」阿睦撒納答道：「是。」乾隆帝又問道：「你如何與達瓦齊開戰？」阿睦撒納道：「達瓦齊篡了準部，還想蠶食他方，臣本與他劃疆自守，毫無干涉，他無端侵入臣境，臣與他戰了一場，被他殺敗，因此叩關內附，仰乞大皇帝俯賜矜全！」乾隆帝見他身材雄偉，言語爽暢，不覺喜悅，便道：「朕正想發兵討達瓦齊，你來得很好。」阿睦撒納道：「大皇帝果發義師，臣願作為前導。」乾隆帝道：「你肯為朕盡忠，朕卻不吝重賞。」阿睦撤納謝恩而出。乾隆帝即召集王大臣，會議發兵計畫，並言蕩平準部，就在阿睦撤納身上。軍機大臣舒赫德奏道：「臣看阿睦撤納相貌猙獰，必非善類，請聖上不要信他！」乾隆帝怫然不悅，便厲聲道：「據你說來，達瓦齊是不應討麼？」舒赫德道：「達瓦齊非不應討，但阿睦撤納，乞皇上不可重用！」乾隆帝復厲聲道：「阿睦撤納是生長彼地，地理人情，都應熟悉，朕若不去用他，難道用你不成！」舒赫德素性剛直，還要接口道：「聖上要用這阿睦撤納，請將他部下餘眾，徙入關內，免得後患。」乾隆帝怒道：「你這般膽小，如何好做軍機大臣？」叱侍衛逐出舒赫德。舒赫德嘆息而去。忠言逆耳，令人嗚咽。傅恆見乾隆帝發怒，忙上前道：「聖上明燭萬里，此時正好出征準部，戡定西陲。」這等拍馬屁的伎倆，想是從閨訓得來。乾隆帝怒容漸霽，徐答道：「究竟是你有些智謀。但還是今年出兵，明年出兵？」傅恆道：「據臣愚見，今年且先籌備起來，待明年出兵未遲。」乾隆帝准奏，遂下旨飭八旗將士先行操練，並封阿睦撤納為親王。

看官！你道這阿睦撤納，究竟是何等樣人？他的言語，究竟可靠不可靠？小子須要補述一番方好。阿睦撤納是丹衷的遺腹子，丹衷係策妄女婿，策妄借結婚政策，滅了丹衷的父親拉藏汗，應第二十九回。丹衷窮無所歸，寄食準部，免不得怨恨策妄，策妄又把丹衷害死，將自己的女兒改醮輝特部酋，只五、六月生了一個男孩子，就是阿睦撤納。阿睦撤納長大起來，繼了後父的位置，見準部內亂，蓄志併呑，先幫助達瓦齊，殺了喇嘛達爾札，自己遷至額爾齊斯河，脅服杜爾伯特部。達瓦齊也陰懷疑忌，大舉攻阿睦撤納，阿睦撤納乃託名內附，想借清朝兵力，滅掉達瓦齊，自己好占據準噶爾。巧遇乾隆帝好大喜功，聽了阿睦撤納的言語，決計用兵。會準部小策零屬下薩拉爾及達瓦齊部將瑪木特，先後降清，阿睦撤納又促請出師。於是乾隆二十二年春，命尚書班第為定北將軍，出北路。陝甘總督永常為定西將軍，出西路。北路用阿睦撒納為前導，授他做定邊左副將軍。西路用薩拉爾為前導，授他做定邊右副將軍。瑪木特做了北路參贊，西路參贊，用了內大臣鄂容安。兩副將軍各領前鋒先進，將軍參贊等次第進行。浩浩蕩蕩，直達準部。沿途經過的部落，望見兩副將軍大纛，多識是前時故帥，望風崩角，拜謁馬前。到了夏間，兩路大軍並至博羅塔拉河，距伊犁只三百里。達瓦齊聞報，慌做一團，倉猝徵兵，已來不及，只帶了親兵萬人，向西北出奔，走入格登山去了。清軍長驅追襲，將到格登山，夜遣降將阿玉錫等，率領二十餘騎，往探路程。阿玉錫想奪頭功，竟乘夜突入敵營，拍馬橫矛，威風凜凜，達瓦齊部眾還道是清軍齊到，四散奔逃。達瓦齊也落荒竄去，扒過大山，投入回疆。他想平日要好的回酋，只有烏什城主霍吉斯，一口氣奔到烏什城。霍吉斯也出城迎接，誰知進了城門，一聲胡哨，伏兵盡發，把達瓦齊拿住。達瓦齊向霍吉斯道：「我與你一向至交，如何縛我？」霍吉斯也不與多說，取出清帥檄文，與他細瞧。達瓦齊道：「好好！你總算賣友求榮了。」該罵！當下被霍吉斯推入囚車，解送清營。清兩帥回到伊犁，這時候，羅卜藏丹津還縶在伊犁獄中，遂一併擒出，與達瓦齊檻送京師。

乾隆帝得了紅旗捷報，召兩軍凱旋，親御午門，行獻俘禮。達瓦齊及羅卜藏丹津，觳觫萬狀，搗頭如蒜。隆乾帝大笑道：「這樣人物，也想造反，正是夜郎自大，不識漢威哩。」遂傳旨赦他死罪。一面大封功臣，首獎大學士傅恆襄贊有功，再加封一等公。定北將軍班第封一等誠勇公，副將軍薩拉爾，封一等超勇公，副將軍阿睦撒納，晉封雙親王，食親王雙俸，參贊瑪木特封為信勇公，銘功勒石，說不盡的誇耀。永常鄂容安等未沐榮封，不識何故。又擬復額魯特四部遺封，封噶爾藏為綽羅斯汗，巴雅特為輝特汗，沙克都為和碩特汗，還有杜爾伯特部，就封了阿睦撒納。乾隆帝的意思，無非是犬牙相錯、互生箝制的道理，誰知阿睦撤納雄心勃勃，竟想雄長四部，漸漸的跋扈起來。正是：

非我族類，其心必異；
過嚴則怨，過寬則肆。

不數月，留守伊犁大臣，奏報阿睦撤納造反了，乾隆帝聞報大驚，究竟阿睦撤納如何謀反，且看下回分解。

此回敘陳閣老事，非傳陳閣老，傳高宗也。敘阿睦撤納事，非傳阿睦撤納，亦傳高宗也。高宗第一次南巡，便覺揮霍不貲，厥後南巡複數次，勞民費財，可想而知。陳閣老事，尚是本回之賓，不過假故老遺傳，作為渲染耳。南巡以後，復議西征，寫出高宗好大喜功氣象，阿睦撤納來降，乃是適逢其會，是阿睦撤納亦一賓也，達瓦齊則成為賓中賓矣。閱者當如此體會，方見作書人本旨。

滅準部餘孽就殲　蕩回疆貞妃殉節

卻說達瓦齊就俘後，清師奉旨凱旋，只留班第、鄂容安二人，帶了隨兵五百名，與阿睦撒納，辦理伊犁善後事宜。阿睦撒納移檄鄰部，諱言降清，陽稱清廷命他統領各番，來平此地；又暗囑黨羽四布流言，欲安準部，必須立阿睦撒納為大汗。班第、鄂容安遣使密奏，乾隆帝亦付他密旨，令誘誅阿睦撒納。看官！你想阿睦撒納率眾西行，已似大魚縱壑，哪裡還肯來入網呢？況班第、鄂容安，手下只有五百名隨兵，也不好冒昧舉事。接了朝旨，按住不發，唯促阿睦撒納入朝。阿睦撒納竟號召徒眾，來攻班第、鄂容安。班第、鄂容安且戰且走，馳了三百餘里，死的死，逃的逃，只剩了數十騎，番兵卻有數千追來，班第料不能脫，拔刀自刎，鄂容安也只得步他後塵了。這是乾隆帝害他。

是時定西將軍永常，已奉朝旨出駐木壘，聞報番兵大至，退兵巴里坤，移糧哈密，因此阿睦撒納，聲焰愈盛。清廷逮回永常，命公爵策楞前代，玉保富德達爾黨阿為參贊，出巴里坤進剿。玉保分軍先進，忽有番卒來報，阿睦撒納已由他部下諾爾布擒獻，玉保大喜，即向策楞處報捷。策楞也不辨真偽，飛章奏聞，不想過了數日，毫無影響。將軍參贊，先後馳至伊犁，阿睦撒納，已遠颺至哈薩克了。原來阿睦撒納聞大兵前進，恐不能敵，特差了番卒，馳到清營，假稱被擒，他卻望西遁去。策楞玉保中了他的緩兵計，到了伊犁，你怨我，我怨你，怨個不了，總歸無益。策楞玉保統是沒用人物，還虧阿睦撒納不用誘敵計，只用援兵計，尚得安抵伊犁。

乾隆帝聞知消息，復將策楞玉保革職。令達爾黨阿為將軍，飛速追剿，又命巴里坤辦事大臣兆惠，為定邊右副將軍，出兵赴援，滿望旗開得勝，馬到成功，誰知達爾黨阿到哈薩克邊界，又被阿睦撒納騙了一回，佯稱哈薩克汗願擒獻阿酋。往返馳使，仍無要領，額魯特三部新封臺吉，反一律謀變，與阿睦撒納通同一氣。阿睦撒納間道馳還，大會諸部。這達爾黨阿還在哈薩克邊境，檄索罪人，正是可笑。只定邊右副將軍兆惠率兵千五百人，已至伊犁，探得額爾特諸部已皆叛亂，自知孤軍陷敵，不能久駐，忙領兵馳回。沿途一帶，統是敵壘，兆惠拚命衝突，走一路，殺一路，殺到烏魯木齊，刀也缺了，彈也完了，糧也盡了，可憐這等兵士，身無全衣，足無全襪，每日又沒有全餐，只宰些瘦駝疲馬，勉強充饑，正苦得了不得。老天又起風下雪，非常嚴冷，兆惠想遣人乞援，也不知何處有清兵，驛傳聲息，到處隔斷。忽聞番兵又踴躍前來，把烏魯木齊圍得鐵桶相似，兆惠泣向軍士道：「事已至此，看來我輩是不得活了。但死亦要死得合算，狠狠的殺它一場，方值得死哩。」軍士道：「大帥吩咐，安敢不從！但糧盡馬疲，奈何？」正在危急，忽東北角鼓聲喧天，有一支兵馬到來，兆惠登高一望，遙見清軍旗幟，不禁大喜，番兵見援兵已到，不知有多少大兵，一聲吆喝，解圍而去。番眾實是無能。兆惠出寨迎接，乃是侍衛圖倫楚，因兆惠久無音信，率兵二千來探消息，無意中救了兆惠。兆惠與他握手進營，住了一日，便同回巴里坤。當下飛書告急。

乾隆帝命逮達爾黨阿回京，授超勇親王策凌子成袞扎布，為定邊左副將軍，出北路，仍令兆惠出西路往剿。此次兆惠懲鑑前轍，挑選精騎，帶足糧草，誓師出發，決平叛寇。巧值綽羅斯部噶爾藏汗，被兄子噶爾布篡弒，噶爾布又被部下達瓦殺死。輝特和碩特兩部中，痘疫盛行，多半死亡，兆惠趁這機會，殺將過去，好像摧枯拉朽一般。番眾戰一陣，敗一陣，諸部酋長先後敗死，阿睦撒納又弄得倉皇失措，急急如喪家犬，漏網魚，仍竄至哈薩克。兆惠率兵窮追，到哈薩克界，哈薩克汗阿布賚，遣使至軍，願擒獻阿睦撒納。兆惠對來使道：「你主願擒獻阿逆，須於三日內繳到，過了三日，本將軍恰是不依，驅兵進攻，玉石俱焚，那時不要後悔！」來使唯唯而去。越二日，哈薩克又遣使到軍，報稱「阿睦撒納狡黠萬狀，我國正欲擒獻，不料被他走脫，逃入俄羅斯去了。現奉汗命，前來請罪，並貢獻方物，仰求大帥赦宥！」兆惠見他惶迫情狀，料知語言無欺，只得略加訓斥，命他回去。一面即飛奏清廷，由理藩院行文俄國，索交叛酋。後來俄國飭人搜捕，阿睦撒納已患痘身亡，只把屍首送交清吏。於是命成袞扎布歸鎮烏里雅蘇臺，留兆惠搜剿餘孽。自乾隆二十二年至二十五年，清兵先後追剿，自山谷僻壤及川河流域，沒一處不尋到，沒一處不搜滅，統計額魯特二十餘萬戶，出痘死的約四成，竄走俄羅斯哈薩克等處約二成，被清兵剿滅的約三成，還有一成編入蒙古籍，不過二萬戶，而且婦女充賞，丁壯為奴，額魯特遺民，自此寥落了。

準部既平，清廷乃畫疆分土，設官築城，駐防用滿兵，屯糧用旗兵，特簡任伊犁將軍，作了一個統轄的元帥。天山北路，方入清室版圖，免不得鐫碑勒石，旌德表功，費了幾個儒臣筆墨，成了幾篇煌煌大文，這也不消細說。

但乾隆帝得隴望蜀，平了準部，又想南服回疆。這回疆就在天山南路，與準部只隔一山，起初係元太祖次子察哈臺領土，傳了數世，回教祖摩訶末子孫，由西而東，爭至天山南路，生齒漸蕃，喧客奪主，察哈臺的後裔，反弄到沒有主權。因此天山南路，變作回疆。康熙時，噶爾丹強盛，舉兵南侵，把元裔諸汗，遷到伊犁，並將回教頭目阿布都實特亦拘去幽禁。噶爾丹敗死，阿布都實特脫身歸清，聖祖賞他衣冠銀幣，遣官送到哈密，令還故地。阿布都實特死，其子瑪罕木特，想自立一部，不受準噶爾約束。策妄又遣兵入境，將瑪罕木特及他兩個兒子統拿至伊犁，幽禁起來。及清將軍班第等到伊犁後，瑪罕木特已死，長子布那敦、次子霍集占，尚被拘縶。班第奏聞清廷，得旨釋布那敦歸葉爾羌，令他統轄舊部，留霍集占居住伊犁，職掌教務。不到數月，阿睦撒納謀反，準部復亂，霍集占反率眾助逆，等到清副將軍兆惠，攻入伊犁，阿睦撒納西走，霍集占亦遁入回疆。兆惠剿平準部，奏遣副都統阿敏圖，南往招撫。

這個那布敦膽子頗小，願遵清朝指揮，偏偏胞弟霍集占，自北路遁歸，諫那布敦道：「我遠祖摩訶末，聲靈赫濯，天下聞名，傳到我輩子孫，反受人家壓制，真是惶愧萬分。現在準部已亡，強鄰消滅，不謀獨立，更待何時？」語頗不錯，可惜不度德、不量力。那布敦道：「清兵來攻，如何抵當？」霍集占道：「清軍新得準部，大勢未定，料他無暇進兵，就使率軍南來，我也可據險拒守，等他兵疲糧絕，逃去都來不及，怕他什麼？」那布敦尚在遲疑，霍集占又道：「哥哥若要降清，恐怕從今以後，世世要做奴僕過去，他要我的金錢，我只得將金銀奉去，他要我的妻子，我只得將妻子送去，他要我的頭顱，我也只得把頭顱獻去。我們兄弟兩人，還有安靜的日子麼？」我亦要問霍集占道，你不降清，金銀管得住麼？妻子守得牢麼？頭顱保得定麼？這叫做自去尋死。那布敦被他說得動心，遂依了阿弟的計畫，便召集回眾，自立為巴圖爾汗，傳檄各城，戒嚴以待。

回戶數十萬眾，向來迷信宗教，因那布敦兄弟，的是摩訶末後裔，稱他為大小和卓木（和卓木三字，乃是回語，譯作漢文，便是聖裔的意義），至此得了聖裔的檄文，自然望風響應。只庫車城主鄂對，恐怕強弱不敵，率了黨羽，擬奔伊犁，途次與阿敏圖相遇，仍令回轉庫車，同去招撫。不料霍集占聞鄂對出走，已遣部下阿布都馳到庫車，把鄂對親族一一殺死，登陴固守。鄂對聞報，大哭一場，嗣與阿敏圖商議，請亟歸伊犁，添兵復仇。阿敏圖道：「我是奉命招撫，今不見叛眾，便想回去，叫我如何對將軍？」鄂對再三諫阻，阿敏圖只是不從，也是一個不識時務。且令鄂對先回伊犁。他只帶了百餘騎，馳到庫車，阿布都誘他入城，一陣亂剁，憑你阿敏圖如何忠誠，也入閻羅寶殿去了。清廷因兆惠剿撫準部，尚未竣事，別命都統雅爾哈善為靖逆將軍，率兵徵回。雅爾哈善自吐魯番進攻庫車，大小和卓木引軍數千，越大戈壁來援，與清兵戰了兩次，都被打得落花流水，大小和卓木，退入城中；清兵乘勢圍攻，城堅難拔，提督馬得勝，募敢死兵六百名，暗掘道地，晝夜不息，將及城中，守兵聞地下隱有響聲，料是穿穴，便循途按索，到了城腳邊，掘下一洞，適通道地守兵，把草塞住，用火燃著，煙焰沖入穴中，可憐六百個清兵，不能進，不能退，都被燒得烏焦巴弓。雅爾哈善經此大創，不敢力攻，大小和卓木乘機遁還，阿布都也率眾逃去。

清兵只得了一個空城，乾隆帝聞知大怒，飭將雅爾哈善馬得勝等盡行正法，仍命兆惠移師南征。兆惠檄調各路兵，尚未到齊，因朝旨催促，即率步騎四千餘先進，過了天山，收復沙雅爾阿克蘇烏什等城，住阿克蘇城數日。後兵未至，兆惠性急如火，留副將軍富德駐阿克蘇，等待後軍，他竟帶了二、三千人，冒險前行。途中偵知大和卓木那布敦在葉爾羌，小和卓木霍集占在喀什噶爾，乃再分兵八百名，使副都統愛隆阿，遏住喀什噶爾援路，自率千餘騎，徑趨葉爾羌。葉爾羌城東有河，叫做葉爾羌河，亦稱黑水，兆惠兵少，不能進攻，便倚水立營。遙見葉爾羌城南駝馬往來，是個闊大的牧場，兆惠欲奪作軍用，徑命兵士渡河，河上本有木橋，清兵跨橋而過，橋未拆斷，誘敵可知。方過了四百騎，誰知橋下暗有伏兵，鐃鉤齊起，將木橋鉤斷，城中出回兵五千騎，前來邀擊。隔河清兵，不能相救，河西四百騎，哪裡當得住回兵？急忙棄了馬匹，鳧水逃回。貪小失大。回兵復搭好了橋，逾橋東來，後面又添了步兵萬人，張著兩翼，來圍清兵。兆惠左右衝突，馬中槍，再斃再易，總兵高天喜戰歿，參贊明瑞亦受傷，雖殺了番兵千名，究竟眾寡懸殊，支持不住，只得退入營中，趕緊築壘，準備固守。番兵亦築起長圍，四面攻打，槍炮如雨，幸虧清營靠著叢林，槍彈多飛入林中，清兵伐樹，得了鉛彈數萬枚，還擊回兵，又復掘井得水，掘窖得粟，賴以不困。

兆惠遣了五卒，分路赴阿克蘇告急，又檄愛隆阿還軍阿克蘇，催援軍同至。愛隆阿未到阿克蘇，富德已接警報，忙率軍三千，冒雪赴援，到了呼拉瑪，距葉爾羌尚三百餘里，忽遇喀什噶爾回兵，截住去路，轉戰四晝夜，回兵越來越多，將富德軍圍住，接連數日，杳無援兵，富德急得了不得，一日，天氣昏黑，入夜尤甚，回兵各燃著火把，輪流進撲，富德連忙抵禦，拚命鏖鬥，突聞一片喊聲，自東而至，回兵紛紛倒退。富德乘勢殺出，火光中來了一員清將，乃是愛隆阿，富德大喜，即與愛隆阿合兵。愛隆阿道：「巴里坤參贊阿公，亦到。」富德忙拍馬去會阿大臣，這位阿大臣，名叫阿里袞，他奉了廷旨，領兵六百名，解馬二千匹，駝一千頭，至阿克蘇，適值愛隆阿去催援軍，遂合軍前來，解了富德的圍。回兵在夜間不辨多少，四散潰遁。富德、愛隆阿，與阿里袞兩下相見，欣喜過望，也不及休息，同趨葉爾羌。兆惠日望援軍，遙聞炮聲大作，料知援軍已至，即勒兵突圍，內外夾攻，殺敵千餘，毀了敵壘，同還阿克蘇。

過了冬，已是乾隆二十四年。阿克蘇已集清兵新舊軍凡三萬人，分道進行，兆惠由烏什攻喀什噶爾，富德由和闐攻葉爾羌，每路兵各萬五千，大小和卓木聞清兵大至，不敢迎敵，帶了妻孥僕從，並攜輜重，逾蔥嶺西遁，清兵奮勇追趕，到阿爾楚山，前面見有回眾，大半是老弱殘兵，富德料是誘敵，令明瑞阿桂為左翼，阿里袞巴祿為右翼，先據了左右二峰，然後富德領著中軍，從山口進去。進了山口，果然伏兵四起，那時清兵左右兩翼，從上殺下，把伏兵一齊殺退，追攻二十餘里，戮回兵無數，並斬他驍將阿布都，大小和卓木逃至巴達克山，大和卓木那布敦，挈了家眷先走，小和卓木霍集占，手下還有萬人，倚山為陣，率眾死戰。富德又分軍兩路，左右夾攻，用了大砲，向敵轟擊，霍集占不能支，逾山而遁，誰知前面山路逼促，又有輜重塞住，一時急走不脫；後面又被清軍追上，進退兩難。富德令降人鄂對等，豎起回纛，大呼招降，回眾情願投順，蔽山而下，聲如奔雷，霍集占忙奪路逃脫，偕那布敦急入巴達克山。巴達克山部酋，聞大小和卓木，擁眾而至，遣使探問，霍集占見了來使，命回報酋長，立刻親迎。來使出語不遜，霍集占拔出佩刀，把他斬首。窮蹙至此，還要妄為，真正該死。於是巴達克山部酋，興兵拒戰，和卓木兄弟，連妻孥舊僕，只有三四百人，被巴達克兵圍住，上天無路，入地無門，都束手就縛，個個被他擒去。巴達克部酋為使臣報仇，將大小和卓木一齊梟首，還想將他家屬統行處死，適清使持到檄文，索獻罪犯，他樂得賣個人情，把大小和卓木的頭顱及他家眷等，盡行繳出。金銀也丟了，妻子也拋了，頭顱也斷送了。富德命軍士押著回酋家屬，馳歸大營，與兆惠聯銜奏捷。乾隆帝命陝甘總督楊應琚，籌辦回疆善後事宜，兆惠等俱召還京師，遂封兆惠為一等公，加賞宗室公品級鞍轡，富德封一等侯，並賞戴雙眼翎，參贊大臣阿里袞明瑞等，俱賞戴雙眼翎，又記起從前舒赫德的忠直，還他原職，其餘在事各官員，俱交部議敘。又做了幾篇平定回部的碑文，內外勒石，稱頌功德。

到次年二月，兆惠等奏凱還朝，乾隆帝親至良鄉，舉行郊勞典禮。兆惠、富德等領隊到壇，特別嚴肅。乾隆帝下壇迎接，兆惠以下，都下馬見駕，叩首謝恩。乾隆帝親自扶起，說了許多慰勞話兒，遂一同登壇。乾隆帝升了御幄，當由軍士將大小和卓木家眷，推到壇前。這時乾隆帝龍目俯瞧，見有一位絕色婦女，也是兩手反綁，列入罪犯隊裡，乾隆帝不禁憐惜起來，便問道：「這是叛回的家眷麼？」兆惠應了聲「是」。乾隆帝道：「婦女無知，也遭此縲紲，瞧她情狀，很是可憐，朕擬一律赦宥。」兆惠忙道：「罪人不孥，乃是聖主仁政，皇上恩赦了她，她定然感激不淺。」乾隆帝傳旨釋縛，眾回家眷，叩首謝恩，獨這絕色女子，雖是隨班俯伏，她口中恰絕不道謝。比眾不同。

郊勞禮畢，御駕還宮，立召和珅入見，和珅進內請安畢，乾隆帝問道：「朕見叛回眷屬中，有個絕色婦人，未知是誰？」和珅道：「待奴才探問的確，再來奏聞！」說畢，趨出，不一時又入大內，奏稱絕色婦人，乃是小和卓木霍集占的妃子，回人叫她香妃，因她身上有一種奇香，天然生成，所以有此佳號。」乾隆帝嘆道：「朕做了天朝皇帝，不及那回部逆酋。」和珅道：「逆酋已死，這個佳人，被我軍拿來，聖上要如何處置，便作如何處置。據奴才想來，回酋的幸福，究竟不及我天朝皇帝哩。」乾隆帝道：「朕想把她叫入宮中，但恐外人談論，奈何？」和珅道：「罪婦為奴，本是我朝成例，今將香妃沒入掖廷，有何不可？」小人最喜逢君之惡。乾隆帝大喜，便命宮監四名，隨和珅去取香妃，和珅已到，宮監導入香妃，玉容未近，芳氣先來，既不是花香，又不是粉香，別有一種奇芬異馥，沁人心脾。走近御座前，乾隆帝見她柳眉微蹙，杏臉含顰，益發動人憐愛。宮監叫她行禮，她卻全然不睬，只是淚眼瑩瑩。乾隆帝道：「她生長外域，未識中朝禮制，不必多事苛求。」便命宮監引入西苑，收拾一所寢宮，令她居住，並命宮監小心伺候。宮監已去，和珅亦退。次日，乾隆帝視朝畢，又召和珅入內，和珅見乾隆帝面帶愁容，暗暗驚異，只聽乾隆帝諭道：「香妃不從，如何是好？」和珅道：「她蒙恩特赦，又承聖上特別抬舉，如何不從？」乾隆帝道：「她口中說的回語，朕卻不能盡懂，幸宮中有個番女，頗諳迴文，朕命她翻譯出來，據言：『國破君亡，情願一死。』朕亦不好強逼，你可有什麼計策？」和珅想了一會，便道：「從前豫親王多鐸，得了劉三季，起初也很是倔強，後來好好兒做了豫王福晉，和睦得了不得。應二十二回。婦人家大都如此，總教待得她好，她自然迴心轉意。」乾隆帝道：「恐不容易。」和珅道：「她是做過回妃，一切飲食起居，統是回部格式，現若令她吃回式的菜蔬，穿回式的衣服，居回式的房屋，另擇回部老婦，伺候了她，不怕她不漸漸服從。」乾隆帝依了和珅的計策，凡香妃服食，概募回教徒供奉，又在西苑造起回式房屋，並築回教禮拜堂，選了數名老回婦，導香妃出入遊覽。怎奈香妃情鍾故主，淚灑深宮，一片貞心，始終不改。乾隆帝百計勸誘，她卻寂然漠然。有一日，被宮女苦勸不過，她竟取出一柄匕首來，刀光閃閃，冷氣逼人，宮女都嚇得倒躲。這事傳到慈寧宮，太后恐乾隆帝被害，趁著乾隆帝郊天，住宿齋所，竟傳旨宣召香妃，問她志趣。她只說了一個「死」字，太后遂勒令殉節。後人有詩詠香妃事道：

雛鬟生長大苑西，鈿合無情寶劍攜。
帝子不來花已落，紅顏黃土玉鈎迷。

香妃已死，乾隆帝尚未聞知，後來得了音耗，究竟傷感與否，容小子下回表明。

阿睦撒納及大小和卓木，統不過脅惑徒眾，盜弄潢池，故卒為兆惠所殲滅耳。不然，兆惠一鹵莽武夫，只知猛進，動輒被圍，得一智勇兼全之敵帥，吾恐兆惠將為塞外鬼，安能生還玉門，昂然為座上公乎？唯香妃以一被虜之婦人，臨以天子之尊威，始終不為所辱，凜節捐軀，臨難不苟，番邦中有是婦，愧煞世人多矣。作者亟為表揚，可作彤史一則。

遊江南中宮截髮　征緬甸大將喪軀

卻說乾隆帝郊天禮畢，回至宮中，聞報香妃已死，這一驚非同小可，忙走入香妃寢室，但見室邇人遠，淒寂異常。便把侍過香妃的宮監，傳來問話，宮監就將太后賜香妃自盡事，說了一遍。乾隆帝道：「可曾入殮麼？」宮監道：「早經入殮，且已埋葬得兩日了。」乾隆帝道：「為什麼不來報知？」宮監道：「奉太后娘娘命，因聖上郊天，不准通報。」乾隆帝頓足道：「這件事情，太后也太辣手了。」宮監道：「太后娘娘恐香妃不懷好意，所以把她賜死。」乾隆帝道：「香妃死時，形狀如何？」宮監道：「香妃雖死，面色如生，全不見有慘死形狀。」乾隆帝道：「可敬，可敬，畢竟是朕沒福消受。」乾隆帝得了香妃，未嘗強暴，嗣聞太后賜香妃自盡，也不與太后嘔氣，這等舉動，尚是難得。當下憑弔了一回，灑了幾點惜花的眼淚。

自此悶悶不樂，幾乎激成一種急病，還虧御醫早日調治，方能漸漸平安。只是悲懷未釋，無從排解，偏偏皇十四子永璐、皇三子永琪，又接連病逝；正是花淒月冷，方深埋玉之悲，芝折蘭摧，又抱喪明之痛，未免有情，誰能遣此？傅恆、和珅等百計替他解悶，總不能得乾隆帝歡心，還是和珅知心著意，想出重幸江南的計議來，乾隆帝頗也願意，到慈寧宮稟知太后，太后正因皇帝過傷，沒法勸慰，聞了此語，便道：「我也想出去散悶。俗語說得好：『上有天堂，下有蘇杭』，這蘇杭地方的風景，很是可玩。只前次南巡，皇后未曾隨去，她已正位數年，也應叫她去玩耍一番，你意何如？」乾隆帝不敢違命，只得答道：「聖母命她隨去，謹當遵旨！」

當下定了日子，啟蹕南巡，一切儀仗，仍照前時南巡成制，不過多備了皇后鳳輦一乘，龍舟等略加修飾，水陸起程，概如上年舊例。各省督撫，接駕當差，特別勤謹，只山東濟寧州顏希深，下鄉賑饑，擅令開倉發粟，把供奉皇差的事情，反一律擱起。兩宮到了濟寧州，御道上並沒有什麼供張，也不見知州迎駕。和珅道：「哪個混帳知州，敢如此藐法麼？」便令役從立傳知州顏希深，回報顏希深下鄉賑饑去了。和珅大怒，方想飭拿知州家屬，適山東巡撫前來接駕，和珅向他發怒道：「你的屬官，為什麼這般糊塗？想你前時忘記下劄的緣故。」山東巡撫道：「卑職於月前下劄，早飭他恭迓鑾輿，哪裡敢忘記一點？」和珅道：「他下鄉賑饑，應有公文申詳，你既叫他辦差，哪裡還有工夫賑饑？這件事顯見得老兄糊塗了。」山東巡撫道：「卑職也沒有允他賑饑，他亦沒有公事上來，真正不解。」和珅微笑道：「一點點知州官兒，不奉撫臺札飭，擅敢發倉賑饑，自來也沒有的。老兄欺我，我去欺誰，你自己去奏明皇上罷！」寫出和珅威勢。這句話，嚇得山東巡撫屁滾尿流，一面令僕役去拿顏希深，一面下了龍舟，跪在兩宮面前，只是磕頭，口稱奴才該死，奴才該死。奴膝婢顏，無逾於此。兩宮倒驚疑起來，問他何故？這時和珅已踱了進來，代奏道：「濟寧知州顏希深，目無皇上，既不來供差，又不來迎駕，奴才正問這山東撫臣哩。」乾隆帝道：「顏希深到哪裡去了？」和珅答道：「聞說顏希深下鄉賑饑，撫臣糊塗，佯作不知，求聖上明察！」寥寥數語，比上十款還要厲害。乾隆帝正想親鞫山東撫臣，遙聽岸上隱隱有哭泣聲，便問和珅道：「岸上何人哭泣？」和珅出外探望，回奏：「顏希深的老母，由山東撫役拘到，是以哭泣。」乾隆帝怒道：「令她進來！」一聲詔諭，外面即推進一個白髮老嫗，眼淚汪汪，向前跪下，口稱臣妾何氏叩頭。太后見她老態龍鍾，暗加憐恤，急開口問何氏道：「你是濟寧知州的母親麼？」何氏微應道：「是。」太后又問道：「你兒子到哪裡去？」老嫗道：「前日河工出了險，地方紳士，環請急賑，臣妾兒子顏希深，因預備恭迓聖駕，不敢離身，怎奈難民紛紛來署，哀籲不休。臣妾見他悽慘萬狀，令兒子希深發粟賑饑，希深因未奉省飭，不敢擅行，臣妾素仰聖母仁慈，聖上寬惠，一時愚見，竟把倉粟開發，囑子希深下鄉施賑，快去快回。不料希深今尚未到，將供差接駕的大禮，竟致延誤，臣妾自知萬死，伏乞慈鑑！」老婦頗善口才。太后見她應對稱旨，不禁喜形於色道：「你倒是一片婆心。古語說道：『國無民，何有君？』就使禮節少虧，亦應赦宥。」說到這句，便顧乾隆帝道：「赦了她罷！」不愧孝聖二字。乾隆帝尚未回答，和珅卻見風使帆，忙道：「聖母仁恩，古今罕有。」忽而作威，忽而貢諛，這種人最是可恨。乾隆帝至此，自然也說出「遵旨」二字。太后便令何氏起來，何氏謝恩起立。這時山東巡撫還是俯伏一旁，彷佛犬兒一般，太后也命他退出。山東巡撫，真是蒙著皇恩大赦，連磕數頭，起身退出。外面又稟報濟寧知州顏希深，恭請聖安，太后問道：「顏希深來了麼？」便傳旨著令進見。希深膝行而進，匍匐近前，急得「微臣該死」四字，都說不清楚。太后卻笑起來道：「你不要這般驚慌！皇上已加恩赦你。本來巡幸到此，亦沒有這般迅速，巧巧遇著順風，所以先到一二天，想你總道是來得及的，因此貽誤。」好太后。顏希深聞已恩赦，便放下了心，慢慢的奏道：「微臣下鄉賑饑，總道事已速了，不意饑民很多，誤了日子，微臣因胥吏放賑，恐致乾沒，不敢不親自監察，今日返署，敬聞聖駕已巡幸到此，不及恭迎，罪當萬死。幸蒙恩赦，感激莫名！」太后道：「你的母親，亦已在此，你起來罷！」顏希深謝過了恩，慢慢起身，方見老母也站立一旁。太后復賜何氏旁坐，問了年齡子女等情，由何氏一一奏明。太后復道：「你回署去，須常教你兒子愛國愛民，方不失為賢母。」何氏連聲遵旨。太后又命宮監兩名，扶他上船，令顏希深隨母回署。後來顏希深歷級上升，做到河南巡撫，且不必細表。

單說兩宮自濟寧啟行，一路上看山玩水，頗覺爽適，乾隆帝命先幸江寧，一面向和珅道：「江寧是個名勝的地方，前次南巡，只留駐了幾日，聞得秦淮燈舫，傳播一時，究竟不知如何？」和珅道：「此次皇上可多留數天，奴才謹當探察。」到了江寧，文武各官，照例迎駕，不消細說。和珅見了江寧總督，密令他飭辦秦淮畫舫，預備遊覽。是日兩宮登陸，駐蹕江寧，隔了一宵，和珅借觀風問俗的名目，導皇上微行。乾隆帝早已會意，不帶隨員，只命和珅扈從前往。行到秦淮河岸邊，早泊有絕大畫舫一艘，和珅引乾隆帝登舟，舟中都是花枝招展的美人兒，一擁上前，磕頭請安。乾隆帝與和珅，雖不道出真相，假名假姓的說了一番。那班美人兒，統是有名的妓女，見多識廣，料知不是俗客，況經地方官飭他當差，定然是扈蹕南巡的著名人物，還差一著。便特別殷勤，奉了乾隆帝上坐，大家四圍簇擁。乾隆帝龍目四瞧，這一個綽約芳姿，那一個窈窕麗質，默默的品評了一回，隨向和珅道：「北地胭脂，究不及南朝金粉，你道如何？」和珅應了聲：「是。」當下擺好酒席，乾隆帝面南而坐，和珅面北而坐，君臣禮總算不亂。東西兩旁，統是美人兒挨次坐下。席間備極豐腆，淺斟緩酌，微逗輕顰，已而酒熱耳紅，興高采烈，一面令舟子划入江心，一面令眾妓齊唱豔曲，嬌聲婉轉，響遏行雲，耳鬢撕磨，魂消新雨。迨至夕陽西下，已近黃昏，萬點燈光，蕩漾水面，彷彿此身已入仙宮，別具一番樂境。此時乾隆帝已自醺然，免不得色迷心醉，左擁右抱，玉軟香溫，和珅亦趁這機會，分嘗數臠。好一個箴片。到了次日，尚戀戀不捨，仍在舟中飲酒言歡，忽聞外面一片鬧聲，送入耳中，和珅即到後艙探望，見外面有一來船，船中有數人與舟夫爭鬧，和珅忙探頭艙外，向鄰船搖手，鄰船中人見是和珅，方欲開口，和珅忙道：「知道了，你等去罷！」原來鄰船不是別人，乃是兩個侍衛及太監數名，奉太后命，來尋皇帝。和珅早已猜著，不便與他細說，所以含糊回答。鄰船得了消息，自然回去。和珅入艙，與乾隆帝附耳數語，便命舟夫搖船攏岸，飲完了酒，起岸而返。

太后見皇帝已回，也不暇細究，便命起鑾至杭，乾隆帝遂傳旨明日啟蹕，次晨即自江寧啟行，直達杭州。途次為了秦淮河事，與皇后反目起來。皇后自正位後，沒有什麼恩遇，心中早已鬱悶，此次秦淮河事，被宮監洩漏，忍耐不住，便與乾隆帝鬥口。乾隆帝本不愛這皇后，自然沒有好話，皇后氣憤不過，竟把萬縷青絲，一齊翦下。這也未免過甚。滿俗最忌翦髮，髮已翦去，連仁愛的太后，也不便回護。乾隆帝大加忿怒，竟命宮監數名，將皇后送回京師，兩宮到杭，又遊覽數日。乾隆帝因皇后挺撞，餘怒未息，也不願久留在外，便奉太后匆匆回京。自此與皇后恩斷義絕，皇后憂憤成疾，延了一載，淚盡血枯，臨危時候，乾隆帝反奉皇太后，到木蘭秋獮去了。皇后聞知此信，痰喘交作，霎時氣絕。當由留京王大臣奏聞行在，乾隆帝下諭道：

據留京辦事王大臣奏：皇后於本月十四日未時薨逝。皇后自冊立以來，尚無失德，去年春，朕恭奉皇太后巡幸江浙，正承歡洽慶之時，皇后性忽改常，於皇太后前，不能恪盡孝道；比至杭州，則舉動尤乖正理，跡類瘋迷，因令先程回京，在宮調攝。經今一載餘，病勢日劇，遂爾奄逝。此實皇后福分淺薄，不能仰承聖母恩眷，長受朕恩禮所致，若論其行事乖違，即予以廢黜，亦理所當然，朕仍存其名號，已為特別優容，但飾終典禮，不必復循孝賢皇后大事辦理，所有喪儀，止可照皇貴妃例行，交內務府大臣承辦，著將此宣諭中外知之！

這是乾隆二十九年八月內的諭旨。乾隆帝罷獵回京，滿大臣力爭后儀，只是留中不報，自是乾隆帝竟不立后，到乾隆六十年，禪位嘉慶帝，其時嘉慶帝生母魏佳氏，已經病歿，乃追封為孝儀皇后。這且慢表。

且說中國南徼的緬甸國，自執獻永曆後，與中國毫無往來，不臣不貢。至乾隆十八年，雲南石屏州民吳尚賢，赴緬東卡瓦部開礦，立了一個茂隆銀廠。尚賢運動部酋，請將礦稅入貢。中國復勸緬王莽達喇上表稱藩，緬王遂遣使進貢，呈上馴象數匹，塗金塔一座，乾隆帝也頗加賞賚。不料雲南大吏，誘尚賢回國，說他中飽廠課，拘入獄中。尚賢一片愛國心，被疆吏無端誣陷，有冤莫訴，憤極而亡。滇吏可殺。茂隆銀廠當即閉歇。嗣後緬甸內亂，木疏地方的土司，名叫雍籍牙，率眾入緬，殺平亂黨，自立為緬甸王，稱新緬甸國，緬都無人反對，只桂家木邦兩土司，不肯服他，聯兵進攻。雍籍牙命子莽紀瑞率兵迎戰，把桂家木邦部眾，盡行殺敗。木邦土司罕底莽被殺，桂家土司宮里雁，竄入滇邊。桂家本明桂王官屬後裔，嘗設波龍銀廠，很有資財，雲南總督吳達善，聞他鉅富，令他傾囊以獻。貪官可殺。宮里雁不允，吳達善命邊吏驅逐出境。宮里雁沒法，走入孟連土司。這孟連土司刁派春，素與吳達善交通，聞知宮里雁入境，潛率部眾，邀擊宮里雁。宮里雁不及防備，被他擒住，並將宮里雁妻孥金銀，一併拿去。

刁派春將宮里雁縛獻雲南，復將宮里雁的金銀，一半分送吳達善，一半留作自用。只宮里雁妻囊占，頗有三分姿色，他卻不忍割愛，想她做小老婆，不愧姓刁。遂於夜間召囊占入室，逼她同寢。囊占不從，他竟想用強暴手段，急得囊占路絕計生，佯言願侍巾櫛，但須釋放僕役，並擇吉行禮，方好從命。刁派春中了她計，遂將僕役放出，令仍侍囊占，又命大設筵宴，與囊占成婚。囊占裝出柔媚態度，侍刁派春飲酒。刁派春樂的要不得，由囊占接連代斟，灌得酩酊大醉。囊占召齊故僕，將刁派春剁作幾段，刁派春算刁，誰知別人比他更刁。遂命故僕引導，啟戶竄去。此時孟連部眾，因吃了喜酒，都已睡熟，哪個去管他這種閒帳。到了次日，始知頭目被殺，急忙去追囊占。誰知她早已逃入孟艮土司去了。

囊占到了孟艮，探聞丈夫已被吳達善殺死，哭得死去活來；好一個智女，好一個烈女。既怨緬甸，復怨中國，遂籲請孟艮土司，要他入犯滇邊，為夫報仇。孟艮部酋見她悲慘，也不論什麼強弱，便入侵滇邊。總督吳達善只知蒐括金銀，此外毫無本領，聞報滇邊不靖，忙遣人到京運動調任。俗語道：「錢可通神。」用了幾萬金銀，便奉旨調任川陝，令湖北巡撫劉藻，往督雲南。

劉藻到任，令總兵劉得成、參將何瓊詔、游擊明洪等，三路防剿，沒有一路不敗。劉藻束手無策，朝旨嚴行詰責，並命大學士楊應琚往滇督師。楊應琚到雲南，劉藻恐他前來查辦，憂懼交並，自刎而死。這是乾隆三十年間事。

會滇邊瘴癘大作，孟艮士兵退去，楊應琚乘間派兵進攻孟艮，孟艮兵多半病死，不能抵禦，一半逃去，一半迎降。應琚見事機順手，欲進取緬甸，騰越副將趙宏榜且言：「緬酋新立，木邦蠻莫諸土司，統願內附，應乘勝急進。」應琚即上疏奏聞，極陳緬甸可取狀。一面移檄緬甸，號稱天兵五十萬，大砲千門，將深入緬境，如該酋畏威知懼，速即投降，免致塗炭。大言何益？一面分遣譯人到孟密木邦蠻莫景線各土司，誘使獻土納貢，並為具表代陳。其時緬酋雍藉牙早死，再傳至次子孟駁，他見了應琚檄文，毫不畏懼，反率眾略邊。各土司又首鼠兩端，並不是誠心內附，於是趙宏榜領兵五百，由騰越出鐵壁關，襲據蠻莫土司的新街。新街係中緬交通要道，緬兵不肯干休，水陸並進。陸兵攻陷木邦景線，水軍進攻新衙，趙宏榜聞緬兵突至，急拋了器械，燒了輜重，走還鐵壁關。慣說大話的人，最是沒用。緬兵尾追宏榜，直至關外。

應琚得了敗耗，又驚又悔，頓時痰喘交作，飛章告病。清廷急令兩廣總督楊廷璋赴滇襄辦，又遣侍衛傅靈安，帶了御醫，往視應琚疾，並察軍事。楊廷璋馳入滇境，遣雲南提督李時升，率兵萬四千人，進防鐵壁關，時升又分道出兵，遣總兵烏爾登額出木邦，朱侖出新街。緬酋聞清兵分出，率眾佯退，遣使乞和。時升信為真情，停止兩路進兵，與緬人議款。楊應琚聞了議和消息，喜歡起來，病也漸癒，遂與時升聯銜奏捷。又要做假戲文了。楊廷璋知緬事難了，樂得退職，遂奏言應琚病痊，臣謹歸粵，得旨召還京師。應琚也巴不得廷璋離滇，省得窺破隱情。廷璋去後，忽聞緬兵繞入萬仞關，縱掠騰越邊境，應琚又惶急萬分，飛檄烏爾登額，及總兵劉得成赴援。緬兵見有援軍，向鐵壁關退走，鐵壁關本由李時升等把守，不敢截擊，由他殺出，應琚反匿不上聞。會傅靈安密奏趙宏榜朱崙失地退守，李時升臨敵畏避，未親行陣，於是清廷始悉軍情，嚴旨詰責應琚。應琚反盡推到烏爾登額劉得成身上，得旨一併逮問，令伊犁將軍明瑞，移督雲、貴，明瑞未至時，由巡撫鄂寧代理。鄂寧奏稱應琚貪功啟釁，掩敗為勝，欺君罔上各情形，乾隆帝大怒，立逮應琚到京，迫他自盡。此時楊應琚不知作何狀。

及明瑞到滇，先後調滿洲兵三千，雲、貴四川兵二萬餘名，大舉征緬，令參贊額爾景額及提督譚五格，率兵九千名出北路，由新街進行，自率兵萬餘人，由木邦南下，約會於緬都阿瓦。啟行時，連旬淫雨，泥濘難行，明瑞只得緩緩前進，自夏至冬，始至木邦。木邦守兵，聞風早遁，明瑞留兵五千駐守，使通餉道，自率軍渡錫箔江，進攻蠻結，連破緬兵十二壘，軍威大振。乾隆帝聞報捷音，封明瑞誠勇嘉毅公。明瑞越加感奮，向緬都出發；途次險峻異常，馬乏草，牛踣途，緬人又堅壁清野，無糧可掠。走入絕路。將士請結營駐守，俟北路軍有消息，再定進止，明瑞不允，仍督兵前趨。這時嚮導乏人，屢次迷路，旋繞了好幾日，方到象孔，部兵疲憊已極，北路軍仍無音信。象孔距緬都尚有七十里，明瑞因兵勞食盡，料知難達，乃回兵至猛籠，得了敵糧少許，留駐數日，待北路軍；北路軍仍舊不至，乃擬由原路退歸，不防緬酋率眾來追，聲勢浩大，明瑞且戰且行，令部將觀音保哈國興等，更番殿後，步步為營，每日只行三十里。緬兵雖不敢圍攻，奈總尾追不捨，每晨聽清軍吹角起行，他也起身追逐，行至蠻化，山路叢雜，明瑞令部兵紮營山頂，緬兵亦紮營山腰。明瑞傳集諸將道：「敵兵藐我太甚，須殺他一陣方好。」觀音保哈國興等，唯唯聽命。當下明瑞令觀音保等分頭埋伏，次日五鼓，命兵士接連吹角，嗚嗚之聲，震徹山谷。緬兵只道清兵啟行，爭上山追逐，忽遇伏兵突出，萬槍齊發，那時連忙奔逃，走得快的，失足隕崖，走得慢的，中槍倒斃，趾頂相藉，坑谷皆滿。小勝不足喜。自是緬兵不敢近逼，每夜必遙屯二十里外。明瑞飭將士休息數日，徐徐退回。到了小猛育，已與木邦相近，猛聽得胡哨齊起，四面敵兵蝟集，約有好幾萬人，明瑞大驚道：「罷了！罷了！」正是：

瓦罐不離井上破，將軍難免陣中亡。

未知明瑞性命如何，請看下回分解。

高宗南巡，皇后截髮，當時史官諱惡，只載跡類瘋迷之諭，實則伏有原因，中宮固非無端瘋迷也。著書人把賞花飲酒諸事，顯為揭櫫，雖或言之過甚，然亦出自故老傳聞，未嘗憑空蜮射。且多歸罪和珅，和珅固導帝微行者，不得謂事無左證也。下半回敘征緬事，與上文不相關涉，乃是從編年體裁，接連敘下。吳達善、劉藻、楊應琚等，無一勝任，賕帥當道，蠹吏盈邊，清室蓋中衰矣。明瑞猛將，孤軍征緬，徒自喪軀，可為太息。高宗不悟，猶以好大喜功為事，其亦可以已乎。

傅經略暫平南服　阿將軍再定金川

卻說明瑞到小猛育，見緬兵四集，不覺大驚，急忙紮駐了營，召諸將會議。將士自象孔退回，途中已行了六十日，這六十日內，晝夜防備追兵，沒有一刻安閒，此時四面皆敵，眼見得不能抵擋，當下會議迎敵諸將，面面相覷。明瑞道：「敵已知我力竭，所以傾寨前來，但不知北路軍情，究竟如何？難道是統已覆沒麼？我現在只決一死戰，明知不能脫身，然到援絕勢孤的時候，還沒有一人不盡力，沒有一人不致死，將來敵人亦知難而退，我死後，繼任的人，當容易辦理了。諸將以為何如？」觀音保道：「大帥且不怕死，何況我輩？唯我輩死在沙場，內地還沒人知曉，這倒可慮。」明瑞道：「我擬乘夜突圍，令兵士前行，我願斷後，那時敵兵追來，我好死擋一陣，前面的兵士，總可逃脫幾個，通報內地，叫他嚴守邊疆，奏調別帥，豈不是好？」倒是赤膽忠心。當下議決，人人已知必死，倒也沒有什麼傷感。

轉瞬間已是黃昏，鼓角不鳴，拔寨齊出，哈國興率領前隊，觀音保率領中隊，明瑞與侍衛數十人，率領親兵數百名斷後。哈國興一馬當先，衝殺出來，緬兵不及措手，竟被他衝開血路，殺出重圍。及觀音保繼進，緬兵已四面包圍，把觀音保圍住，明瑞見中隊被圍，急率後軍援應，捨命相爭，人自為戰，以一當十，以十當百，怎奈緬兵密密層層，旋繞上來，明瑞觀音保等，衝破一重，又被第二重截住，衝破第二重，又被第三重截住。從黃昏殺到天明，四面一望，仍舊是銅牆鐵壁一般，手下將士，已傷亡過半，再接再厲，酣鬥了兩小時。觀音保中槍倒斃，明瑞帶領的侍衛，喪失殆盡。明瑞亦著了槍彈數粒，大吼一聲而死。這場死戰，只哈國興帶兵數百名逃歸，餘都覆沒，真是可痛。

但北路的額爾景額一軍，究竟到哪裡去呢？原來額爾景額從新街南行，進次老官屯，被緬兵阻住，相持月餘，額爾景額病死，他的阿弟額爾登額代統全軍，屢戰屢敗，退至旱塔。緬兵由間道襲擊木邦，木邦兵守五千人，出戰不利，飛書至滇中告急。總督鄂寧，七檄額爾登額往援。額爾登額不應，反迂道回鐵壁關，再從明瑞出師的路程，往救木邦。古語說道：「救兵如救火。」他卻不走近路，轉回關內，遠繞而出，那時木邦早已陷沒。留守參贊珠魯訥等，早已陣亡。緬兵從木邦回到小猛育，適值明瑞退到彼處，遂乘機邀擊。後面追趕明瑞的緬兵，又乘勢追上，還有老官屯及旱塔諸處的緬眾，也一併趨至，四面楚歌，遂把明瑞逼入鬼籙。補敘得明明白白。總督鄂寧飛報敗耗，乾隆帝大怒，立命鄂寧押解額爾登額，及譚五格到京治罪，另授傅恆為經略大臣，阿里袞阿桂為副將軍，舒赫德為參贊大臣，迅速赴滇，再議大舉。傅恆等遵旨起程，額爾登額譚五格已解到，有旨將額爾登額凌遲處死，譚五格立斬決，罪犯親族，一律充戍。

旋因鄂寧不親援明瑞，降補福建巡撫，戴罪自效。雲、貴總督，著阿桂補授。阿桂先至雲南，聞緬甸與西鄰暹羅國開釁，擬約暹羅夾攻緬甸，旋因交通不便，復至罷議。乾隆三十四年四月，經略傅恆至雲南邊境，擬分兵三路，水陸並進，調滿漢精銳五六萬名、騾馬六萬餘匹，凡京城之神機火器、河南之火箭、四川之九節銅炮、湖南之鐵鹿子，及在滇製造的軍裝藥械，靡不齊備。直到新秋，經略祭纛啟行，渡過金沙江上游的戛鳩江，由西而南，孟拱、孟養各土司，獻象獻牛，還算效順。無如南方炎熱未退，暑雨燻蒸，士馬已多僵病；又未識道路，愈難深入。傅恆無可如何，退歸蠻莫。

先是阿桂在蠻莫造舟，及是舟成，得戰艦百艘，閩粵水師，陸續趨集，遂由蠻莫江出伊臘瓦底河，遙望緬兵，艤舟對岸，並有陸兵駐紮沙灘。阿桂、阿里袞率步兵登岸，專攻敵營，副將哈國興，侍衛海蘭察，率舟師專攻敵舟。緬兵出營截擊，阿桂令步兵齊放矢銃，復用勁騎左右衝入，緬兵抵敵不住，譁然潰散。哈國興亦乘上風進攻敵舟，正欲迎敵，被風簸蕩，自相撞擊，覆溺數千，江水為赤。阿里袞經此一役，積勞成病，傅恆亦病不能興，慮深入非計，令轉攻老官屯敵壘。

老官屯本額爾登額屯兵處，敵壘甚堅，編豎木柵，柵外掘濠，濠外又橫臥大樹，銳枝外向，清兵用大砲轟擊，彈丸都被樹枝隔住，不得奏效；再伐箐中數百丈老藤，繫以巨鉤，夜往鉤柵，又被敵人斫斷；復用盾牌兵持了油柴，沿柵縱火，適值反風，柵不能爇，反燒了自己的盾牌，只得卻下。阿桂百計綢繆，想不出破敵法子，最後用了穴地埋藥的計策，藥線一燃，藥性猛發，敵柵突起丈餘。清兵鼓譟而前，總道這次可以破柵，誰知柵忽平落，俄頃柵復突起，旋又平落，如是三次，柵不復動。仍舊無效。緬兵也頗危懼，阿桂又遣戰艦越過木柵，阻截西岸敵援，於是緬兵有乞和意，老官屯非敵根據地，傅恆出了全力去攻老官屯，已非勝算，況又不能攻入乎？強弩之末，難穿魯縞，信然。遣使議款。傅恆令進表納貢，返土司侵地。緬使欲歸他木邦、蠻莫、孟拱、孟養諸土司。議未協，緬使竟去。會阿里袞病歿，傅恆病亦加重，乃遣哈國興單騎入柵，與緬帥議定和約：緬甸對中國行表貢禮，歸俘虜，返土司侵地，中國將木邦、蠻莫、孟拱、孟養諸部人口，還付緬甸。傅恆逐焚舟熔炮，匆匆班師。

這番出征，先後糜餉數千萬，明瑞戰死，傅恆阿桂等，雖稱勝敵，其實也不算有功。所訂和議，兩邊仍未嘗實行，緬人索還土司，清廷徵他入貢，雙方仍然齟齬。傅恆回京後，憂恚而亡。乾隆帝令阿桂備邊，酌出偏師，略緬邊境，阿桂探聞緬酋孟駮，破滅暹羅，氣勢張甚，奏言：「偏師不足濟事，不如休息數年，復圖大舉。」乾隆帝因他忤旨，將阿桂召還，遣尚書溫福往代。

緬事未了，兩金川警報復至，自大金川酋莎羅奔乞降後，川邊平靜了十多年，莎羅奔老病，兄子郎卡主土司事，漸漸桀驁，侵擾鄰境，不受四川總督的命令。乾隆帝命川督阿爾泰，檄川邊九土司，環攻郎卡，九土司中，唯小金川與綽斯甲，還算強大，其餘如松岡、梭磨、卓克基、沃日、革布希咱、黨壩、巴旺七土司，統是弱小，不是大金川敵手。阿爾泰雖奉了上諭，他意中只想苟且息事，命郎卡釋怨修和。郎卡遂與綽斯甲聯婚，並以女嫁小金川酋僧格桑。僧格桑即澤旺子，澤旺昏耄，由僧格桑代主土司。未幾，郎卡病死。郎卡子索諾木與僧格桑為郎舅親，訂立攻守同盟的條約。番人專恃結婚政策，為併吞鄰部計，兩金川以和親故，獨結攻守同盟，知識程度頗出準部諸酋上，但其不利清室則一也。索諾木誘殺革什布咱土司，僧格桑亦屢攻沃日，阿爾泰因沃日被侵，發兵往援，僧格桑竟與川軍開仗，川軍退還。乾隆帝聞報，責阿爾泰養癰貽患，罷職召回，尋即賜死。另調滇督溫福，自雲南赴四川督師征討，又命侍郎桂林為川督，襄贊軍事。溫福、桂林，先後到川，溫福由汶川出西路，桂林由打箭爐出南路，夾攻小金川，南路副將薛琮，恃勇輕進，入黑龍溝，被番兵圍住。薛琮向桂林處求救。桂林逗留不進，薛琮戰死，全軍陷沒，桂林還隱匿不報。旋由溫福奏聞，乃授阿桂為參贊大臣，代桂林職。阿桂至軍，督兵渡小金川，連奪險要，直抵美諾。美諾係小金川巢穴，僧格桑出戰不利，遂帶了妻妾數人，逃入大金川，只留老父澤旺，病臥床中。寧可無父，不可無妻妾。阿桂入帳，把澤旺縛獻京師，另檄索諾木繳出僧格桑。索諾木不奉命，當由溫福、阿桂請旨清廷。廷命溫福為定邊將軍，阿桂為副將軍，移師討大金川，仍分兩路出發。

大金川地本險惡，從前訥親、張廣泗，屢遭失敗，至此溫福進兵，也被番眾阻住。溫福令提督董天弼，還守小金川，自率軍駐紮木果木地方。番眾照昔年故事，遍築碉卡，抗拒清兵。溫福也徒知攻碉，得不償失。兩邊正相持不下，忽有探馬飛報：「番眾入小金川，董軍門兵潰散了。」溫福令他再探，忽又報導：「糧臺被劫了。」溫福仍飭令再探，糧已被劫，還探什麼？他卻視若無事，仍不設備。如此從容，不念退兵咒，定念往生咒。俄聞槍聲四起，番眾如潮湧至，先奪炮局，繼斷汲道，清營內運糧伕役，紛紛避入。溫福令營兵閉住壘門，一概不准入營。於是內外鼓譟，軍心大震。番眾乘勢突進，槍如雨發，溫福茫無頭緒，一彈飛來，適中要害，當即暈斃。營兵見主將已死，霎時四散，被番眾兜殺一陣。幸虧海蘭察聞警往援，救出潰兵萬數千名，且戰且退。

此時阿桂方出河東，聞報小金川復陷，忙整軍馳回，出屯翁古爾壟，奏報溫福陣亡情形，得旨命阿桂為定西將軍，豐伸額、明亮為副將軍，調發鍵銳火器營二千名，至川助剿。阿桂再與明亮等，分攻小金川，轉戰五晝夜，仍抵美諾，驅出番兵，再復小金川地，仍奏請力攻大金川。乾隆帝以土司恃險反覆，重勞用兵，非大舉深入不可，遂先將澤旺磔死，隨飭阿桂等掃穴犁庭，方許蕆事。阿桂誓師進討，復分三路進行：一軍由東路入，阿桂自為統帥，一軍攻大金川西南，一軍攻大金川西北，由豐伸額、明亮各為統領，三道並進，如火如荼。怎奈大金川裡面，重重築壘，層層設隘，自乾隆三十九年正月，阿桂出師，奮力殺入，節節進攻，擊破敵壘無數，大小數百戰，直到七月，始至勒烏圍附近。勒烏圍前面皆山，番兵據險扼守，第一重名博瓦山，第二重名那穆山，最是險峻，阿桂令海蘭察、額森特、海祿三路繞攻博瓦山後，福康安、成德特、成額三路仰攻博瓦山前。猛搏三晝夜，方殺上博瓦山，占了第一重門戶。休息二日，復進攻那穆山。這山地勢尤險，防守越嚴。阿桂仍令前後分攻，數日無效。適西北路統領明亮亦已殺到，會集阿桂軍，併力攻撲，仍是不下，海蘭察向稱驍勇，至是大憤，遙望那穆山上，守兵布得密密層層，只西邊最高峰上，雖有兩個大戰碉，碉裡恰空若無人，他獨帶領死士六百名，乘昏夜時候，猱升而上，趾頂相接，直到黎明，六百人都登了高峰，搗入碉中。每碉不過數十名番兵，一陣狂掃，立刻殲除。餘外守山的番眾，總道是絕壁峭立，沒人可上，誰料上面插起大清旗號，錯疑是飛將軍從天而下，頓時人心大亂，被山下的清兵殺上山腰，番眾除逃竄外，概被殺死。第二重門戶又破，勒爾圍已無可守，索諾木沒法，鴆殺僧格桑，並將僧格桑家屬一併獻出，請停止攻擊。阿桂訊驗僧格桑的屍首，的確是真，只僧格桑的家屬內，只有僧格桑的妾，沒有僧格桑的妻，索諾木頗有手足情。怒斥來人，勒兵再入。索諾木無從乞和，命部下極力防守。

這時已是秋末冬初，天氣陰寒，雨雪霏霏，憑你阿桂奮厲無前，也不能直搗敵穴。過了年，又過了春季，漸漸冰雪消融，路上方可行動。阿桂等轉戰而前，只一二十里地面，卻攻了三四個月，方到烏勒圍。豐伸額軍亦至，三路會攻，又足足一月，方破入烏勒圍。可謂艱險。索諾木已與從祖莎羅奔，先期走噶爾崖，清兵整隊復進，番兵又分道拒戰，接連又是數月，始抵噶爾崖城下。阿桂自啟行以來，至此已歷兩年，途中幾經艱苦，恨不得立平噶爾崖，稍洩胸中忿氣，奈攻了三五日，毫不見效，又攻了一二十日，雖轟壞城堞數處，仍被敵兵補好。直至乾隆四十一年二月，城中食盡，索諾木始與莎羅奔，挈家族二千餘人出降，阿桂立飭人獻俘京師，乾隆帝御午門受俘，因索諾木、莎羅奔等罪大惡極，著凌遲處死。其餘家族人等，或斬或絞，或永遠監禁，或充發為奴。封阿桂為一等誠謀英勇公，豐伸額本襲公爵，加賞繼勇字號，明亮封一等襄勇伯，海蘭察摧堅奪隘，特別超擢，封為一等超勇侯，額森特、福康安等，均各封賞有差，留明亮為四川將軍，改大金川為阿爾吉廳，小金川為美諾廳，直隸四川省，令明亮鎮守。阿桂等一律凱旋，郊勞飲至，如傅恆例。

越數月，再令阿桂赴雲南，與總督李侍堯，勘定邊界，嚴守戰備，擬再圖緬甸。緬酋孟炮，聞風知懼，原奉表入貢，獻還俘虜，唯求開關互市。阿桂令先將俘虜釋放，他只放出了一半，阿桂不允，仍移檄詰責。偏這孟炮病歿，嗣子贅角牙繼立，國內大亂，叛臣孟魯，弒了贅角牙，孟魯又被國人殺死，迎立雍藉牙少子孟雲。西鄰暹羅，因緬甸內訌，背緬獨立，推戴僑民鄭昭為國王，規復舊土，驅逐緬甸守兵，移都盤谷，復興兵攻緬甸，報復舊怨，並遣使航海入貢中國。鄭昭歿，子華嗣，清封鄭華為暹羅國王。孟雲恐清廷聯繫暹羅，夾攻緬甸，乃由木邦賚金塔一、馴象八及寶石番毯等，款關來貢，並將俘虜一併送還。清廷乃敕賜冊印，封孟雲為緬甸國王，並諭暹羅緬甸，不得繼續用兵。自是暹羅緬甸，統服屬清朝，小子曾有七絕一首云：

連番降旨命徵誅，一將功成萬骨枯。
為問紫光遺像在，可曾頂上血模糊？

俚句中有紫光二字，乃是指紫光閣故事。乾隆帝命繪功臣列像於紫光閣，前傅恆，後阿桂，是乾隆朝最智勇的大將。紫光閣上，後先輝映。方在紀實銘勛，忽接臺灣警報，土豪林爽文作亂；一波才平，一波又起。

欲知臺灣肇亂情形，請諸君續閱下回。

傅恆、阿桂係乾隆朝名將，抑亦乾隆朝福將。有明瑞之喪師小猛育，而後傅恆乃慎重將事，有溫福之戰死木果木，而後阿桂乃堅忍成功。天下事經一度失敗，始增一番懲創，明瑞、溫福之不幸，即所以成傅、阿二人之幸耳。傅、阿二人歿，嗣後有名將，少福將，故乾隆朝為清室極盛時代，亦即清室中衰時代。此回傳傅、阿二人事，實隱伏清史關鍵云。

平海島一將含寃　定外藩兩邦懾服

卻說臺灣自朱一貴亂後，清廷因地方遼闊，添設彰化縣及北淡水同知，政府意思，總道多設幾個官吏，可以勤求民隱，哪裡曉得多一個官，只多一分剝削，與百姓這方面，反有損無益呢？乾隆五十一年，臺灣土豪林爽文亂起，這林爽文本沒有什麼勢力，只因臺民半是土著，半是客籍，彼此不睦，時常械鬥，地方官不去彈壓，爽文假和解為名，結了幾個黨羽，設起一個天地會來，起初入會的人，不過數十名，後來越結越多，連官署的差役，也都入會。官吏雖有些風聞，終究得過且過，不願查究，因循坐誤，是官吏老手段。因此天地會竟橫行了數十年。適值總兵官柴大紀，受職到臺，聞知天地會橫行無忌，遂令臺灣知府孫景燧、彰化知縣俞峻、副將赫生額，游擊耿世文帶兵緝捕。這孫景燧等統是酒囊飯袋，哪裡敢去緝捕會匪？奈因上峰督飭，沒奈何前去搜查。

林爽文本住彰化縣的大理杙，地方很是險僻，孫景燧等不敢深入，只在五里外紮營，無緣無故，將五里外的村落，縱火焚毀，兵役乘勢搶擄，劫奪一空。村中的百姓，並非天地會黨羽，無罪遭禍，鋌而走險，都逃入大理杙中，哭報爽文，哀求保護。又是一場官逼民反。爽文乃糾眾出來，乘夜攻營，孫景燧等連忙逃走，帶去的兵士，多被殺死，爽文遂進陷彰化，破諸羅，擾淡水，貪官汙吏，死的死，逃的逃。柴大紀忙令兵備道永福，固守府城，自率兵出城五十里，到鹽埕橋，遇著爽文前鋒，奮力殺退，府城總算保全。大紀派人到福建告急，水師提督黃仕簡、陸路提督任承恩、副將徐鼎士，陸續帶兵渡海，來援臺灣。大紀接著，由黃仕簡分派將士，督令恢復諸城，不想福建的援兵統是沒用，都被爽文殺敗；任承恩親攻敵巢，見了路途險僻，也畏懼不前；只柴大紀收復諸羅，浚濠增壘，力任守禦。

清廷因黃任無功，嚴旨召還，命提督常青為靖逆將軍，往臺灣督師；父命署浙閩總督李侍堯，調粵兵四千、浙兵三千、駐防滿兵一千，赴臺助剿。且因江南提督藍元枚，係藍廷珍子，素習臺事，調赴軍前，與福州將軍恆瑞，同為參贊，各將吏次第進行，藍元枚到臺病卒，常青恆瑞率兵數千，至府城相近，與林爽文相遇，望將過去，旗戟隱隱，隊伍層層，不知有多少人馬，嚇得常青、恆瑞拍馬而逃，走入城中。林爽文料他沒用，不去攻城，只蠶食村落，脅令入會，旬日得十餘萬眾，圍攻諸羅。

諸羅當南北要沖，為府城屏蔽，爽文因大紀扼守，最稱勇悍，誓要破滅此城，免他作梗，因此把諸羅城團團圍住，並分了一支黨羽，截他餉道。大紀率守兵四千，晝夜防禦，看了敵勢少懈，復引兵突出，奪他輜重。城中糧餉，賴以不絕。爽文想截人餉道，誰知自己的餉，反被人奪去，所謂烏合之眾，不敵紀律之師。爽文遣人詐降，又賄通內應，都被大紀察出，一一斬首。

這時候，常青也遣總兵魏大斌、參將張萬魁、游擊田藍玉、副將蔡攀龍等，往援諸羅，三次進兵，三次敗退。恆瑞督兵進援，亦因敵勢浩大，在途中紮駐。清廷屢次催問，常青、恆瑞只請添兵，乾隆帝又將他革職，命福康安代常青，海蘭察代恆瑞，升柴大紀為陸路提督參贊大臣，密令大紀衛民出城，再圖進取。大紀奏言：「諸羅為府城北障，諸羅失陷，府城亦危，且半年來深溝高壘，守禦甚固，一朝棄去，難以克復。城廂內外的百姓，不下四萬，也不忍一概拋棄，任賊蹂躪，只有死守待援」等語。好總兵，好提督，好參贊大臣。乾隆帝覽了奏章，眼淚都熬不住，一點一滴，溼透奏本；真耶假耶！隨即傳旨到臺灣，嘉獎大紀，封大紀為義勇伯，改諸羅縣為嘉義縣，俟克復臺灣，與福康安同來瞻覲云云。

福康安是傅恆的兒子，乾隆帝非常眷愛，未知是否龍種？他隨阿桂出征有功，曾封三等嘉勇男，嗣復出定回疆，平了幾個小小回匪，晉封侯爵。福康安往援臺灣，途次聞爽文勢盛，也奏請增兵，奉旨嚴飭。虧得海蘭察願當前敵，飛速進兵，仗著順風，越海抵港，帆檣列數里，各村民見大兵雲集，望風解散，爭為嚮導。海蘭察揚言攻大理杙，暗中擬直趨嘉義城。爽文恐大理杙有失，分兵回救，海蘭察遂進兵嘉義，沿途遇著幾處埋伏，統由海蘭察衝散，怒馬直入，所向披靡。到嘉義城下，奮戰一場，殺退敵圍。福康安聞前鋒得勝，自然膽大起來，也領兵到嘉義城，柴大紀出城相迎，只向福康安請安，不行跪拜禮，福康安心中已是不悅，佯為謙遜，叫大紀並馬入城。大紀也不推辭，跨馬導入，照清朝軍制，下屬迎接上司，須要身執櫜鞬，不能並馬入城，柴大紀屢受褒封，身膺伯爵，自思與福康安也差不多，少許失禮，料亦不妨。豈知這福康安度量淺狹，挾恨懷仇，柴大紀的性命，要斷送在福康安手中了。

福康安入城後，休息一晝夜，仍命海蘭察先進，自率兵為後應，往搗大理杙巢穴。到了大理杙，時已昏暮，大理杙中，衝出一支人馬，烈炬迎戰。海蘭察分兵千餘，暗伏溝塍間，候敵近來，銃矢齊發。從暗擊明，發無不中，敵眾連忙滅火，鳴鼓來攻。海蘭察覆命軍士按聲衝擊，斃敵無數，敵眾倒也抵死不退。海蘭察躍馬入陣，衝出敵背，竟赴大理杙。部眾想回馬去追，福康安兵已到，此時敵眾倉皇失措，霎時潰散。海蘭察入大理杙，林爽文攔截不住，攜家屬走集埔，大理杙巢穴一鼓蕩平。只林爽文遁入集埔間，依險竄伏，壘石為壘，迴環數里，海蘭察偕侍衛數十名，易服緝捕，尋至集埔，已得敵蹤，遂暗伐箐中老藤，扳壘而上，林爽文不及防備，被他擒住，爽文家屬，沒一個走脫，獻至京師，盡行磔死。

福康安、海蘭察，俱晉封公爵，獨柴大紀褫革職拿問。讀至此語，令人吃驚。自福康安入嘉義城後，已著人馳遞密奏，說大紀詭譎取巧，奏報不實，乾隆帝倒也聖明，料知大紀屢蒙褒獎，稍涉自滿，對福康安失禮，因被參劾，遂將這種旨意，批發出來，福康安受了幾句申飭。看官！你道福康安肯就此罷手麼？接連又是幾本彈章，復運動那奉旨查辦的德成，復奏：「大紀如何貪黷，如何寬縱。」乾隆帝尚在未信，命浙、閩總督李侍堯查奏。李侍堯畏福康安威勢，自然隨聲附和，乾隆帝又將任承恩、恆瑞等，逮回親訊，任承恩、恆瑞等一干人犯，都說大紀釀成禍亂，暗中掣肘，恁你乾隆帝什麼英明，柴大紀什麼義勇，至此昏蔽誣衊，就降了革職拿問的聖旨。

柴大紀自念無辜，到京被訊，寧有憑空自誣的道理，自然呼冤不置。乾隆帝親加復訊，大紀仍微訴枉曲，龍顏動怒，竟命正法，可憐一片忠心的柴大紀，無罪遭刑，橫屍燕市。比殺張廣泗還要冤枉，可見做皇帝的人，多是沒良心。任承恩、恆瑞等反得保全性命，還有這位諂媚取容的和珅，前已屢次超升，授職大學士，至此說他辦理軍機，勤勞懋著，封他為三等伯，賞用紫韁。懸空夾入。

乾隆帝又命將功臣圖像，方親製功臣像贊，鎮日裡咬文嚼字，忽接兩廣總督孫士毅奏報，略稱：「安南內亂，國王黎維祁出亡，遺臣阮輝宿，奉王族二百多人，叩關乞援」等語。這安南國在暹羅東邊，明時嘗服屬中國，嗣分為大越、廣南二部，黎氏主大越，阮氏主廣南。清順治末年，吳三桂等定雲南，大越王黎維，曾遣使勞軍。康熙五年，嗣王黎維禧，又奉表入貢，受清冊封。後來黎氏漸衰，攝政鄭棟，陰圖篡立，恐廣南王干涉，乃陰嗾廣南土酋阮文嶽，舉兵作亂，自為外援。文嶽與弟文惠、文慮，乘此發難，轉戰十數年，竟將廣南王攻滅，分北部三州與鄭棟。文惠自稱泰德王，鄭棟也自稱鄭靖王。隔了幾年，鄭棟死了，棟子二人，一名宗，一名幹，爭奪父位。文惠引文嶽趨入，陽稱排解，誘殺宗幹兄弟，遂進至大越。大越王黎維，驚慌得了不得，忙與他議和，給他兩郡；又把嬌嬌滴滴的愛女，送與文惠，畀他受用。文惠總算罷休，在大越稱臣拜相。越年，黎維卒，嗣孫黎維祁立，文惠載了許多珍寶，及馴象百頭，還歸廣南，留鄭氏遺臣貢整，鎮守都城。貢整想扶黎抗阮，奪回象五十頭，文惠大怒，發廣南兵攻大越，貢整戰死，維祁出走。文惠攻入黎京，盡毀王宮，把宮內妃嬪及金銀財寶，蒐括而去。一個愛女尚且不足，又添了許多妃嬪，許多金帛，大越總算晦氣。

高平府督阮輝宿，挈了黎氏宗族二百口，遁至廣西求救。乾隆帝覽了孫士毅奏章，暗想黎氏守藩奉貢，理應保護，遂命孫士毅安撫黎氏家屬，發兵代黎氏復仇。這旨一下，孫士毅立即調兵，與提督許世亨出鎮南關，至涼山分路而進，沿途得土民歡迎，進薄富良江。阮文惠派兵扼住南岸，據險列炮，阻截清軍。許世亨見江勢繚曲，望不及遠，遂令軍士佯運竹木，築橋待渡，他自己率兵二千，恰繞道潛渡。南岸守卒，只防對岸的清兵，用炮轟擊，不料世亨繞出背後，乘高大呼，聲震山谷。是夕，天色黑暗，廣南兵陡聞喊聲，只道清兵大至，霎時潰退。黎明，清兵畢濟，整隊至大越國都，城中百姓都來迎接，跪伏道旁。孫士毅、許世亨入城宣慰，見宮室拆毀殆盡，已平成瓦礫場，不便留駐，仍出城還營。黎維祁避匿民村，到夜間方敢出來，詣營見孫士毅，九頓首謝援。

先是乾隆帝因安南道遠，奏報需時，特豫撰冊封，郵寄軍前，令孫士毅便宜從事。士毅遂宣詔封維祁為安南國王，且馳報廣西，歸黎家屬。捷奏到京，乾隆帝促令班師，士毅以阮氏未俘，還想深入廣南，執渠立功。貪心不足。阮文惠暗籌軍備，陽言乞降，士毅信以為真，懸軍黎城，專待降人。乾隆五十四年元旦，士毅令軍士飲酒張樂，慶祝新年，大帥逍遙，萬人醺醉，自旦至暮，筵席始散。眾人正要就寢，營外炮聲震天，阮兵蜂擁而至。士毅即率軍出營，火光中見前面排著象陣，蹀躞而來，士毅知是厲害，急令軍士退走。黑夜間不辨彼此，自相踐踏，當下拋戈棄甲，奔至富良江。士毅一馬當先，逾橋徑渡，隨著的兵士，三停中只過一停，士毅回顧，對岸追兵，奮勇殺來，忙命軍士將橋拆去。是時許世亨等尚未逾橋，弄得進退無路，那邊追兵上前圍攻，許世亨等都戰死。官兵伕役萬餘人，一半被殺，一半落水。逃還鎮南關的殘兵，只剩了三千名。士毅上疏自劾，乾隆帝恰說他變出意外，罪有可原，這正是特別殊恩，令人莫測。

福康安時適督閩，奉旨調任兩廣，代孫士毅，福康安方到任，阮文惠已遣兄子光顯，奉表請降，他的降表上改名光平，略言：「世守廣南，與安南乃是敵國，並沒有君臣名分。文惠曾在大越攝政，尚得謂非君臣麼？且只蠻觸自爭，非敢抗衡上國，請來年親覲京師，並願立廟國中，祀中國死綏將士。」福康安得了降表，遂奏請阮光平恭順輸誠，不必用兵。乾隆帝准奏，只責他兩件事情：第一件，因次年八旬萬壽，飭光平來京祝嘏；第二件，飭他在安南地方，為許世亨等立祠。他已自己情願，何用復飭？光平一一應允。遂賜光平敕印，封安南國王，黎維祁的家屬，光平算不去滅他，由他投入廣西。乾隆帝以天厭黎民，不堪扶植，天何言哉？命他挈屬來京，編入漢軍旗籍。

次年，乾隆帝八旬萬壽，舉行慶典，禮部定出祝嘏儀注，比從前萬壽聖節，特別繁華，特別鄭重。屆了誕辰，阮光平遵旨入覲，先行到京，暹羅、緬甸、朝鮮、琉球及西藏兩喇嘛，蒙古各盟旗，西域各部落，俱遣使表祝。乾隆帝御太和殿，受慶賀禮。八荒環叩，萬眾嵩呼，禮畢入宮，皇子、皇孫、皇曾孫、皇玄孫，依次舞彩，稱祝如儀。宮廷內外，大宴三日，特旨普免天下錢糧，表示普天同慶的意思。真是千載一時，可惜極盛難繼。

只西藏雖遣使祝釐，境內恰非常擾亂，駐藏大臣保泰，專務矇蔽，經藏使來京詳陳，始悉藏境情狀。西藏自康熙晚年，服屬中國，不侵不叛，雍正初，復設駐藏大臣監察政治，達賴、班禪兩喇嘛，不能自由行動，因此安靜了數十年。乾隆帝七旬萬壽時，第六世班禪喇嘛，曾至京祝壽，內廷賞賜，及王公大臣布施，約數十萬金，還有許多珍品寶物。班禪欣喜過望，方擬西還，忽病痘而死。隨從僧侶，奉骸骨歸藏，所有遺資，統行帶回。班禪兄仲巴胡土克圖，向為班禪管理內庫，得了這種竟外財帛，一古腦兒收入私囊，不但沒有布施寺院，分給將士，連自己的阿弟，也分文不與。知利己不知利人，世人皆然，無怪仲巴。他的阿弟瑪爾巴，憤懣得了不得，遂南入廓爾喀，誘使入寇。阿兄原是無情，阿弟也是不義。廓爾喀在喜馬拉耶山南麓，與藏境毗連，向係蠻民雜居，分葉楞、布顏、庫木三部，嗣為西境酋長布拉吞併，合作一國，稱廓爾喀。廓酋因瑪爾巴的訴請，遂興兵犯藏邊，駐藏大臣保泰，檄問廓酋起釁的緣故，他卻借商稅增額，食鹽糅土等事，作為話柄。保泰尚未奏聞，只欲與廓人議和，會藏使在京祝嘏，奏陳一切，乾隆帝始命保泰據實陳奏，一面令侍衛巴忠，將軍鄂輝成德等，援藏征廓。去了數月，巴忠等奏稱廓人畏罪投誠，願入貢乞封。乾隆帝覽奏，疑是真話，召還巴忠，留鄂輝為四川總督，成德為四川將軍。

次年，廓人又大舉入藏，保泰奏稱敵勢浩大，請移班禪至前藏。班禪亦飛章告急，略說：仲巴胡土克圖，已挈資遁去。後藏被廓人騷擾，有「日夕待援」等語。是時乾隆帝在熱河行圍，連接警報，大加驚疑，適巴忠正在扈駕，忙召入訊問，巴忠言語支吾，只說前時辦理不善，願馳赴藏地，效力贖罪。乾隆帝嚴加申斥，巴忠即投水尋死。乾隆帝越加懷疑，飛飭鄂輝、成德，明白復奏。鄂輝、成德不敢隱瞞，始將前時辦理隱情，和盤托出，唯只稱於己無與，都推在死人巴忠身上。原來巴忠、鄂輝、成德三人，前時到藏，按兵不戰，只與廓人調停賄和，陽囑廓人奉表入賀，陰令西藏許給歲幣五千金，廓人乃退。達賴、班禪尚在夢裡，後來廓人索交歲幣，杳無回音，因再舉深入，大掠後藏。乾隆帝既悉此情，方知鄂輝、成德，也是靠不住的人物，遂命嘉勇公福康安為將軍，超勇公海蘭察為參贊，調索倫滿兵，及屯練士兵進討。

乾隆五十七年二月，福康安等由青海入後藏，廓人已飽掠財帛，陸續運回，只留千餘人駐守，探得清兵入剿，退至鐵索橋，斷橋相拒。福康安與敵相持，海蘭察潛由上游結筏，渡河登山，繞出敵營後面，廓兵見前後受敵，自然竄去。福康安等直入廓境，廓酋遣使乞和，福康安不許，三路進兵，六戰六捷，逾大山二重，先後殺敵數千，入敵境七百多里。將近廓爾喀都城，兩面皆山，中隔一河，廓兵分紮山上，互為犄角，福康安採悉南岸山後，即廓爾喀國都，擬渡河直攻南山。海蘭察請扼河立營，阻住北岸廓兵，福康安仗著銳氣，渡過南岸，冒雨登山。山上木石雨下，隔河隔山的敵兵，又三路來犯，福康安不能支，且戰且卻。虧得海蘭察率著後隊，未曾前進，當即奮力殺敵，救還福康安。福康安的功勞，純是海蘭察幫他造成，富察氏實有天幸。

廓人赴印度行援，印度已為英吉利屬國，設有總督，允他出兵，無如待久不至，廓人恐清軍復攻，再遣使卑詞請和。福康安乃與訂和議，令獻還所掠財寶，定五年一貢例，隨即班師回藏，留番兵三千名、漢、蒙兵一千名，駐守藏境，餘師凱旋。乾隆帝復賞福康安世襲一等輕車都尉，海蘭察舊係二等公爵，晉封為一等公，隨征將士，交部議敘。又因達賴、班禪的嗣續法，積久生弊，兄弟子姓，相繼擅權，弄出仲巴兄弟，慢藏誨盜的禍祟來，此時懲前毖後，立了一個掣簽的法子，將藏俗所稱達賴、班禪的化身，書名簽上，插入瓶中，等到前絕後繼，掣簽為定。這瓶供在西藏大招寺，叫做金奔巴瓶，無非是神道設教，籠絡藏民的政策。乾隆帝遂自稱十全老人，御製十全記，用滿、漢、蒙、藏四種文字，刊碑立石，留作乾隆朝的大紀念。什麼叫做十全？小子有杜撰的歌詞道：

清高宗，六十年，為了準噶爾，兩次征邊。

定回疆，再定金川，靖臺灣，服安南緬甸，紫光閣上競凌煙。

又有那廓爾喀，先後乞憐，功也全，福也全，這才算十樣完全。一年一年的過去，乾隆帝已六十年了。乾隆帝年已八十五歲，想出一個內禪的計議來。欲知內禪情事，請俟下回披露。

本回為福康安立傳，平台灣，曰福康安之功，平安南，曰福康安之功，平廓爾喀，曰福康安之功，其實福康安亦安得謂有功者，臺灣一役，賴海蘭察奮勇爭先，一戰破敵，即日解諸羅圍，叛黨奪氣，大亂以平。至若廓爾喀之戰，福康安冒險輕進，微海蘭察在後援應，彼且無生還之望，遑能平敵耶？最可恨者，柴大紀忠勇絕倫，第以不執櫜鞬禮，必欲置諸死地，良將風度，斷不若是。高宗極加寵眷，無怪後世以龍種疑之。讀本回，可以知福康安之為人，可以知清高宗之馭將。

太和殿受禪承帝統　白蓮教倡亂釀兵災

卻說乾隆帝在位六十年，多福多壽多男子，把人生榮華富貴的際遇，沒一事不做到，沒一件不享到。他的武功，上文已經略敘，他的文字亦非常講究。即位的第一年，就開博學鴻詞科；第二年又令未曾預考各生，一律補試。十四年，特旨命大學士九卿督撫保舉經儒，授任國子監司業；南巡數次，經過的地方，嘗召諸生試詩賦，舉人進士中書等頭銜，賞了不少，又編造巨籍，上自經注史乘，下至音樂方術語學，約有數十種，比康熙時還要加倍。三十六年，開五庫全書館，把古今已刊未刊的書籍，統行編校，匯刻一部，命河間才子紀昀，做了總裁。

紀昀字曉嵐，博古通今，能言善辯，乾隆帝特別眷遇，別樣事情，講不勝講，只據「老頭子」三字的解釋，便見紀昀的辯才。他身子很是肥碩，生平最畏暑熱；做總裁時，在館內校書，適值盛夏，炎酷異常，他便赤著膊圈了辮，危坐觀書。巧逢乾隆帝踱入館門，他不及披衣，忙鑽入案下，用帷自蔽，不料已被乾隆帝瞧見，傳旨館中人照常辦事，不必離座，館中人一齊遵旨。乾隆帝便踱到紀昀座旁，靜悄悄的坐著。紀昀伏了許久，汗流浹背，未免焦躁起來，聽聽館中人寂靜無聲，就展開了帷，伸首問眾人道：「老頭子已去麼？」語方脫口，轉眼一瞧，座旁正坐著這位首出當陽的乾隆帝，這一驚正是不小。向著他道：「紀昀不得無禮。」紀昀此時只得出來穿好了衣，俯伏請罪。乾隆帝道：「別的罪總可原諒，你何故叫我老頭子？有說可生，無說即死。」眾人聽見這句上諭，都為紀昀捏一把汗。誰知紀昀卻不慌不忙，從容奏道：「『老頭子』三字，乃京中人對著皇帝的統稱，並非臣敢臆造，容臣詳奏。皇帝稱萬歲，豈不是老？皇帝居兆民之上，豈不是頭？皇帝便是天子，所以稱子。這『老頭子』三字，從此流傳了。」聰明絕頂。乾隆帝拈鬚笑道：「你真是個淳于髡後身，朕便赦你起來罷。」紀昀謝恩而起。自此乾隆帝越加優待，等《四庫全書》告竣，連番擢用，任總憲三次，長禮部亦三次。此外如沈德潛、彭元瑞諸人，也蒙乾隆帝恩遇，然總不及紀昀的信任。

只是乾隆帝雖優禮文士，心中恰也時常防備：內閣學士胡中藻，著《堅磨生詩》集，內中有觸犯忌諱等語，遂把他梟首；鄂爾泰姪兒鄂昌，做了一篇〈塞上〉吟，稱蒙古為胡兒，也說他暗斥滿人，將他賜死；沈歸愚錄有〈黑牡丹〉詩，身後被訐，追奪官階；江西舉人王錫侯，刪改《康熙字典》，別著字貫，又飭逮下獄；浙江舉人徐述夔，著一〈柱樓〉詩，不知如何吹毛索瘢，指他悖逆，他已經病死，還要把他戮屍。乾隆朝的文字獄，比雍正朝也差不多。

總之專制時代，皇帝是神聖無比，做臣子的能阿諛諂媚，多是好的，若是主文譎諫，便說他什麼詆毀、什麼叛逆，不是斬首，就是滅族，所以揣摩迎合的佞臣，日多一日。到乾隆晚年，僉王之徒，賄賂公行，乾隆帝只道是安富尊榮，威福無比，誰知暗地裡已伏著許多狐群狗黨，這狐群狗黨的首領，系是誰人？就是大學士和珅。

無論皇親國戚、功臣文士，沒有一個及得來和珅的尊寵。乾隆帝竟一日不能離他，又把第十個公主，嫁他兒子豐紳殷德。未嫁時候，乾隆帝最愛惜十公主，幼時女扮男裝，常隨乾隆帝微行，乾隆帝又常帶著和珅扈駕。十公主見到和珅，叫他丈人，和珅特別趨奉。十公主要什麼，和珅便獻什麼。一日，同行市中，見衣鋪中掛著紅氅衣一件，十公主說了一聲好，和珅便向鋪中買來，費了二十八金，雙手捧與十公主。乾隆帝微笑，對著公主道：「你又要丈人破鈔。」十公主原是歡喜，和珅卻比十公主還要得意。這件故事，都人傳為趣談，其實常人家的用人，也多是趨奉東家兒女，不足為和珅責。後來十公主長成，就配了豐珅殷德，豐珅殷德比男妾差不多。和珅與乾隆帝竟作了兒女親家。一個抬轎伕，寵榮至此，可謂古今罕聞。因此和珅肆行無忌，內外官僚，多是和珅黨羽，把攬政柄三十年，家內的私蓄，乾隆帝還不及他。他的美妾孌童，豔婢俊僕，不計其數。還有一班走狗，仗著和珅威勢，在京城裡面橫衝直撞，很是厲害。御史曹錫寶，為了他家奴劉全，借勢招搖，家資豐厚，劾奏一本；乾隆帝令廷臣查勘，廷臣並不細查，只說錫寶風聞無據，反加他妄言的罪名。一個家奴，都參他不倒，何況和珅呢？

一日，乾隆帝召諸王大臣入內，擬把帝位傳與太子，自己稱太上皇。諸王大臣，倒也沒甚驚疑，不過表面上總稱聖上康頤，內禪事還可從緩。獨和珅吃了一大驚，他想嗣王登位，未免失卻尊寵，急忙啟奏道：「內禪的大禮，前史上雖是常聞，然也沒有多少榮譽。唯堯傳舜，舜傳禹，總算是曠古盛典。但帝堯傳位，已做了七十三載的皇帝；帝舜三十徵庸，三十在位，又三十餘載，始行受禪。當時堯舜的年紀，都已到一百歲左右，皇上精神矍鑠，將來比堯舜還要長壽，再在位一二十年，傳與太子，亦不算遲，況四海以內，仰皇上若父母，皇上多在位一日，百姓也多感戴一日，奴才等近沐恩慈，尤願皇上永遠庇護；犬馬尚知戀主，難道奴才不如犬馬麼？」情現乎詞。這番言語，說得面面圓到。從前的時候，和珅如何說，乾隆帝便如何行，偏這次恰是不從，也是和珅數到。只聽乾隆帝下諭道：「你等只知其一，不知其二。朕二十五歲即位，曾對天發誓，若得在位六十年，就當傳位嗣子，不敢上同皇祖六十有零的年數。今蒙天佑，甲子已周，初願正償，何敢再生奢望？皇子永璉，不幸早世，唯皇十五子顒琰，克肖朕躬，朕已遵守家法，書名密緘，藏在正大光明匾額後面，現即立顒琰為皇太子，命他嗣位；若恐他初登大寶，或致叢脞，此時朕躬尚在，自應隨時訓政，不勞你等憂慮。」和珅無詞可說，只得隨王大臣等一同退出，暗中復運動和碩禮親王永恩等，聯名匯奏，請乾隆帝暫緩歸政。乾隆帝仍把對天發誓的大意，申說一番，並擬定明年為嘉慶元年，即飭禮部恭定典禮。

於是內禪已決，禮部因內禪制度，乃是創例，清朝未曾行過，須要參酌古制，揆合時宜，定得冠冕堂皇，方饜乾隆帝的心目。巧於迎合。足足忙碌了一個月，才把內禪大典，錄奏聖裁。乾隆帝見得體制尊崇，立批照行。先冊立顒琰為皇太子，追封皇太子生母令懿皇貴妃為孝儀皇后，位居孝賢皇后之次。候嘉慶元年元旦，舉行歸政典禮。和珅知事無可挽，忙到皇太子處賀喜，說了無數恭維的話。偏這皇太子不甚喜歡，只淡淡地對答數語。和珅隨即辭退。馬屁拍錯了。皇太子傳進長史官，命嗣後和珅來見，不必進報，和珅頗為驚懼。還虧乾隆帝雖擬歸政，仍是大權在手，乾隆帝活一日，和珅也活一日，因此和珅早夜祝禱，但願乾隆帝永遠活著，免生意外的危險。

話休敘煩，且說湖南貴州交界的地方，有一大山，綿亙數百里，叫做苗嶺，統是苗民居住。康、雍、乾三朝，次第招徠，苗民多改土歸流，與漢民往來交接，漢民亦漸漸移居苗地，嗣後喧賓奪主，不免與苗民涉訟。地方官單論財勢，不講曲直，苗民多半吃虧，心很不悅。適貴州銅仁府悍苗石柳鄧，素稱桀黠，倡議逐客民，復故地。苗眾同聲附和，遂揭竿叛清。湖南永綏苗石三保，鎮筸苗吳隴登，吳半生，乾州苗吳八月，各聚眾響應，四出劫掠，騷擾川、湖、貴三省邊境。於是湖南提督劉君輔，馳保鎮筸，湖廣總督福寧，亦調集兩湖諸軍，援應劉君輔，雲、貴總督大學士福康安，又督雲、貴兵進銅仁府，四川總督和琳，復統川兵至貴州，與福康安會攻石柳鄧，柳鄧敗走，苗寨四十餘被毀，貴州苗略定。福康安遣總兵花連布，率兵二千人攻永綏，劉君輔亦自永綏轉戰而至，兩軍相會，攻破石三保，解了永綏的圍。只乾州已由吳八月等陷沒，各軍分道進攻，多被苗民截住，只劉君輔因乾州險阻，繞出西北，得了兩三回勝仗，怎奈兵單餉寡，一時未能規復。旋經福康安迭破要塞，逐走石三保，生擒吳半生，永綏鎮筸的悍苗，稍稍平定，一意規復乾州。不料石三保、石柳鄧等，都竄依吳八月，吳八月復進據平隴，居然稱起吳王來了。吳八月也要發賺。

清廷方定期內禪，急望福康安等剿平叛苗，首封福康安貝子，和琳一等伯，加賜從徵兵丁一月餉銀，限期蕩平。福康安亦懸賞招撫，添兵會剿，吳隴登雖已願降，並誘擒吳八月，奈吳八月的兒子廷禮、廷義，後與隴登等仇殺不休，福康安手下將士，又觸冒瘴雨，病的病，死的死，弄得剿撫兩窮。海蘭察已死，福康安何能為。

轉眼間已是殘冬，過了除夕，便是嘉慶元年第一日。乾隆帝御太和殿，舉行內禪大典，親授皇太子御寶。皇太子敬謹跪受，率諸王大臣先恭賀太上皇，賀畢，太上皇還宮，皇太子遂登帝位，受群臣朝賀，隨頒行太上皇傳位詔書，普免全國錢糧，並下大赦詔。是日的繁華熱鬧，不消細說。授受成禮，內外開宴，歡呼之聲，遍達宮廷。越數日，奉太上皇帝命，冊立嫡妃喜塔臘氏為皇后。又越數日，侍太上皇帝御寧壽宮開千叟宴。正在興高采烈的時候，外面遞進湖北督撫的奏摺，內說枝江、宜都二縣，白蓮教徒聶傑人、劉盛鳴等，糾眾滋事，請派兵迅剿等語。嘉慶帝總道是區區教匪，有什麼伎倆？即飭湖北巡撫惠齡，專辦剿匪事宜，誰知警報接續傳來，林之華發難當陽縣，姚之富發難襄陽縣，齊林妻王氏發難保康縣，鄖陽、宜昌、施南、荊門、來鳳、酉陽、竹山、鄧州、新野、歸州、巴東、安陸、京山、隨州、孝感、漢陽、惠臨、龍山數十州縣，同時擾亂。教徒的聲勢，幾遍及湖北了。

嘉慶帝大驚，忙稟知太上皇，與太上皇商議妥當，即傳旨命西安將軍恆瑞，率兵趨湖北當陽縣，剿林之華；都統永保，侍衛舒亮、鄂輝，剿姚之富及齊王氏；枝江教匪，專飭鄂督畢沅及惠齡剿辦。諸軍奉詔並進，自正月至四月，先後奏報，殺賊數萬，其實多是虛張功績。只枝江教徒聶傑人，總算被總兵富志那擒住，餘外的教徒，反越加鴟張。

看官！你道這等教徒，為什麼這般厲害呢？白蓮教的起源，也不知始自何時，小子參考史策，元末有韓林兒，明季有徐鴻儒，相傳是白蓮教中人，後來統歸剿滅，追溯源流，方是歷史小說。但總沒有搜除淨盡。已死的灰，尚且復燃，何況是未盡死呢？

乾隆年間，有一個安徽人，姓劉名松，他是白蓮教首領，在河南鹿邑縣傳教，借持齋治病的名目，偽造經咒，誑騙錢財，即是黃巾賊一流人物。官吏因他妖言惑眾，把他捕著，問成重罪，充發甘肅。他的徒眾劉之協、宋之清等，未曾被獲，仍分投川、陝、湖北一帶，傳播邪教，呆頭呆腦的百姓，受他欺騙不少。到乾隆晚年，教徒竟多至三百萬人。劉之協復捏造謠言，遣徒四播，傳說劫運將至，清朝又要變作明朝，百姓若要免禍，須亟求真命天子保護。可憐這種呆百姓，聞了此言，統求劉之協指出真命天子，劉之協遂奉了鹿邑同黨王姓的孩子，本名發生，冒充朱明後裔，作為真命天子。煽動流俗，擇日豎旗。忽被官吏探悉，將王發生一干人犯，統同擒住，劉之協亦提拿在內，由吏役押至半途，得了劉之協重賄，將之協放走，只解到了王發生。年猶乳臭，乾隆帝特別開恩，把他充軍了事，還有幾個叛徒，盡行斬首。另下旨大索劉之協。河南、湖北、安徽三省的官吏，得了聖旨，遂命一班狼心狗肺的差役，下鄉搜緝，挨戶索詐，有錢的百姓，還好用錢買命，無錢的百姓，被差役指作叛徒，下獄受苦。武昌同知常丹葵，更糊塗得了不得，不怕罪人多，只怕罪人少，索性將無辜百姓，捉了數千人，羅織成罪，因此百姓大加怨憤。適值貴州、湖南、四川等處，興師征苗，沿途不無騷擾，販鹽鑄錢的愚民，又因朝旨嚴禁私鹽私鑄，窮困失業，遂仇官思亂，把「官逼民反」四字，作了話柄，趁著教民四起，一律往投；從此向入教的，原是結黨成群，向未入教的，也是甘心從逆。

這班統兵剿匪的大員，又都變作和珅黨羽，總教和珅處恭送金銀，就使如何貽誤軍事，也屬不妨。豺狼當道，安問狐狸。嘉慶帝略有所聞，因太上皇寵愛和珅，不好就用辣手，只得責成統兵各官，分地任事。保康的教徒，歸永保恆瑞剿辦；當陽的教徒，歸畢沅、舒亮剿辦；枝江、宜都的教徒，歸惠齡、富志那剿辦；襄陽的教徒，歸鄂輝剿辦。

永保奏言教匪現集襄陽，異常猖獗，姚之富、齊王氏俱在此處，劉之協亦在其中，為各路教匪領袖，應調集諸軍，合力並攻等語。嘉慶帝覽奏，覆命直隸提督慶成、山西總兵德齡，各率兵二千往會。無如官多令雜，彼此推諉，姚之富狡悍異常，且不必說，獨這齊林妻王氏，雖是一個婦人，她卻比男子還要厲害。

齊林本是教徒，起事的時候，還未曾死，經了一回小小的戰仗，便中了彈子，把性命送脫。齊王氏守了寡，卻繼著先夫遺志，組織一大隊，由襄陽府衝出安陸府，直向武昌，頭上帶著雉尾，身中圍著鐵甲，腳下穿著小蠻靴，跨了一匹駿馬，彷彿是戲中裝扮的一員女將軍。她的臉面頗也俊俏，性情頗也貞烈，手中一對繡鸞刀，頗也有數十人敵得住，可惜迷信邪教，弄錯了一個念頭，徒然作了叛眾的女頭目。若使不然，那南宋的梁夫人，晚明的秦良玉，恐怕不能專美呢。平心之論。只是官兵遇著了她，往往望風遁走，究竟是怕她的嬌力，抑不知是懼她的色藝，幸虧天公連日大雨，洪水暴發，阻住她的行蹤，不令進薄武昌，湖北省城還算平靜。清廷屢加詰責，命永保總統湘北諸軍，打了幾個勝仗，方把姚之富、齊王氏驅回西北。當陽、枝江等處，亦屢破教徒，陝、甘總督宜綿，又奉旨助剿，略定鄖陽一帶。湖北境內，只襄陽及宜昌二府，尚有餘寇未靖，其餘已統報肅清了。誰知四川達州民徐天德，與太平縣民王三槐、冷天祿等，又糾眾作亂，告急奏章，又似雪片一般，飛達京師。正是：

日中則昃，月盈則蝕；
亂機一發，不可收拾。

未知嘉慶帝如何處置，且待下回表明。

清高宗決意內禪，自謂不敢擬聖祖，此是矯飾之論。高宗好大喜功，達於極點，十全備績，五世同堂，諭旨中屢有此語；但尊不嫌至，貴不厭極，因發生一內禪計議，舉帝位傳與仁宗，自尊為太上皇，大權依然獨攬，名位特別優崇，高宗之願，於是償矣。豈知累朝元氣，已被和珅一人，喪殆盡，才一內禪，才一改嘉慶年號，白蓮教徒，即騷然四起，豈仁宗之福，果不逮高宗？若釀之也久，則發之也烈，誰為之？孰令致之？吾則曰唯和珅，吾又曰唯清高宗。本回處處指斥和珅，即處處揭櫫高宗。用人不慎，一至於此，固後世之殷鑑也。

誤軍機屢易統帥　平妖婦獨著芳名

卻說四川的亂事，也是從搜捕教徒而起。先是金川一役，溫福陣亡，官兵潰散，一班遊勇，欲歸無所，與失業伕役、無賴悍民，互相勾結，四處剽掠。官吏聞警往捕，遂收入白蓮教會，冀他援應。適達州知州戴如煌，老昏顛倒，飭胥吏搜緝教徒，把富戶拘了無數，乘勢勒索。徐天德也被拘去，費了些錢財，方得釋放。戴如煌彷彿常丹葵，徐天德彷彿劉之協，可謂無獨有偶。天德本達州土豪，平日與教徒隱通聲氣，至是越加憤激，乘襄陽教徒竄入川東，遂結連舉事。王三槐、冷天祿等，亦是天德要好朋友，天德倡亂，他亦聞風而起。四川總督英善，成都將軍勒禮善，出兵防剿，毫無功效。徐天德等反由川入陝，大掠興安，陝督宜綿聞警，急回軍至陝，與教徒相遇，大戰於興安城外，教徒敗走，陝邊雖已略靖，川省仍然糜爛。警信達至北京，嘉慶帝正急得沒法，幸湖南、貴州的叛苗，已由內大臣額勒登保、將軍明亮等先後剿平，乃命額勒登保移赴湖北，明亮移赴達州。

但前回說的征苗大員，乃是雲、貴總督福康安，暨四川總督和琳，此次忽變作額勒登保等人，小子須要交代明白。嘉慶元年五月，福康安始擒住苗酋石三保。吳八月子廷禮亦病死，官兵遂進逼乾州。城將破，福康安竟卒於軍中。和琳代福康安任，攻陷乾州，乃遣內大臣額勒登保等，專攻平隆。隔了兩月，和琳又歿，額勒登保復奉旨繼任。湖北將軍明亮，亦接清廷命令，往會額勒登保，助攻平隴，到了冬天，才把平隴攻破，將吳氏廬舍盡行焚毀。又擒斬石柳鄧父子及吳廷義等，苗亂算已肅清。嘉慶帝封額勒登保為威勇候，明亮為襄勇伯，移剿教匪。

額勒登保馳赴湖北，明亮馳赴達州，是時湖北方面，由永保剿辦襄陽教徒，惠齡剿辦宜昌教徒。永保部兵最多，本可兜圍叛眾，一鼓殲敵，奈永保專知尾追，不知迎擊，教徒忽東忽西，橫躪無忌，嘉慶帝怒他縱敵，逮京治罪，命惠齡總統軍務。惠齡至襄陽，擬圈地聚剿，飛檄河南巡撫景安，發兵截擊。景安係和珅族孫，仗著和珅勢力，升任撫臺，得了惠齡檄文，率兵四千出屯南陽，表面上算是發兵，其實逍遙河上，無非喝酒打牌。部下的弁兵，不見有什麼軍令，樂得坐酒肆，嫖妓女，消遣時日。有幾個狡黠的，還要去姦淫擄掠，暢所欲為，景安也不過問。因此教徒分作三隊，直趨河南，姚之富、齊王氏出中路，李全出西路，王廷詔出北路，到處擄脅。不整隊，不迎戰，不走平原，只數百為群，忽分忽合，忽南忽北，牽制官兵。此之謂流寇。景安反避匿城中，閉門不出。湖北追兵，也是隨意逗留，由他衝突。一班糊塗蟲。嘉慶帝隨下旨切責諸將道：

去歲邪教起長陽，未幾及襄鄖，未幾及巴東歸州，未幾四川達州繼起。至襄陽一賊，始則由湖北擾河南；繼且由河南入陝西，若不亟行掃蕩，非但老師糜餉，且多一日蹂躪，即多一日瘡痍。各將軍督撫大臣，身在行間，何忍貿無區畫？若謂事權不一，則原以襄陽一路責惠齡，達州一路責宜綿，長陽一路責額勒登保，若言兵餉不敷，已先後調禁旅及鄰省兵數萬，且撥解軍餉及部帑，不下二千餘萬。昔明季流寇橫行，皆由閹宦朋黨，文恬武嬉，橫徵暴斂，厲民釀患；今則紀綱肅清，勤求民隱，每遇水旱，不惜多方賑恤，且普免天下錢糧五次，普免漕糧三次，蠲免積逋，不下億萬萬。此次邪匪誘煽，不過烏合亂民，若不指日肅清，何以奠九寓而服四夷？其令宜綿、惠齡、額勒登保等，各奏用兵方略，及刻期何日平賊，並賊氛所及州縣若干，難民歸復若干，瘡痍輕重，共十分之幾，善籌恤以聞。欽此。

這詔一下，各路統兵將帥，未免有些注意起來。彼議分剿，此議合攻，忙亂了一會子，仍舊沒有結果。

只將軍明亮及都統德楞泰，引征苗軍赴達州，連敗徐天德、王三槐等。四川鄉勇羅思舉，亦助清兵奮擊，先後斃教徒數萬名。徐、王、冷三人，止剩殘眾一二千，勢少衰。忽河南教徒，將三隊並為一隊，趨入陝西，復由陝西渡過漢水，仍分道入川，徐天德等得了這路援兵，又猖獗起來。嘉慶帝復責惠齡、恆瑞等，追賊不力，防漢不嚴，盡奪從前封賞，令戴罪效力。改命宜綿總統川陝軍務，惠齡以下，悉聽節制。連易三帥，統是沒用。

宜綿既任了統帥，仍立定合圍掩群的計議，想把教徒逼至川北，一古腦兒殺個淨盡，偏這齊王氏、姚之富等人，也會使刁，只怕清帥行這一策，他自突入川北，見路徑崎嶇，人煙稀少，掠無可掠，奪無可奪，便急急忙忙的想竄回陝西。不料川陝交界地方，清兵密密層層，截住去路。齊王氏、姚之富、王廷詔、李全等，當下會議，擬仍走湖北，獨李全仍欲留川。於是齊王氏、姚之富作了頭隊，王廷詔作了後隊，糾眾東走，與李全相別。兩隊各帶萬餘人，出夔州，趨巴東，破興山，再分路疾趨。齊王氏、姚之富由東北行，出保漳南康，直向襄陽，王廷詔由東南行，出遠安當陽，直窺荊州。敘述處筆頗豪壯。清帥宜綿，急檄明亮、德楞泰等，帶了精兵健馬，兼程追躡，留惠齡、恆瑞等，在川中防禦李全。明亮、德楞泰，遂追入湖北，沿途轉戰而前，倒也殲敵數千名。恐怕齊王氏等仍還據老巢，遂分作水陸兩路，緊緊趕上，德楞泰自水路徑趨荊州，明亮自陸路徑赴宜昌。

適朝旨發吉林、黑龍江索倫兵三千，察哈爾馬八千匹，令侍衛惠倫、都統阿哈保，帶至河南湖北。阿哈保至宜昌，剛與明亮接著，忽報王廷詔已到宜城東北，明亮令阿哈保為後應，自率兵先去邀擊，兩下相遇，兵對兵，槍對槍，酣戰一場。自辰至午，不分勝敗，阿哈保怒馬而來，隨著東三省勁旅，衝入敵陣，左蕩右決，所向無敵。王廷詔乃敗竄入山，由官兵追奔二十里，殺得屍橫遍野，血流成渠，德楞泰至荊州，亦殺敗齊王氏、姚之富等，令村民沿江樹柵，築堡自固。因此齊王氏、姚之富回到湖北，不比前次在荊襄時候，可以沿途焚掠，只得折回西走。

適留川教徒李全，與川中王三槐，互有齟齬，亦欲由陝還楚，沿漢水東行，到了興安南岸，齊王氏、姚之富亦到，王廷詔又復竄至湖北，教徒復合為一。清將明亮、德楞泰，從東邊追到西邊，惠齡、恆瑞，從西邊追到東邊，兩路大軍，雲集興安，齊王氏、姚之富等，尚欲渡漢北擾，因被清軍截住，不能前進，當由齊王氏定了一計，佯折軍南迴，暗遣黨羽高均德，從間道繞出寧羌州，偷渡漢水。

明亮、惠齡等，正追趕齊王氏，忽接到宜綿札子，調恆瑞回川。恆瑞去後，又接陝西警報，聞高均德渡漢。明亮大驚道：「這番中了賊計了。」齊王氏智略，確是過人，可惜誤入歧途。急與德楞泰等商議。明亮道：「論起賊情，要算齊王氏首逆，但高均德已渡過漢水，陝西又要遭殃。不但陝西又危，就是河南、湖北，亦隨在可慮。看來我軍只得先入陝西，截住高均德，再作計較。」德楞泰等各無異議，遂引大兵馳入漢中。

齊王氏亦由南返北，督馬步二萬，分道踵渡漢水，復密令高均德，引清兵向東北追去，自與姚之富、李全、王廷詔，大掠鄠縣、盩厔縣等處，將乘勢進薄西安。虧得清總兵王文雄，帶了兵勇三千名，奮力擊退。齊王氏等復折回東南，從山陽趨湖北。明亮、德楞泰聞報，復引兵急追，到鄖西界上，飛檄鄖陽鄉勇，扼住敵兵前面，並懸重賞募齊王氏首。一婦人頭，須重賞懸募，這個婦人，也是特種戾氣。

適四川東鄉縣人羅思舉、桂涵，赴營投效，受扎令斬齊王氏首級。羅思舉智謀出眾，膽略過人，嘗率鄉勇數十名，劫破豐城王三槐巢穴，教徒稱為羅家將。桂涵曾為大盜，能飛簷走壁，兩足嘗裹鐵沙數十斤，行千里外，聞官募義勇，因願效力。至是受了清帥的札子，易服而往，探得齊王氏屯大寺內，遂到寺前後伏著，等到夜半，越牆進去，展使絕技，尋著內室。室外有數十人守護，都執著明晃晃的刀，料室內定是齊王氏臥處，二人輕輕的縱上屋簷，翻瓦一瞧，室內紅燭高燒，中垂紗帳，帳外有一足露出，不過三寸有餘。兩人因室外有人，不敢徑入，等了好一歇，室外人仍然未去，兩人不耐久待，破簷下去，趨到床前，從帳隙窺入，海棠春睡，芍藥煙籠，兩語用在此處，尤覺豔麗。兩人暗想道：「這樣齊整的婦人，也會造反，今日命合休了。」便各執巨斧，劈入帳內，突見帳中一足飛出，虧得桂涵眼明手快，一邊將頭讓過，一邊用斧劈去，削下蓮鉤一隻，只聽帳中啊唷一聲。兩人恐外人入救，拾了蓮鉤，縱上了屋，三腳兩步的走了。回到清營，已交五鼓，明亮、德楞泰，尚在帳中等候，二人入帳稟見，獻上蓮鉤一隻，視之，不過三四寸左右，但已是血肉模糊，未便細辨。明亮令二人出外候賞，一面立傳號令，命諸軍速攻敵寨。

此時齊王氏將死未死，昏暈床上，部眾正驚惶得了不得，陡聞帳外一片喊聲，料知清兵已來攻營，急忙舁了齊王氏，由姚之富開路，殺出寨外。清兵圍攻一陣，擊斃敵眾數千，尚有八九千悍敵，走據山中。明亮、德楞泰大呼道：「今日不要再失機會，將士須一齊努力，殺淨賊眾方好！」諸軍聞了此語，正是人人效命，個個爭先，追入山內，遙見敵眾分據左右兩峰，矢石齊下。明亮與德楞泰道：「首逆齊王氏等，不知在左在右，我等還是分攻還是併力一處？」德楞泰道：「適有一賊目獲住，尚未處斬，現不如飭他遙望，指定首逆處向，併力合攻，免他逃脫。」明亮點頭稱善。德楞泰遂飭軍士推倒賊目，問他姓名，叫做王如美，並把好言勸誘，令他探明首逆處向。王如美仔細探瞧，回報現駐左山，德楞泰拍馬上岡，諸將順勢隨上，只留後隊在山下，防備右山敵眾。那時左山的教徒，已知身陷重圍，拚命攔阻。德楞泰親冒矢石，左手執著藤牌，右手握著短刀，連步直上。這班兵士，藤牌隊在前，槍炮隊在後，以次畢登，彷彿明朝常遇春破雞頭山一般，涉筆成趣。把教徒逼得無路可走，亂向峻崖竄下。這峻崖本是削壁，竄將下去，不是頭破，就是腳斷，有幾個還跌得一團糟。齊王氏已成獨腳仙，一跌便死，姚之富跳到崖下，輾轉暈斃。霎時間，左山上面，殺死的一半，墜崖的一半，落得乾乾淨淨，回顧右山上面的敵眾，已逃得不知去向。明亮、德楞泰令軍士縋崖下去，檢點屍首，只有齊王氏、姚之富，是著名首逆，軍士將兩屍首級割下，又把他屍身支解，直一刀，橫一刀，不計其數，就使三十六刀魚鱗剮，也沒有這般慘酷。還有齊王氏蓮鉤一隻，如何不取來成對?傳首三省，爭說渠魁就戮，可以指日蕩平。

誰知死了一個頭目，又出了兩個頭目，死了兩個頭目，又出了四個頭目。湖北一方，稍稍安靜，四川教徒，偏日盛一日。川督宜綿，自明亮、德楞泰、惠齡、恆瑞等，先後東去，勢成孤立，部下兵又不敷調遣，王三槐、徐天德等，乘間馳突，騷擾川東，又有羅其清、冉天儔等，復蠭起川北。州縣十餘處乞援，宜綿即檄調恆瑞回川，又諮調額勒登保等，自湖北入川會剿，並奏請別簡大臣，總統軍務，自己願專任一方討賊事宜。嘉慶帝以宜綿不善辦理，回督陝甘，改命威勤侯勒保督師，兼四川總督，排程諸軍。

這勒保係滿洲人氏，是永保的胞兄，本沒有什麼韜略。他的侯爵，是一個蠻寨佳人幫他造成的。這個蠻寨佳人，乃是黔中土司龍躍的妹子，小名麼妹，清史上不甚提起，小子倒要替她表揚。闡幽揚隱，是稗官本分。原來苗疆自額勒登保平定後，善後事宜，無暇辦理，即移師湖北。當時洞灑寨苗婦王囊仙，與當丈寨苗目韋七絡須勾通，號召徒眾，擾亂南籠。清廷命勒保馳往剿捕，及到南籠後，聞得王囊仙挾有妖術，不敢急進，妖術二字，就嚇住勒保，顯見無能。只檄黔中各土司助剿。龍躍的曾祖，是有名的苗長，康熙初，曾幫輔清軍，剿平滇亂，聖祖封他為總兵官，傳到龍躍，世職遞降，只剩了一個千總職銜。他的妹子龍麼妹，頗生得才貌兼全，能文能武，此次接到勒保檄文，偏值龍躍生病不能充役，龍麼妹便代兄當差，竟跨了駿馬，帶了數十苗女，及數百苗兵，赴清營聽調。巧值王囊仙韋七絡須，至南籠與清軍對仗，兩路夾攻，把勒保圍住，龍麼妹飛騎陷陣，殺退王韋，救出勒保，是晚便作為嚮導，引勒保兵襲洞灑寨。寨主王囊仙，因出兵得勝，留住韋七綹須筵宴，正乘著酒興，裸體講經，肉身說法，應妖術。不防龍麼妹引著清兵，突入寨中，王、韋二人，連穿衣都來不及，韋七綹須赤身接戰，王囊仙只著了一件小衫，也來助陣。龍麼妹匹馬當先，巧與王囊仙遇著，兩下廝殺，頗是一對敵手。麼妹亦防她有妖術，把手中寶劍，繞住王囊仙不放，囊仙不覺著急，只得拚命相撲。王囊仙對著韋七綹須，或有籠絡的幻術，偏偏遇了龍麼妹，以女對女，哪裡還使得出幻術來？此時韋七綹須，已被清兵圍住，不能脫逃，你一槍，我一刀，雙拳不敵四手，被清兵活捉了去。囊仙見七綹須遭擒，心中著忙，刀法散亂，麼妹一手舞著寶劍，隔開囊仙的刀，一手把囊仙腰下的絲絳用力一扯，囊仙支持不住，跌倒地上。麼妹手下的苗女，一擁上前，將她捆縛停當，扛抬去了。洞灑寨已破，當丈寨自然隨陷，勒保修本報捷，只說是自己的功勞，並不提起麼妹。九重深遠，哪裡知曉？只命將王囊仙、韋七綹須，就地正法，封勒保為威勤侯。麼妹的官績，都付諸流水而去。後人陳雲伯留有長歌一闋，贊龍麼妹道：

羅旗金翠翻空綠，鬘雲小隊弓腰束。
樂府重歌花木蘭，錦袍再見秦良玉。
甲帳香濃麗九華，玉顏龍女出龍家。
白圍燕玉天機錦，紅壓蠻雲鬼國花。
小姑獨處春寒重，正峽雲間不成夢。
喚到芳名只自憐，前身應是洞花鳳。
一卷龍韜薦褥薰，登壇媕孎自成軍。
金階臺榭森兵氣，玉寨闌干起陣雲。

昔年叛將滇池起，金馬無聲碧雞死。
水落昆池戰血斑，多少降旛盡南指。
銅鼓無聲夜渡河，獨從大師挽天戈。
百年宣慰家聲在，鐵券聲名定不磨。
起家身襲千夫長，阿兄意氣凌雲上。
改土歸流近百年，傳家猶賽龍臺丈。
雪點桃花走玉驄，李波小妹更英雄。
星馳蓬水魚婆劍，月抱羅洋鳳女弓。
白蓮花壓黔雲黑，九驛龍場堠烽逼。
一紙飛書起段功，督帥羽檄催軍急。
阿兄臥病未從徵，阿妹從容代請纓。
元女兵符親教戰，拿龍小部盡媌。
紅玉春營三百騎，美人虹起鴉軍避。
戰血紅銷蛺蝶裙，軍符花蹔鴛鴦字。
秋夜談兵繡涼，白頭老將愧紅妝。
圍香共指花郿市，騎爭看雲韠娘。
敵中妖女金蠶蛊，甲仗彌空勝白羽。
金虎宵傳羅鬘力，紅羅夜演天魔舞。
八隊雲旂夜踏空，擒渠爭向月明中。

晉陽掃淨無傳箭，都讓肅娘第一功。
春山雪滿桃花路，鑄銅定有銘勛處。
八百明駝阿檻歸，三千銅弩蘭珠去。
當年有客賦從戎，親見傜仙玉帳中。
珠翠毷天人樣，豔奪胭脂一角紅。
軍書更有簪花格，蠻箋小幅珍金碧。
誰傍相思寨畔居，鈐名紅軍芙蓉石。
功成歸去定何如，跳月姻緣夢有無？
惆悵金鐘花落夜，丹青誰寫美人圖。

南籠已平，清廷總道勒保很有智略，就調任四川，命他督師。究竟勒保的策略如何，容待下回分解。

川楚變起，宿將凋零，初任永保為統帥，而永保無功；繼以惠齡，而惠齡無功；代以宜綿，而宜綿仍無功。此由和珅當道，專閫者多係庸將，第知迎合，未嫻韜略，以至於此。勒保平一區區苗寨，猶仗龍麼妹之力，始得成功。麼妹戰績，不獲上聞，賴陳雲伯先生作歌讚美，始知蠻寨中有此奇女子。可見天下不患無才，一蠻女且足千秋，何況丈夫？弊在上下矇蔽，妒功忌能，庸駑進，騏驥退，衰世之兆成矣。君子聞鼓鼙聲，則思將帥之臣。讀此回，應為太息，不第闡幽索隱已也。

撫賊寨首領遭擒　整朝綱權相伏法

卻說勒保馳驛入川，川中教徒，勢甚猖獗，勒保率兵進剿王三槐，擒殺幾個無名小卒，便虛張功績，連章奏捷。嘉慶帝下旨嘉獎，說他入川第一功，專令搜捕王三槐。這時候湖北教徒，因齊、姚已死，謀與川北教徒聯繫，悉眾南趨，李全、高均德一股，由陝入川，還有張漢潮、劉成棟一股，也是齊、姚餘黨，由楚入川。朝旨以陝楚各賊，均逼入川境，四川滿漢官兵，不下五萬，勒保宜會同諸將，齊心蹙賊，毋致竄逸。其令額勒登保、明亮，專剿張漢潮、劉成棟，德楞泰專剿高均德、李全，並會同惠齡、恆瑞，夾剿羅其清、冉天儔，宜綿專守陝境，毋使川寇入陝，景安專守楚境，毋使川寇入楚，勒保於專剿王三槐、徐天德外，仍兼偵各路敵情，相機布置，務期蕩平等語。勒保接了此旨，自思身任統帥，總要擒住一二首逆，方好立功揚名，初意恰是不錯。遂接連發兵先攻王三槐。怎奈三槐據守東鄉縣的安樂坪，地勢很險，手下黨羽又多，官兵不能進去，反被他出來攻擊，傷斃不少。勒保還是一味謊奏，今天殺賊數百，明天殺賊數千，不想嘉慶帝有些覺察，竟下諭責他徒殺脅從，不及首逆，官兵陣亡以多報少，殺賊乃以少報多，無非妄冀恩賞，有意欺上，此後不得再行嘗試。這數語正中勒保心病，勒保見了，嚇得渾身是汗。

想了一日，又定出一個妙計，廣募鄉勇，令衝頭陣，綠營兵，八旗兵，吉林，索倫兵，以次列後，再教他去攻三槐。他的意思，是鄉勇送死，不必上報，免得朝廷有官兵陣亡、以多報少的責罰。好主見！起初如羅思舉、桂涵等人，頗也為他盡力，殺敗敵兵一二陣，後來聞知自己的功勞，統被別人冒去了，也未免懊惱起來。自此鄉勇同官兵，互相推諉，索性由教徒自由來往。勒保的妙策，又遭失敗。朝旨復嚴責勒保老師養賊，勒保憂悶已極，左思右想，毫無計策。勒公也智盡能索了。無奈與幾個心腹人員，私下密議，各人都蹙了一回眉頭，無詞可對。

忽有一個辦文案的老夫子，起立道：「晚生倒有一條計策，未知可行不可行？」勒保喜形於色，便拱手問計。那人道：「朝廷的諭旨，是要大帥專剿王三槐，若得擒住了他，便可覆命。」勒保道：「這個自然。」那人道：「現任建昌道劉清，前做南充知縣時，曾奉宜制軍命，招撫王三槐，三槐嘗隨他至營，嗣因宜制軍放他回去，他復橫行無忌，現在不如仍命劉清前往招撫，誘他前來，檻送京師，那時豈不是大大的功勞？」

勒保大喜，隨命他辦好文書，傳劉道臺速即來營。

劉清是四川第一個清官，百姓呼他為劉青天，王三槐、羅其清等，也素嘗敬服，若使四川官員，個個似劉青天，就使叫他造反，也是不願。無如貪汙的多，清廉的少，所以激成大禍。此次劉清奉了統帥的文書，遂帶了文牘員貢生劉星渠，星夜趕來，到大營稟見。勒保立即召入，見面之下，特別謙恭。劉清便問何事辱召。勒保便把招撫王三槐計策，敘說一遍。劉清道：「三槐那廝，很是刁蠻，卑職前次曾去招撫，他明允投降，後來又是變卦，這人恐不便招撫，還是用兵剿滅他才好。」勒保道：「朝廷用兵，已近三年，人馬已失掉不少，軍餉已用掉不少，仍然不能成功。若能招撫幾個賊目，免得勞動兵戈，也是權宜的計策。老兄大名鼎鼎，賊人曾佩服得很，現請替我去走一趟！三槐如肯投順，我總不虧待他。賊目一降，賊眾或望風歸附，也未可知，豈非川省的幸福麼？」口是心非，奈何？劉清無可推諉，只得應允，當下即起身欲行。勒保令派都司一員，隨同前往。

三人到了安樂坪，通報王三槐。三槐聞劉青天又到，出寨迎接，非以德服人者不能。請劉清入寨，奉他上坐。劉清就反覆勸導，叫他束手歸誠，朝廷絕不問罪。三槐道：「青天大老爺的說話，小民安敢不遵？但前次曾隨青天大老爺，到宜大人營裡，宜大人並沒有真心相待，所以小民不敢投順。現在換了一個勒大人，小民未曾見過，不知他是否真意？倘將我騙去斬首，還當了得。」頗肖強盜口吻。劉清道：「這卻不用憂慮。勒大帥已經承認，絕不虧待。」三槐尚是遲疑，劉清心直口快，便道：「你既有意外的疑慮，就請你同了我的隨員，往見勒大帥，我便坐在此處，做個抵押，可好麼？」三槐道：「這卻不敢，我願隨青天大老爺同往，如青天大老爺肯將隨員留在此處，已是萬分感激。」劉清應諾。

三槐即隨了劉清，動身出寨，安樂坪內的徒黨，素知劉青天威信，也不勸阻三槐，於是劉清在前，三槐在後，直到勒保大營。先由劉清入帳稟到，勒保即傳集將士，站立兩旁，擺出一副威嚴的體統，好看不中用。傳王三槐入帳。三槐才入軍門，勒保就喝聲拿下，兩旁軍士，應命趨出，如狼如虎，將王三槐捆住。劉清忙稟道：「王三槐已願投降，請大帥不必用刑！」誰知這位勒大帥，豎起雙眉，張開兩目，向著劉清道：「呸！他是大逆不道的白蓮教首，還說是不必用刑麼？」劉清道：

「大帥麾下的都司，卑職屬下的文案生，統留在安樂坪中，若使將王三槐用刑，他兩人亦不能保全性命，還求大帥成全方好。」勒保轉怒為笑道：「你道我就將他正法麼？他是朝廷嚴旨拿捕，自然解送京師，由朝廷發落。朝旨要赦便赦，要殺便殺，不但老兄不能作主，連本帥也不敢作主呢。若為了一個都司官，一個文案生，就把他釋放，將來，朝旨詰責下來，哪個敢來擔任？」總教自己官職保牢，別人的性命都又不管。劉清道：「卑職願擔此責。」到底不弱。勒保哈哈大笑道：「今朝捕到匪首，也是老兄功勞。本帥哪裡好抹煞老兄，請你放心！」以小人之心，度君子之腹。劉清道：「功勞是小事，信實是大事。今朝王三槐來降，若將他檻送京師，將來賊眾都要疑阻，不敢投誠，那時恐要多費兵力，總求大帥三思！」勒保道：「這恰待日後再說，且管目前要緊。」隨令軍士將三槐監禁，自己退入後帳，命這位定計誘賊的老夫子，修摺奏捷去了。

劉清嘆息而退，待了一日，文牘員劉星渠逃回，劉清問他如何得脫？答稱：「賊眾因三槐未歸，欲將貢生及都司償命，貢生無法，只得哄稱勒公要重用三槐，自當暫時留住。賊眾因貢生是劉青天屬員，半疑半信，貢生就與他說代探消息，溜了出來。都司也欲同回，被眾賊留住。如果勒公變計，恐怕都司的性命，是不保了。」劉清道：「勒公無信，我亦上他的當，將來辦理軍務，必較前為難。我們且回任去罷！」隨即寫了辭行的稟單，飭役夫投遞大營，自己帶了劉星渠，匆匆去訖。

過了數日，上諭已下，內稱據勒保奏攻克安樂坪賊巢，生擒賊首王三槐，朕心深為喜悅，著晉封勒保為威勤公，伊弟永保，前因剿匪不力，革職逮京，交刑部監禁，現並加恩釋放，以示權衡功罪，推恩曲宥至意。接連又是一道上諭，晉封軍機大臣大學士和珅公爵，戶部尚書福長安侯爵。這個旨意，顯見是太上皇誥敕，嘉慶帝難違父命，方有這道諭旨。勒保遂令部將把王三槐解送京師，一面再攻安樂坪。其時安樂坪餘黨，聞王三槐押解進京，將都司殺死，另奉冷天祿為頭目，抗拒官兵。官兵晝夜圍攻敵寨，鹽糧將盡，冷天祿詐請投降，夜間卻偷襲清營，官兵不及防備，頓時敗退。

徐天德亦屢攻川東州縣，騷擾不休，勒保再想招撫，奈教徒防著王三槐覆轍，個個拚出性命，不來上鉤，反比從前越加刁悍。人而無信不知其可。只川北的羅其清，被額勒登保擒獲，冉其儔被德楞泰惠齡擊斃，川北巨酋，總算授首。此外如陝督宜綿，專在教匪不到的地方，安營立寨，終年未曾一戰。他倒享福。景安越加無事，寇至則避，寇去則出，軍中號他迎送伯。

悠悠忽忽，已是嘉慶四年了。四年以前，外間軍事，日日吃緊，宮廷裡面，沒甚大事，只皇后喜塔臘氏病逝，改冊皇貴妃鈕祜祿氏為皇后，未免忙碌了一回，四年正月，太上皇生起病來，嘉慶帝侍疾養心殿。籲天祈禱，倍切虔誠。無如壽數已終，帝閽夢夢，太上皇的病，陡然沉重，名醫都束手沒法，竟爾「嗚呼哀哉」，嘉慶帝擗踴大慟，頗盡孝思。越四日，即命軍機大臣擬了一道諭旨，頒給四川湖北陝西諸將帥道：

我皇考臨御六十年，四徵不庭，凡窮荒絕徼，無不指日奏凱，從未有勞師數年，糜餉數千萬，尚未蕆事者。自末年用兵以來，皇考宵旰勤勞，大漸之前，猶時望捷音，迨至彌留，親執朕手，頻望西南，似有遺憾。若教匪一日不平，朕即一日負不孝之疚，內而軍機大臣，外而領兵諸將，同為不忠之臣，邇年皇考春秋日高，從事寬厚，即如貽誤軍事之永保，嚴交刑部治罪，仍旋邀寬宥。其實各路縱賊，何止永保一人，奏報粉飾，揜敗為功，其在京諳達侍衛章京，無不營求赴軍，其歸自軍中者，無不營置田產，頓成殷富，故將吏日以玩兵養寇為事。其宣諭各路領兵大小諸臣，戮力同心，刻期滅賊，有仍欺玩者，朕唯以軍法從事。

這旨一下，內外大臣，已覺得嘉慶親政第一道上諭，便已嚴厲異常，不同前日，暗料數日以內，必有一番大大的黜陟。不防嘉慶帝特別迅速，過了兩日，便令侍衛鎖拿大學士公和珅、戶部尚書侯爵福長安下獄。

自太上皇崩後，和珅原是慄慄危懼，不過想不到這般辣手，這日正與姬妾們談論後事，忽有十數個侍衛直入府中，豪僕還不知死活，上前喝阻。眾侍衛大聲道：「有聖旨到來，請你相爺接讀！」豪僕聞聖旨二字，方個個伸舌，入內通報。和珅此時，心裡已七上八下，勉強出來接旨。當由宣詔官站在上面，和珅跪在下邊，但聽宣詔官朗誦上諭道：「和珅欺罔擅專，情罪重大，著即革職，鎖交刑部嚴訊！欽此。」和珅不聽猶可，聽了數句上諭，魂靈兒飛入九霄，正在沒法擺布，那侍衛鐵面無情，將他牽曳而去。還有好幾個侍衛，留管前後門，準備查抄。早知今日何必當初。裡面的老太太、姨太太、駙馬爺、少公子、少奶奶等，都哭哭啼啼，急得沒法，只得請出乾隆帝的十公主來，一班兒跪在地上，向他磕頭求救。額駙豐紳殷德，且搶上幾步，也顧不得夫妻名義，忙向公主繡鞋邊跪下，搗頭如蒜，床下踏板想亦跪慣，此次也不算奇怪。弄得公主難以為情，忙叫大眾從長商議。大家方才起來，統是淚容滿面，萬分淒惶。公主也不禁流淚，情願入宮轉圜，當即帶了侍女四名，乘輿出門。侍衛見了公主，不便攔阻，由她去訖。

誰想過了兩日，又有數行諭旨道：

和珅受大行太上皇帝特恩，由侍衛拔擢至大學士。在軍機處行走多年，叨沐殊施，無有其比。朕親承付託之重，猝遭大故，苫塊之中，每思三年無改之義，皇考簡用重臣，斷不肯輕為變易。今和珅情罪重大，並經科道諸臣，列款參奏，實有難以刻貸者。是以朕於恭頌遺詔日，即將和珅革職拿問，臚列罪狀，特諭眾知，除交在京王公大臣會審定擬外，著通諭各督撫，將指出和珅各款，應如何議罪，並此外有何款跡，各據實復奏。

原來嘉慶帝素恨和珅，因太上皇在日不好顯斥，廷臣也不敢參奏。到太上皇已崩，御史廣興，給事中廣泰王念孫等，窺破嘉慶帝意旨，一個說和珅偷改硃諭，一個說和珅擅取宮女，一個說和珅私藏禁物，一個說和珅漏洩機密，此外如遇事把持，貪贓不法，勾結黨羽，殘害賢良等款，不計其數。共列成二十大罪，惹得嘉慶帝怒氣勃勃，立欲將和珅治罪。適值十公主入宮面請，嘉慶帝越加懊惱。嗣經公主再三哀求，只准饒了和珅家屬，不饒和珅，因此遂下了這道諭旨。和珅家內，還道公主不肯著力，其實公主到嘉慶帝前，也似豐紳殷德一般，下跪磕頭，無如皇帝不允，公主也沒奈何。嘉慶帝遂令刑部嚴訊，二十款大罪中，和珅雖賴了一半，有一半尋出證據，無可抵賴，只得招認。當下就著欽差查抄，欽差到和珅宅內，便將前堂後廳，內室寢房，統行查閱。但見和珅的房屋，統用枬木造成，體剩彷彿寧壽宮，華麗彷彿圓明園，陳列的古玩奇珍，卻比大內還多一二倍，頓時由侍衛帶同番役，一一抄出。計開：

赤金首飾共三千六百五十七件，東珠八百九十四粒，珍珠一百七十九掛，散珠五斛，紅寶石頂子七十三個，祖母綠翎管十一個，翡翠翎管八百三十五個，奇楠香朝珠六百九十八掛，赤金大碗五十對，玉碗十對，金壺四對，金瓶兩對，金匙四百八十個，金盆一對，金盂一對，水晶缸五對，珊瑚樹二十四株，玉馬一隻，銀杯四千八百個，珊瑚筷四千八百副，鑲金象箸四千八百副，銀壺八百個，翡翠西瓜一個，猞猁猻皮八十張，貂皮二百六十張，青狐皮三十八張，黑狐皮一百二十張，玄狐皮統十件，白狐皮統十件，洋灰皮三百張，灰狐腿皮一百八十張，海虎皮三十張，海豹皮十六張，西藏獺皮五十張，紬緞四千七百三十卷，紗綾五千一百卷，繡蟒緞八十三卷，猩紅洋呢三十匹，嗶嘰三十匹，各色布四十九捆，葛布三十捆，各色皮衣一千三百件，綿夾單紗絹衣三千二百件，御用緯帽二頂，織龍黃馬褂二件，醬色緞四開褉袍二件，白玉玩器六十四件，西洋鐘錶七十八件，玻璃衣鏡十架，小鏡三十八架。銅錫等物七千三百餘件，紋銀一百零七萬五千兩，赤金八萬三千七百兩，錢六千吊，房屋一千五百三十間，花園一所，房地契文五箱，借票二箱，雜物不計。

統共一百零九號，除金銀銅錢外，有二十六號，當時估起價來，已值銀二萬二千三百八十九萬餘兩。另外八十三號，還未曾估價。若照樣計算，差不多有八九萬萬兩。自古以來，無論王崇、石愷，不及和珅十分之一，就是中外的皇帝，也沒有這種大家私。嘉慶帝見了查抄的數目，也不覺暗暗驚異，下旨賜和珅自盡。福長安事事阿奉和珅，著收監，候秋後處決。和珅弟和琳，追革公爵，只額駙豐紳殷德，因顧著十公主臉面，曲加體恤，免他罪名，叫他在家安住，不許出外滋事。和珅次子豐紳殷綿等，概革去封爵，回本旗當閒散差。大學士蘇凌阿，係和琳姻親，和珅引他入相，年逾八十，老邁龍鍾，勒令休致。侍郎吳省蘭李潢，太僕寺卿李光雲等，統係和珅引用，黜革有差。此旨一下，眼見得和珅休了。貪刻一生，徒歸泡影。豐紳殷德虧是娶了一個公主，還好安耽度日。

應該補磕幾個響頭。就是和珅的妻妾家眷，也都是公主暗中保全。小子有詩詠和珅道：

權奸貪冒古來無，一死何曾足蔽辜？

畢竟猶留郎舅誼，九重特旨赦妻孥。

和珅伏法後，嘉慶帝振刷精神，又有一番作為，姑俟下回再詳。

王三槐無端起亂，假邪教以惑民，川中生靈，因之塗炭，律以應得之罪，固無可貸。但既誘之來降，不宜再行檻送，兵不厭詐，此事恰不宜詐也。勒保急功近利，但顧目前，不顧日後，當時封為上公，固覺顯赫，然勒保所恃者，唯和珅，勒保封公，和珅亦封公，內外矇蔽，不問可知，和珅敗而勒保亦無幸矣。和珅為相二十餘年，家中私蓄，幾乎不可勝算。乾隆時，清政府歲入，止七千萬，和珅家產，適當清廷二十年歲入之一半而強，然卒之全歸籍沒，貪官汙吏之結局如此。後之身為公僕者，亦何不奉為殷鑑耶？炎炎者滅，隆隆者絕，況為貪官？況為汙吏？讀此回，可為居官鑑。

布德揚威連番下詔　擒渠獻馘逐載報功

卻說和珅伏誅之日，正王三槐押解到京之時。嘉慶帝命軍機大臣等，審問三槐，供稱「官逼民反」四字。嗣經嘉慶帝親訊，三槐仍咬定原供。嘉慶帝道：「四川的官吏，難道都是不法麼？」三槐道：「只有劉青天一人。」三槐被劉清誘擒，仍然不怨，供出劉青天行狀，可見良心未泯，公論自存，貪官汙吏，不如盜賊遠甚。嘉慶帝道：「哪個劉青天？」三槐道：「現任建昌道劉清。」嘉慶帝又道：「只有一個劉青天麼？」三槐道：「劉青天外，要算巴縣老爺趙華，渠縣老爺吳桂，雖不及劉青天，還算是個好官，另外是沒有了。」嘉慶帝聽了此言，不由得感慨起來，隨命將三槐下獄，暫緩行刑。又下諭道：

國家深仁厚澤百餘年，百姓生長太平，使非迫於萬不得已，安肯不顧身家，鋌而走險？皆由州縣官吏朘小民以奉上司，而上司以饋結和珅。今大憝已去，綱紀肅清。下情無不上達，自當大法小廉，不致復為民累。唯是教匪迫脅良民，及遇官兵，又驅為前行以膺鋒鏑，甚至剪髮刺面，以防其逃遁，小民進退皆死，朕日夜痛之。自古唯聞用兵於敵國，不聞用兵於吾民，其宣諭各路賊中被脅之人，有能縛獻賊首者，不唯宥罪，並可邀恩；否則臨陣投出，或自行逃出，亦必釋回鄉里，俾安生業。百姓困極思安，勞久思息，諒必一見恩旨，翕然來歸。其王三槐所供川省良吏，自劉清外，尚有知巴縣趙華，知渠縣吳桂，其量予優擢以從民望。至達州知州戴如煌，老病貪劣，胥役五千，借查邪教為名，遍拘富戶，而首逆徐天德、王學禮等，反皆賄縱，民怨沸騰，及武昌府同知常癸，奉檄查緝，株連無辜數千，慘刑勒索，致聶人傑拒捕起事，其皆逮京治罪。難民無田廬可歸者，勒保即督同劉清，熟籌安置，或仿明項忠原傑，招撫荊襄流民之法，相度經理。

遍諭川楚陝豫地方，使咸知朕意。

自此諭下後，內外官吏，方知嘉慶帝平日實是留心外事，並非沒有知覺。且諭旨中含有慈祥惻怛意思，頗不愧廟號仁宗的「仁」字。仁宗二字，就此補出。但當時統兵的將帥，一時不能全換，嘉慶帝逐漸改易，另有數道諭旨，並錄於後：

和珅壓閣軍報，欺罔擅專，致各路領兵大臣，恃有和珅蒙庇，虛冒功級，坐糜軍餉，多不以實入奏。姑念更易將帥，一時乏人，勒保仍以總統授為經略大臣，其川陝湖北河南督撫，及領兵各大將鹹受節制，以一事權。明亮、額勒登保，均以副都統授為參贊大臣，別領官軍，各當一路，有不遵軍令者，指名參奏。川楚軍需，三載經費，至逾七千餘萬，為從來所未有，皆由諸臣內恃和珅護庇，外踵福康安和琳積習，在軍唯笙歌酒肉自娛，以國帑供其浮冒，而各路官兵鄉勇，餉遲不發，致枵腹無褌，牛皮裹足，跣行山谷。此弊始於畢沅在湖北，而宜綿英善在川，相沿為例。今其嚴行察核，毋得再蹈前愆，致乾重咎！

宜綿前後奏報，皆屯駐無賊之處，從未與賊交鋒，且已老病，令解任來京。惠齡曠久無功，為賊所輕，著即回京守制。景安本和珅族孫，平日趨奉阿附，每於奏事之便，稟承指使，恃為奧援，剿堵皆不盡力，駐軍南陽，任楚賊犯豫，直出武關，唯尾追，不迎截，致有迎送伯之號。甚至民裹糧請軍，拒而不納，武員跪求擊賊，不發一兵，為參將廣福面誚，反挾憤誣劾，其獲封伯爵，亦攘道員完顏岱捕浙川邪教功，張皇入奏，欺君罔上，誤國病民，著即拿解來京，照律懲辦！

數道上諭，真似雷厲風行，統兵各官，不寒而慄。勒保也只得打疊精神，悉心籌畫，令額勒登保、德楞泰，剿徐天德、冷天祿，明亮剿張漢潮，自己駐紮梁山，居中排程。自嘉慶四年正月至六月，只額勒登保一軍，斬了冷天祿，德楞泰一軍，與徐天德相持，追入鄖陽，明亮一軍，徒奔走陝西境內，未得勝仗。勒保雖有所顧忌，不敢全行欺詐，然江山可改，本性難移，終究是見敵生畏，多方諉飾。新任湖廣總督倭什布，據實參奏，嘉慶帝復下諭道：

> 勒保經略半載，莫展一籌，唯匯報各路情形，按旬入告。近據倭什布奏，川賊接踵入楚，不下二萬，有北趨荊襄之勢，既不堵截，又不追剿，是勒保竟擇一無賊之處，駐營株守，罪一；且屢奏均言不必增兵，而附奏又請撥餉五百萬，若迫不及待，自相矛盾，意圖浮冒，罪二；各路奏報，多王三槐餘黨，勒保止將首逆誘擒，而置餘匪於不問，罪三；軍營報奏，大半親隨之人，而兵勇錢糧，並不按期給發，以致枵腹跣行，凍餒山谷，幾同乞丐，士馬何由飽騰，罪四。勒保上負兩朝委任之恩，下貽萬民倒懸之苦，著即令尚書魁倫，副都御史廣興，赴川逮問治罪！其經略事務，暫由明亮代理。欽此。

勒保逮回京師，永保偏出署陝撫，因明亮剿辦張漢潮，遲延無功，陝西未能肅清，於自己方面，大有不便，因劾明亮觀望，明亮亦劾永保推諉，雙方互訟，嘉慶帝命陝督松筠密查。松筠上疏，大略言：「經略明亮素號知兵，所言似合機宜，究無實效。將軍恆瑞前在湖北，戰跡稱最，但年近六旬，精力大減，恐不勝任。提督慶成，身先士卒，頗有膽量，奈中無主見，只能帶領偏師，不能出謀發慮。署陝撫永保無謀無勇，專圖利己，過輒歸人，獨額勒登保英勇出群，其次唯德楞泰，若要平賊，非用此二人不可。」松公頗有知人之識。於是朝旨命尚書那彥成，佩欽差大臣關印，赴陝監明亮軍，兼會同松筠勘問。那彥成到陝後，細探情實，兩人俱有不合，遂與松筠聯銜奏參。明亮，永保褫職逮問，連慶成也在其內。適明亮追斬張漢潮，朝旨以挾嫌債事，功不蔽罪，仍令逮解至京，命額勒登保代任經略。

額勒登保係滿洲正黃旗人，舊肅海蘭察麾下，討臺灣，征廓爾喀，嘗隨海公建功立業，每戰必策馬當衝，爭先陷陣。海公曾對他道：「你真是個將材，可惜不識漢字。我有一冊兵書，叫你熟讀，他日自然會成名將。」額勒登保得了贈書，遂日夕揣摩，居然熟練，能出奇制勝。看官！你道這兵書是什麼典籍？原來是一冊《三國演義》，由漢文譯作滿文，海公也曾作為枕中祕本，贈了額勒登保，無非是傳授衣缽的意思。彷彿范仲淹授狄青《左氏春秋》。額勒登保手下，且有漢將兩員，統是姓楊，一名遇春，四川崇慶州人，一名芳，貴州松桃廳人。遇春夢神授黑旗，故以黑旗率眾，敵望見即知為楊家軍。楊芳好讀書，通經史大義，應試不售，乃出充行伍，為遇春所拔識。陣斬冷天祿，實出二楊的功勢。額勒登保為經略時，遇春已授任總兵，楊芳尚只一都司官，額公特保舉遇春為提督，楊芳為副將。二人得額公知遇，尤為出力。就是羅思舉、桂涵兩鄉勇，亦因額公做了統帥，有功必賞，願效驅馳。可見為將不難，總在知人善任呢。

話休敘煩，單說額勒登保受了經略的印信，大權在手，不患掣肘，便統籌全局，令文案員修好奏摺，獨自上疏道：

臣數載以來，止領一路偏師，今蒙簡任經略，當通籌全局，教匪本內地編氓，原當招撫以散其眾，然必能剿而後可撫，且必能堵而後可剿。從前湖北教匪多，脅從少，四川教匪少，脅從多，今楚賊盡逼入川，其餘川東巫山大寧接壤者，有界嶺之險可扼，是湖北重在堵而不在剿；至川陝交界，自廣元至太平千餘里，隨處可通，陝攻急則折入川，川攻急則竄入陝，是漢江南北，剿堵並重；川東川北，有嘉陵江以阻其西南，餘皆崇山峻嶺，居民大半依山傍水，向無村落，懲賊焚掠，近俱扼險築寨，大者數千人，小亦數百名，團練守禦，而川北形勢，更便於川東，若能驅各路之賊，逼歸川北，必可聚而殲旃，是四川重在剿而不在堵；雖賊匪未必肯逼歸一處，但使所至俱有堡寨，星羅棋布，而官兵鼓行隨其後，遇賊即迎截夾擊，所謂以堵為剿，寧不事半功倍？此則三省所同。

臣已行知陝楚，曉諭修築，並定賞格，以期兵民同心蹙賊。至從徵官兵，每日遄征百十里，旬月尚可耐勞，若閱四五年之久，無冬無夏，即騾馬尚且踣斃，何況於人？而續調新募之兵，不習勞苦，更不如舊兵之得力，臣之一軍所以尚能得力者，實以兵士所到之處，亦臣所到之處；兵士不得食息，臣亦不得食息。自闔營將弁，無不一心一力，而各路不能盡然。近日不得已將臣所領之兵，與各提鎮互相更調，以期人人精銳，足以殲敵。恐勞聖慮，特此奏聞。

據這奏牘看來，確是老成謀畫，不比凡庸，自是軍務方有起色。

會德楞泰追逐徐天德，轉戰陝境，與高均德等相遇，德楞泰乘著大霧，襲擊高均德，把他擒住，有旨授德楞泰為參贊大臣。高均德死後，不料復有冉天元，收集均德殘眾，與徐天德合，非常厲害。額勒登保親自督剿，令楊遇春領左翼，穆克登布領右翼，穆克登布也是一員驍將，但與楊遇春不甚相合。遇春因天元善戰，非他賊比，須先用全力相搏，殺敗了他，方好分隊追擊。額公亦贊成此議，獨穆克登布意不為然。到了蒼溪，聞與冉天元相近，穆克登布竟恃勇先進，繞出冉天元前面，忽伏兵齊起，前後夾攻，將穆克登布圍住。穆克登布猛力衝突，不能出圍，幸虧山寨鄉勇，出壘救應，始拔出穆克登布，將士傷了不少。穆克登布經此大創，別人料他總要小心，誰知他依然如故，仍力追冉天元，馳至老虎埡，旁有大山，穆克登布躍馬徑上，直據山巔。楊遇春據山腰，天元正伏山中，先出攻楊遇春軍。遇春堅壁不動，天元無可奈何，轉身攻穆克登布，冒死突上，山巔促狹，恁你穆克登布如何驍勇，也施展不出什麼伎倆。天元進一步，穆克登布退一步，愈逼愈緊，穆克登布的營帳，自山巔墜下，頓時軍中大亂，陷死副將十餘名，兵士不能悉計。

右翼軍敗潰，天元再攻左翼軍，乘高下壓，遇春抵死力戰。自傍晚殺到天明，天元始退。遇春部下，也傷亡了若干名。師克在和，不和必敗。額勒登保大憤，檄德楞泰夾擊冉天元，不防川北的王廷詔一股，竟由川北入漢中，西窺甘肅，額勒登保聞報，又引軍星夜赴援，並令德楞泰隨後策應。冉天元復東渡嘉陵江，分犯潼川錦州龍安，將北合甘肅諸寇。川陝甘一帶，同時告警。清廷不得已，再用明亮為領隊大臣，赴湖北，赦勒保罪，授任四川提督，赴四川，屢黜屢陟，清廷可謂無人。

並詔德楞泰回截冉天元，命為成都將軍。

德楞泰奉命回南，探得冉天元在江油縣，急由間道邀擊。天元層層設伏，德楞泰步步為營，十蕩十決，連奪險隘，轉戰馬蹄岡。時已薄暮，德楞泰見伏兵漸稀，正思下馬稍憩，偶見東北角上，赤的一枝枝號火騰起，直上雲霄，德楞泰驚道：「我兵已陷入伏中了。」一急。話言未絕，西北角上，又見起了兩支號火，再急。德楞泰忙令眾兵排開隊伍，分頭迎敵。轉身一望，西南角及東南角上，都是閃閃火光，衝天四起，馬聲雜亂，人聲鼎沸。三急。德楞泰料知伏兵不止一、二路，亟分作四路抵禦，布置才畢，敵兵已由遠及近，差不多有七、八路。四急。德楞泰傳令齊放矢銃，放了一陣，敵兵毫不退怯，反圍裏攏來。德楞泰見敵兵各持竹竿，竿上纏繞溼絮，矢中的箭鏃，銃中的彈丸，多射在溼絮上，不甚傷敵，所以敵仍前進，於是傳令人自為戰。五急。官兵知身入重圍，也不想什麼生還，惡狠狠的與他鏖鬥，血戰一夜，天色黎明，敵兵仍是不退。六急。再戰一日，方漸漸殺退敵兵。官兵埋鍋造飯，蓐食一餐，餐畢，四面喊聲又起，忙一齊上馬，再行廝殺，又是一日一夜。七急。是日官兵又只吃了一頓飯，夜間仍是對敵。八急。德楞泰暗想道：「敵兵更番迭進，我兵尚無援應，若再同他終日廝殺，必至全軍覆沒呢。」遂下令且戰且走。

官兵陣勢一動，冉天元料是敗卻，麾眾直進，行得稍慢的，多被悍目自行殺死，此時敵眾不得不捨命窮追。官兵戰了三日三夜，氣力已盡，肚子又饑，沒奈何紛紛潰散。九急。德楞泰亦覺得人困馬乏，便帶了親兵數十名，躍上山巔，下馬喘息，自嘆道：「我自從軍以來，從沒有遇著這等悍賊，看來此番要死在此地了。」正自言自語間，猛聽得一聲大叫道：「德楞泰哪裡走？」這一句響徹山谷。德楞泰忙上馬瞭望，見山下一人，揮著鞭，舞著刀，沖上山來。這人為誰？正是冉天元。十急。德楞泰胸中已橫著一死字，倒也沒甚驚恐，且因走上山來，只有一冉天元，越發膽壯，便也大呼道：「冉賊！你來送死麼？」一面說話，一面拈弓搭箭，颼的一聲，正中冉天元的馬。那馬負著痛，一俯一仰，把冉天元掀落背後，骨碌碌滾下山去。德楞泰拍馬下山，親兵亦緊隨而下，見冉天元正擱住斷崖藤上，德楞泰忙從親兵手中，取了鉤頭槍，將冉天元鉤來，擲在地上，親兵即將他縛住。山下的兵，正上山接應冉天元，見天元被擒，拚命來奪，德楞泰復與交戰，忽山後又有一支人馬，逾山而至，從山頂衝下。又為德楞泰一急。德楞泰連忙細瞧，認得是山後的鄉勇，德楞泰大喜。此中真是天幸。敵兵見鄉勇馳到，轉身復走。德楞泰偕鄉勇下山招集餘兵，逐北二十里。這一場惡戰，自古罕有，「德將軍」三字驚破敵膽，另外帶兵官，多冒德將軍旗幟，教徒不辨真假，一見輒逃。川西肅清，川東北雖有餘孽，不足為患。適勒保至川，遂將肅清餘黨事，交付勒保，自赴額勒登保軍。

額勒登保追王廷詔，沿途屢有斬獲，王廷詔復自甘返陝，那彥成堵剿不力，有旨嚴譴，會河南布政使馬慧裕，緝獲教主劉之協於葉縣，檻送京師，立正典刑。並諭軍機大臣道：

前據馬慧裕奏寶豐郟縣地方，有匪徒焚掠之事，旋據葉縣稟，緝獲首犯劉之協，本日馬慧裕馳奏，已收寶豐等處，白蓮教匪徒千餘名，悉數殲除，並提到眼目，認明劉之協屬實，劉之協為教匪首逆，勾連蔓延，荼毒生靈，乃該犯仍敢在豫省糾結，潛謀起事，並欲為陝楚教匪接應，實堪痛恨。仰賴昊穹垂慈，皇考默佑，俾豫省新起教匪一千餘人，立時剿捕淨盡，擒獲首逆，明正刑誅，可見教匪劫數已盡，從此各路大兵，定可刻期蕆事。朕於欣慰之餘，轉覺惻然不忍，蓋教匪本屬良民，只因劉之協首先簧鼓，附從日眾，徵兵剿辦，已閱數年，無論百姓無辜，橫遭殺戮，被脅多人，迫於不得已，即真正白蓮教，皆我大清赤子，只因一時愚昧，致罹重罪。至各股賊首，先後就誅者，無不身受極刑，全家被戮，雖孽由自作，亦係聽從劉之協倡教而起。白蓮教獲罪於天，自取滅亡，其頑梗可惡，其愚蠢可憐。朕仰體上天好生之仁，於萬無可貸中，寬其一線，著經略額勒登保，參贊德楞泰，及各路帶兵大員，與各督撫等，將劉之協擒獲一事，廣為宣傳，並傳諭賊營，伊等教首，已就誅戮，無可附從。至於裹脅之人，本係良善百姓，何苦為賊所累，自破身家，如能幡然悔悟，不但免誅，並當妥為安置。即實係同教，畏罪乞命，棄械歸誠，亦必貸其一死。若經此番曉諭之後，仍復怙惡不悛，則是伊等甘就駢誅，大兵所到，誅戮無遺，亦氣數使然，不能復加矜貸。額勒登保等鼓勵將士，務期迅歸賊氛，奠安黎庶，同膺懋賞，將此通諭知之。

嘉慶帝又親製一篇邪教說，有「但治從逆，不治從教」的意旨。自是教徒失所倚靠，逐漸變計，化作良民。此時劇寇，只有王廷詔在陝西，徐天德在湖北，德楞泰由川赴陝，與額勒登保合軍，追襲王廷詔。楊遇春為先鋒，至龍池埸，分兵埋伏，誘廷詔追來，一鼓擒住，並獲散頭目十數人，餘眾走湖北，由德楞泰引兵追剿，與明亮夾擊、圈逼徐天德、樊人傑於均州。天德、人傑，先後投水溺死。川楚陝三省的悍目，斬俘殆盡，不過還有餘孽未靖了。此時已是嘉慶六年的夏季。

正是：

萬丈狂瀾爭一霎，七年征伐病三軍。

諸君欲知後事，且待下回再閱。

仁宗初政，頗有黜佞崇忠、扶衰起敝之象。和珅一誅，而軍務已有起色，勒保一黜，而寇氛以次肅清，可見立國之道，全恃元首，元首明則庶事康，元首叢脞則萬事隳，彼額勒登保、德楞泰之得建奇功，莫非元首知人之效，然七年勞役，萬眾遭殃，不待洪楊之變，而清室衰兆見矣。故善讀滿史者，皆以高宗之末為清室盛衰關鍵云。

撫叛兵良將蒙冤　剿海寇統帥奏捷

卻說川楚陝三省的教徒，頭目雖多歸擒戮，餘孽尚是不少。額勒登保、德楞泰，又往來搜剿，直到嘉慶七年冬季，始報大功戡定。嘉慶帝祭告裕陵（高宗陵。宣示中外），封額勒登保一等威勇侯，德楞泰一等繼勇侯，均世襲罔替，並加太子太保，授御前大臣。勒保封一等伯，明亮封一等男，碌碌因人。楊遇春以下諸將，爵秩有差。

自此以後，裁汰營兵，遣散鄉勇，兵勇或無家可歸，或歸家不敷食用，又經發放恩餉各官吏，層層克剝，七折八扣，煞是可恨。因此遊兵冗勇，又糾眾戕官，出沒為患。復經額德兩將帥，東剿西撫，忙了一年，事始大定。自教徒肇亂，勞師九載，所用兵費，竟至二萬萬兩，殺傷的教徒不下數十萬，清兵鄉勇的陣亡，五省良民的被難，且算不勝算，無從查考。和珅之肉，其足食乎？只這位嘉慶帝，當軍事緊急時，很是審慮周詳，勵精圖治，到西北平定，內外官吏，又是歌功頌德，極力鋪張，嘉慶帝也道是功德及民，漸漸的驕侈起來。逸豫忘身，中主多半如此。慶賞萬壽，下嫁公主，挑選妃嬪，儀注都非常繁備，金銀也用了許多。

還有一樁賞罰倒置的事情：川楚陝平靖後，因地勢阻奧，增設營汛，陝西省中添了一個寧陝鎮，就用楊芳做了鎮臺，寧陝的地方，地險糧貴，當時創議的人，因例餉不足兵用，酌定每月加給鹽米銀，每人五錢，三年遞減，次年屆期應減一錢，布政使朱勛，以未奉部文，並四錢也都停發，兵士大嘩。會陝西提督楊遇春，方奉旨入覲，寧陝總兵楊芳調署提督，副將楊之震護寧陝鎮，將嘩噪的兵士，不問曲直，統拿來笞杖一頓，一味蠻做。兵士愈加怨憤。內有兩個小頭目，都是姓陳，一名達順，一名先倫，居然糾眾抗命，殺死副將游擊，劫了庫中的銀兩，放出獄中的罪犯，趁勢大亂。時楊遇春尚未出境，朝旨即命他回剿，另簡成都將軍德楞泰為欽差大臣，赴陝督師，遇春到方柴關，叛兵設伏以待，推蒲大芳為首領，大芳驍桀善戰，竟將遇春圍住，官兵叛卒，互相認識，竟不肯聽遇春號令，紛紛四散。遇春止率親兵數十名，登山斷後，見大芳策馬而來，大聲叱道：「你何故造反？」大芳見是遇春，就下馬遙跪，哭訴營官克餉的情形。遇春道：「營官克餉，你可上訴，何苦做此大逆不道的勾當。」大芳道：「現在已處騎虎之勢，不能再下，需求大帥諒我！」言畢，起身徑去。還虧遇春平日恩信及人，不至被迫。

是時楊芳亦馳來相救，遇春與他商議，楊芳道：「叛兵都經過百戰，並非一時烏合，若要除滅了他，很不容易。況官兵九載勤勞，瘡痍未復，又前時與叛兵多係同功一體，以兵攻兵，終無鬥志。聞叛首蒲大芳見了大帥，尚下馬遙跪，卑鎮家屬，亦由大芳送至石泉。可見大芳雖叛，還有舊部情誼。卑鎮願親自出撫，若得大芳歸降，便可迎刃而解。」遇春喜甚，即命楊芳去撫大芳。到了大芳營前，敵矛林立，軍壘森嚴，楊芳的背後，有隨員數名，都嚇得戰戰兢兢，請楊芳折回。楊芳道：「天佑蒼生，我必不死。且為國息兵，雖死何恨。汝等若果畏懼，不妨退還。讓我一人前去便了。」遂揚鞭獨進，直入大芳營。大芳忙出來迎見，楊芳向著大芳，慟哭失聲道：「我與汝等戮力數年，同患難，共生死，彷彿如家人骨肉一般，今朝兩下對壘，反同仇敵，我不忍見汝等身隕族滅，所以單騎前來，請你等先殺了我，免得見你慘禍。」蒲大芳等聽了這番言語，不由得不感激，便道：「我等小兵，安敢冒犯鎮臺大人？大人真心相待，大芳也有天良，寧不知感。只朝廷未必肯赦前罪，奈何？」楊芳道：「你果誠心悔過，我當於欽差大人前，極力保免，要生同生，要死同死，要犯罪同犯罪，不使你等獨受災殃。」沉痛語，亦刻摯語，安得不令大芳敬服？大芳到此，不禁涕零，即聲隨淚下道：「鎮臺大人，真是我的生身父母。我若再自逆命，恐怕皇天也不容我呢。」已五體投地了。當下對眾人道：「大芳今日已悔前過，情願聽這位楊鎮臺大人，楊鎮臺令我活，我就活，楊鎮臺要我死，我亦甘死，若兄弟們不以為然，一概聽便。」大眾齊聲道：「願隨楊大人。」楊芳見叛兵都願就降，便道：「眾位都願相隨，乃是很好的了。但倡亂的人，曾在此處麼？」大芳道：「不在此處。」楊芳道：「這卻不便赦他。他戕了官，劫了庫，破了獄，無法無天，若不照律究辦，還要什麼政府？」先寬後緊，可謂善於操縱。大芳道：「這都在大芳身上，請大人放心！」楊芳隨即回營。

過了兩日，大芳果誘縛陳先倫、陳達順二人，獻至清營，束手歸命，這次亂事，若非楊芳單騎招撫，以誠服人，眼見得叛兵四出，如火燎原，比川楚陜三省的教徒，還要厲害幾倍呢。德楞泰將二陳磔死，其餘依了楊芳的議論，盡行赦宥，釋歸原伍。只奏摺上卻說是叛卒窮蹙乞命，把楊芳招撫事，擱起不提。

詎料嘉慶帝忽下嚴旨，說德楞泰寬縱專擅，竟要將他嚴譴。德楞泰急得沒法，又上了一篇奏章，推在楊芳一人身上。德公尚且不德，何況別將。嘉慶帝遂將楊芳革職充戍，蒲大芳二百餘人，亦命隨楊芳發充伊犁，又密令伊犁將軍松筠，將蒲大芳等誘誅。楊遇春亦坐罪降為總兵，德楞泰處罰最輕，總算革職留任。後德楞泰調任陝西，剿平西鄉叛兵，賞還原職。德公也天良發現，密奏楊芳功，方將楊芳赦回，然已受侮不少了。忠而被謗，最堪憤惋。西北一帶，經數次痛剿，已算無事，偏偏東南的海寇，又興起波，掀起浪來。海洋開禁，自康熙年間起頭，康熙帝嘗任用客卿，如西洋人湯若望、南懷仁等，俱命司歷務，外洋商船，得了內援，便在中國海濱互市，往來江浙閩粵間。乾隆末年，安南阮光平父子，竊位據國，國庫中很是缺乏，他卻想了一個盜賊政策，招集沿海無賴，給他兵船，封他官爵，叫他在海中劫掠商船，充作國用，這種政策，倒是特色。於是海寇日盛一日。嘉慶五年，海寇駕艇百餘艘，聚逼臺州，居然想上岸劫奪，浙江定海鎮總兵李長庚，生長閩海，素識海中險要，且忠勇得了不得，是日聞警，帶領三鎮水師，出口抵禦，巧值颶風陡起，雷雨大作，寇艇多半撞溺，有幾百個海寇，避風上岸，被長庚捉得一個不剩，當場審訊，內中有四個頭目，係是安南總兵，佩有安南王敕印。長庚大怒，把四人磔死，並行文安南，將敕印擲還。

會安南又有內亂，廣南王後裔阮福映，自暹羅入國，得暹人援助，恢復舊土，滅了新阮，方思聯繫清朝，遂一面宣告縱寇誨盜，係阮光平父子所為，與己無涉，一面奉表入貢，求清冊封，乞仍以越南名國。嘉慶帝封他為越南國王，令嚴杜海寇，阮福映遵敕照辦。怎奈海寇已是不少，雖失了安南政府的保護，終究野心未戢，仍然出沒海上。就中有兩個悍頭目，叫著蔡牽、朱濆，兼併群盜，號令一方。蔡牽有百數十艇，朱濆也有百艇，把閩海作了根據，無論何國的商船，一出海洋，須要繳通行稅四百圓，進港加倍，就是買路錢的別名。因此他二人竟做了海上富豪。又交通陸地會匪，使陰濟兵械，餉械充足，猖獗萬分，官兵都奈何他不得。

只一智勇深沉的李長庚，還好與他酣戰幾場，但長庚單知忠國，不善逢迎，不如是，不足為忠臣。往往為上司所忌。可恨可嘆！嘉慶帝因長庚有功，擢他為福建提督，閩督玉德，偏與長庚反對，奏稱長庚籍隸福建，須要迴避，似乎名正言順。朝旨乃調任浙江。浙江巡撫阮元，係江蘇儀徵縣人，素擅文名，兼通武略，見了李長庚，談了一回剿寇事宜，甚為合意，遂大加賞識。惺惺惜惺惺。長庚獻造船、製炮兩大策，阮撫臺一律採用，即為籌款十餘萬兩，交與長庚。天下無難事，總教現銀子，長庚得了這項鉅款，就放著膽子，造起大船三十艘，名叫霆船，鑄就大砲四百尊，就各船配搭，乘風破浪，所向披靡，連敗蔡牽於岐頭東霍等洋，擒住賊目張如茂等，兵威大振。嘉慶八年，蔡牽至定海，到普陀山進香，長庚探悉，將霆船一齊放出，四面掩擊。蔡牽不及防備，忙跳下小船，單舸逃去。餘外大艇，多被長庚一陣砲彈，打得篷穿桅折，並傳令舟師追趕。

此時的蔡牽，正如喪家犬，漏網之魚，逃至閩洋，又見霆船追至，據著上風，不能衝突，他連忙取了數萬銀子，遣人至閩督玉德處乞降。玉德見了銀子，好似蒼蠅見血，叮住不放，為了此物，誤盡天下官吏。還管什麼真假，立飭興泉道慶徠，赴海口招撫。蔡牽與慶徠約，如果許降，須令李長庚退兵回港，勿得窮追。慶徠飛報玉德，玉德飛飭李長庚回兵。長庚明知蔡牽詐降，無如提督的位置，要受督撫節制，總督有命，不得違拗，未免落了幾點英雄淚，帶兵回港。

蔡牽恰慢慢兒修好檣械，備好餱糧，揚帆遁去。暗地裡恰賄通奸商，替他製造巨艦，比霆船還要高大，只說載貨出洋。一出了口，便交與蔡牽。蔡牽得此巨艦，又縱橫海上，劫得臺灣米數千擔，接濟朱濆，與濆合勢，再犯溫州。溫州總兵胡振聲，倉皇失措，領了一班不整不齊的水師，出去截擊，不值牽、濆兩人一掃，非但全軍覆沒，連胡振聲亦溺斃水中。牽、濆連八十餘，返馳入閩，閩中沒有一人敢上前抵敵。

嘉慶帝聞悉情形，命長庚總統閩浙水師。長庚感恩圖報，令溫州海壇二鎮為左右翼，日夕操練，於嘉慶九年仲秋，向馬跡洋出發。淨海無波，水天一色，正好行軍時候。兵行數十里，遙見前面有一海島，左右兩翼，泊著敵船，帆檣矗立，簇隱如林，差不多一二百艘。長庚把令旗一揮，大小戰艦，並行而進，看看敵船將近，令各艦隊齊放巨炮。蔡牽、朱濆也將戰船駛開，一字兒的排著，用炮還擊。霎時間煙霧迷濛，波飛浪立。長庚仔細一瞧，右邊是蔡牽戰船，左邊是朱濆戰船。他卻把自己坐船，直衝中心，轟的一炮，把敵陣中間的船篷，打落半邊，那船向後倒退。長庚乘勢突入，將敵陣衝作兩段。朱濆見陣勢已亂，率艦逃走。蔡牽勢成孤立，也轉舵前奔。長庚扯滿風篷，追殺過去，擊沉敵船二艘，並將蔡牽的坐船篷索，亦都擊斷。虧得蔡牽的船身高大，船篷雖壞，尚能馳駛，拚命逃了出去。長庚方傳令收兵。

是年冬，敗朱濆於甲子洋。次年夏，又敗蔡牽於青龍港，蔡牽屢敗屢奮，索性聚船百餘艘，東犯臺灣，攻入鹿耳門，沉舟塞港，截阻官兵援應，並結連土匪萬餘人，圍攻府城，自稱鎮海王。全臺大震。閩督玉德，飛報清廷。嘉慶帝忙飭成都將軍德楞泰，佩欽差大臣關防，調四川兵三千赴剿，將軍賽沖阿為副，令速出兵。

兩將軍尚未出境，李長庚已到臺灣，總是他捷足。他見鹿耳門已被塞住，尋出一條小港來，這港名叫安平港，可以直入府城，於是令總兵許松年、王得祿，駕了小舟，率兵潛入，自己守住南汕北汕兩口，堵住蔡牽出路。蔡牽只道鹿耳門已經塞住，盡可向前進攻，誰料許松年、王得祿，已從間道攻入。蔡牽急分兵抵禦，五戰都敗，失了三十多號小戰船，並黨羽千餘人。蔡牽料臺灣難下，急從北汕港遁走，將要出口，見口外有大艦數艘堵住，最高的艦上，立著一位大帥，手執令旗，威風凜凜，望將過去，不是別人，正是生平最怕的李長庚。蔡牽想上前衝突，後面的追兵又至，前後都用大砲轟擊，蔡牽管了前，不能管後，管了後，又不能管前，急得叫苦連天，投身無路。長庚下令道：「今日不擒蔡逆，更待何時，諸將士宜乘此努力。」這令一下，諸將士奮力前攻，巴不得立擒蔡牽。

怎奈將士固已齊心，老天偏不做美，一陣怪風，從海中掀起，波濤怒立，戰艦飄搖，官兵急切不能自主，被蔡牽奪路逃走。一出海外，遼廓無垠，長庚只率兵三千，哪裡阻截得住？僅奪了十多號戰船。嘉慶帝還說他任賊遠颺，奪去翎頂，德楞泰等一律截回，長庚憤極，復率兵力剿，追至福寧，岸上無一卒夾擊，蔡牽、朱濆，復連合來攻。長庚猛力殺退，蔡牽又與朱濆分兵，竄入浙海。只臺州到定海，長庚尾追不捨，專擊牽舟，牽受創又遁，有旨賞還翎頂。長庚憤怒少舒。

不防浙撫阮公，丁憂去任，長庚慨然太息，與三鎮總兵商議道：「我自統領水師以來，全仗阮公幫助，稍得舒展。今阮公又去，知我無人，看來是難望成功呢。」三鎮總兵道：「浙撫已去，閩督尚在，統帥何必憂慮。」長庚道：「不要提起這位閩督玉公，我要造船，他說無銀；我要調軍，他說無兵。臺灣一役，我與諸君盡力截住蔡逆，雖是天公不公，起了颶風，被他走脫，然使玉公出兵相助，這蔡逆已被我殺敗，狼狽萬狀，何患不能追擒？就令玉公不願出兵。卻肯預先給發銀兩，畀我造成大船，那時船身高大，究竟抵得住風潮，不妨衝風追襲。你看蔡逆的坐船，比我的坐船，要高五六尺，他在驚風駭浪中，尚能駕駛自如，我卻不能，睜著眼由他逃去，真正可恨！」良將無功，多被上峰掣肘之故，不獨李公為然。三總兵聽到此語，也不禁忿恨起來，便一齊道：「統帥既要造船，某等願捐廉相助。」長庚道：「諸君美意，煞是可敬。但我亦早有此意，還恐玉帥不允。」三總兵道：「且稟報玉帥，再作計較。」長庚修好稟單，飭呈閩督，得了回批，果然說造船需時，朝廷有旨速剿，不便久待，毋得濡滯干咎。妒功忌能，莫逾於此。長庚忙召三總兵，將回批與他瞧閱，三總兵憤憤道：「統帥本可專摺奏陳，何不詳報皇上呢？」長庚嘆道：「我輩統是漢人，漢人十句話，不及滿人一句。朝廷總是信玉帥，不信長庚，如何是好？」滿漢界限，區劃早分。三總兵道：「今上聖明，或不至此，統帥總是奏陳為是。」長庚不得已，便將平日情形，據實列奏。嘉慶帝果真聖明，把閩督玉德革職拿問，另命阿林保繼任閩督。

阿林保到任，長庚免不得到閩賀喜，阿林保置酒款待，席間敘起剿寇事。這位新總督阿公，拈著幾根鼠鬚，沉吟一回，已露奸象。隨笑嘻嘻的向長庚道：「大海捕魚，何時入網？我兄弟恰有一策，不知可用得否？」長庚道：「敢不請教。」阿林保道：「海外遼闊，事無左證，李總統但斬了一酋，即說是蔡牽首級，報至我兄弟衙門，我兄弟便可飛章報捷，餘外的賊子，統歸善後辦理。照這樣處置，你受上賞，我亦得邀次功，比窮年累月的跋涉鯨波，僥倖萬一，豈不是較好麼？」原來如此！長庚不禁勃然道：「大帥叫長庚殺賊，長庚恰不怕死，久視海船如廬舍，若照這樣捏詐虛報的辦法，長庚不敢聞命。」阿林保道：「我也無非為你打算，你定要擒真蔡牽，兄弟也不便多管。」長庚道：「長庚誓與賊同死，不與賊同生。」阿林保不待長庚言畢，便道：「算了！好好一個人，如何情願求死？要死何難，要死不難。」長庚至此，不能不死。長庚滿腹憤怒，只是不好發洩，勉強飲了幾杯，謝宴趨出。阿林保即密劾長庚，不到一月，彈章三上，不是說長庚恃才，就是說長庚怯戰，一心想置長庚於死地，小子敘說到此，也滿懷憤激，吟成一絕句道：

岳王功敗遭秦檜，道濟名高嫉義康；
自古忠奸不兩立，但憑人主慎端詳。

未知嘉慶帝如何發落，且待下回再敘。

康熙以後，已乏練達之滿員，而滿漢畛域，反日甚一日。蓋滿員漸成無用，內而政務，外而邊事，多仗漢人贊助，相形之下，未免見絀，由愧生妒，由妒生忌，於是漢員立功，往往為滿員所側目，不加殘害不止。張廣泗、柴大紀等事，見於乾隆朝，楊芳充戍，李長庚殉難，見於嘉慶朝，後人或目為專制之毒，實則不僅專制而已。「漢人十語，不及滿人一語」，即為本回中眼目。德楞泰已負楊芳，後且求如德楞泰者，尚不可得，此漢滿之所以終成水火也。

兩軍門復仇慰英魄　八卦教煽亂鬧皇城

卻說嘉慶帝連得阿林保密疏，也未免疑惑起來，只因前時阮元等人都極力保薦李長庚，且海上戰功亦唯長庚居多，半信半疑，暫且留中不發，密令浙撫清安泰查復。清安泰雖不及阮元，恰不是阿林保的糊塗，但看他復奏一本的文詞，已略見一斑了。大旨說道：

長庚熟海島形勢，風雲沙線，每戰自持柁，老於操舟者不能及；且忘身殉國，兩載在外，過門不入，以捐造船械，傾其家資，所俘獲盡以賞功，故士爭效死；且身先士卒，屢冒危險，八月中剿賊漁山，圍攻蔡逆，火器雨下，身受多創，將士亦傷百有四十人，鏖戰不退，故賊中有「不畏千萬兵，只畏李長庚」之語。

唯海艘越二三旬，即須燂洗，否則苔黏爟結，駕駛不靈，其收港並非逗留。且海中剿賊，全憑風力，風勢不順，雖隔數十里，旬日尚不能到也，是故海上之兵，無風不戰，大風不戰，大雨不戰，逆風逆潮不戰，陰雨蒙霧不戰，日晚夜黑不戰，颶期將至，沙路不熟，賊眾我寡，前無泊地，皆不戰。及其戰也，勇力無所施，全以大砲相轟擊，船身簸蕩，中者幾何？我順風而逐，賊亦順風而逃，無伏可設，無險可扼，必以鉤鐮去其皮網，以大砲壞其舵牙篷胎，使船傷行遲，我師環而攻之，賊窮投海，然後獲其一二船，而餘船已飄而遠矣。賊往來三省，數千里皆沿海內洋，其外洋瀰瀚，則無船可掠，無嶴可依，從不敢往。唯遇剿急時，始間以為逋逃之地，倘日色西沉，賊直竄外洋，我師冒險無益，勢必回帆收港，而賊又逭誅矣。且船在大海中，浪起如昇天，落如墜地，一物不固，即有覆溺之憂。每遇大風，一舟折桅，全軍失色。雖賊在垂獲，亦必舍而收泊，易桅竣工，賊已遠遁；數日追及，桅壞復然，故嘗累月不獲一賊。

夫船者，官兵之城郭營壘車馬也。船誠得力，以戰則勇，以守則固，以追則速，以衝則堅。今浙省兵船，皆長庚督造，頗能如式。唯兵船有定製，而閩省商船無定製，一報被劫，則商船即為敵船。愈高大，多炮多糧，則愈足齎寇。近日長庚剿賊，使諸鎮之兵，隔斷賊黨之船，但以隔斷為功，不以擒獲為功；而長庚自以己兵專注，蔡逆坐船圍攻，賊行與行，賊止與止；無如賊船愈大，炮愈多，是以兵士明知盜船貨財充足，而不能為擒賊擒王之計。且水陸兵餉，例止發三月，海洋路遠，往返稽時，而事機之來，間不容髮，遲之一日，雖勞費經年，不足追其前效，此皆已往之積弊也。非盡矯從前之失，不能收將來之效；非使賊盡失其所長，亦無由攻其所短，則岸奸濟賊之禁，尤宜兩省合力，乃可期效。謹奏。

這篇奏牘，說得剴切真摯，把李長庚一生經濟及海上交戰情形，統包括在內。確是前清奏牘中罕見之作。嘉慶帝覽了此奏，方悉阿林保妒功情狀，下旨切責。略說：「阿林保甫蒞任旬月，專以去長庚為事，倘朕誤聽讒言，豈非自殺良將？嗣後剿賊事宜，責成長庚一人，阿林保不得掣肘！若再忌功誣劾，玉德就是前車之鑑。」諭旨也算嚴切，無如鉅奸未去，忠臣總無安日。並飭造大梭船三十艘，未成以前，先僱大商船助剿。阿林保見彈劾無效，反遭詰責，氣得暴跳如雷，獨自一人亂叫道：「有我無長庚，有長庚無我，我總要他死。他死了，方出我胸中的氣。」遂飛檄催戰。

原來清廷定例，總督多兼兵部尚書職銜，全省水陸各軍，統歸節制。長庚雖總統水師，不能不受阿林保命令。長庚方思修理船隻，整備軍械，為大舉出洋的計畫，那阿林保的催戰文書，三日一道，五日兩道，長庚休戰，不到一月，他恰下了十數道檄文。秦檜用十二金牌，促岳武穆班帥，阿林保恰用十數道檄文，促李忠毅出戰，行跡不同，用心則一。長庚嘆道：「我不死在海賊手裡，也難逃奸臣計中，看來不如與賊同死罷！」遂召集諸將剋日出師，一面修好家書，寄與夫人吳氏，內說：「以身許國，不能顧家。」並將落齒數枚，一同緘固，著人送回家中。這次出發，憑著一股怒氣，駛船出港。敵船見長庚出來，望風趨避，都逃至粵海中。長庚追至竿塘，方尋著敵船數只，接連放炮，擊壞敵船兩艘，活擒盜目一名，係是蔡牽姪兒，名叫天來。蔡牽因長庚至粵，復北航至浙，長庚也追到浙江，到溫州海面，把他擊敗。他又自浙竄粵，自粵竄閩，盤旋海上，長庚只是不捨。遇著了他，便首先衝陣，不管死活，與他爭戰，弄得蔡牽走頭無路，連敗數次。

嘉慶十二年，命總兵許松年等擊朱濆，自率精兵專剿蔡牽，朱濆被許松年擊敗，勢已窮蹙，長庚亦連敗蔡牽數陣，蔡牽只剩得海船三艘，長庚擬一鼓殲敵，檄福建水師提督張見升一同窮追。蔡牽逃至黑水洋，長庚率水師追及，蔡牽逃無可逃，與長庚決一死戰。長庚親自擂鼓，督眾圍攻，約戰了兩個時辰，牽船上的風帆，觸著彈子，霎時破裂，長庚令兵士乘勢縱火，直逼牽船後艄，火勢炎炎，燔及牽船，兵士各握著兵器，想隨著火勢，撲將過去。猛聽得蔡牽船後，一聲炮發，彈丸穿入長庚船中，兵士向後一顧，見統帥長庚，已跌倒在船板上，連忙施救，咽喉中已鮮血直流，無可救藥。阿林保聞報，諒必得意非凡。軍中失了主帥，自然慌亂。本來張見升跟著後面，不妨過船代督士卒，少持半日，即可殲賊，誰知他是阿林保心腹，不愁蔡牽生，但願長庚死，當下便引船徑退，眾兵船亦相率退駛。蔡牽帶了殘船三艘，竟遁安南。這信傳達京師，嘉慶帝大為震悼，何益？特旨追封壯烈伯，賜諡忠毅，飭地方官妥為保護，送柩回籍，俾立專祠。已經死了，特恩何用？隨命長庚裨將王得祿、邱良功二人，升任提督，分率長庚舊部，叫他同心敵愾，為長庚報仇。

是時蔡牽、朱濆，俱已勢衰力竭，閩督又改任方維甸，浙撫又重任阮元，軍機大臣復換了戴衢亨，將相協力，內外一心，殲除這垂亡小丑，自然容易得很。許松年在閩海擊斃朱濆，濆弟朱渥，率眾乞降。王、邱二提督，聞松年已立大功，自己恐落人後，隨慷慨誓師，決擒蔡牽，蔡牽已招集殘眾，再入閩浙海面，直到定海的漁山，二提督躡蹤追剿，乘著上風，奮呼轟擊，轉戰至綠水洋，天已昏黑，縱火燒賊舟，不想風浪大起，蔡牽復乘浪脫走。二提督憤極，當晚商議，邱良功對王得祿道：「前日臨行時，撫帥阮公，曾教我等分船隔攻，專注蔡逆，明日要擒蔡牽，須用此策。」王得祿道：「此計甚好。」次晨復出師窮追，蔡牽一見即逃，駛出黑水洋，邱良功趕忙追上，令艦隊各自分堵，自己坐的船與蔡牽坐船並列，專攻蔡牽。王得祿坐船亦至，與邱良功船並列，接應邱良功。兩下裡誓死猛撲，煙硝蔽天，忽良功坐船上的風篷，與蔡牽坐船上的風篷，結成一塊，蔡眾持著長矛，將良功的風篷扯毀，復用椗紮住良功坐船。良功大喝一聲，執了雪亮的寶刀，去劈敵椗，說時遲，那時快，敵眾的長矛，已刺入良功腳上，血流如注。良功部下，見主帥受傷，毀椗脫出。蔡牽正思逃走，王得祿又揮眾直上，彈如貫珠，蔡牽仍誓死抵拒，戰至日暮，牽船中彈丸已盡，待別舟相援，又被閩浙二軍隔住，自顧不暇。王得祿料敵勢已蹙，縱火焚牽船尾樓，忽身上中了數顆砲彈，雖覺得疼痛，卻沒有彈丸的猛烈。仔細一瞧，並不是彈丸，那是外洋通用的銀圓。得祿大呼道：「賊船內彈藥已完，打過來統是銀圓，不能傷人。軍士替我盡力向前，擒渠受賞。」軍士一看，果見船板上面，銀圓爆入不少，頓時膽子愈壯，氣力愈大，一面放火，一面用槍矛鉤斷牽船篷桅。牽知無救，遂首尾舉炮，將坐船自裂，連人連船，沉落海中。積年逋寇，逃入龍王宮裡去躲避，餘黨大半乞降。王得祿、邱良功收兵而回，忙用紅旗報捷。詔封王得祿二等子，邱良功二等男，於是閩浙二洋，巨盜皆滅。若敘首功，當推李長庚第一，阮元為次。粵洋尚存幾個艇盜，被粵督百齡嚴斷接濟，飭兵搜剿，弄得個個窮蹙，情願投誠乞命，粵盜亦平。

嘉慶帝內懲教匪，外懲海盜，遂下旨嚴禁西洋人刻書傳教，適粵民陳若望，私代西洋人德天賜，遞送書信地圖，事發被拿，下刑部訊鞫，究出傳教習教多人，遂把德天賜充發熱河，幽禁額魯特營房，陳若望充發伊犁，給額魯特人為奴，傳教習教一干人犯，亦照例充配。過了數年，西洋人蘭月旺，又潛入湖北傳教，被耒陽縣查悉，將他獲住，解入省中，報聞刑部，又照律治罪，處以絞決。教案萌芽。

這時候，英吉利人屢乞通商，亦奉旨批斥，忽廣東沿海的澳門島外，來英艦十三艘，艦長叫做度路利，投書粵督，宣告願協剿海寇，只求通商為報。粵督吳熊光，以海寇漸平，抗詞拒絕，英艦仍逗留未去，反入澳門登岸，分據各炮臺。熊光據事奏聞，有旨責熊光辦理遲延，革職留任。並說：「英艦如再抗延，當出兵剿辦。」熊光通知英將，英將乃起椗回國。五口通商之徵兆。

已而英國復遣使臣墨爾斯，直入京師，與政府直接交涉，願結通商條約，清廷迫他行跪拜禮，他恰不從，當即驅逐回國。英人未識內情，暫時罷手，清廷還道是威震五洲，莫餘敢侮。夜郎自大。嘉慶帝方西幸五臺，北狩木蘭，消遣這千金難買的歲月，到嘉慶十六年，彗星現西北方，欽天監奏言星象主兵，應預先防備，嘉慶帝復問星象應在何時，經欽天監細細查核，應在十八年閏八月中，應將十八年閏八月，移改作十九年閏二月，或可消弭星變。天道遠，人道邇，徒將閏月移改，難道便可弭變麼？嘉慶帝准奏，又詔百官修省，百官為重，君為輕，也是當時創例。這等百官，多是麻木不仁的人物，今朝一慌，明朝沒事，就罷了。

忽忽間已是二年，嘉慶帝也忘了前事。七月下旬，秋狩木蘭，啟鑾而去，不想宮廷裡面，竟鬧出一件大禍祟來。原來南京一帶，有一種亡命之徒，立起一個教會，叫做天理教，亦名八卦教，大略與白蓮教相似，號召黨羽，遍布直隸河南山東山西各省，內中有兩個教首：一個是林清，傳教直隸；一個是李文成，傳教河南。他兩人內外勾結，一心思想謀富貴，做皇帝，聞得欽天監有星象主兵，移改閏月的事情，便議乘間起事，揑造了兩句讖語，說是：「二八中秋，黃花落地。清朝最怕閏八月，天數難逃，移改也是無益。」這幾句話兒，哄動愚民，很是容易。又兼直隸省適遇旱災，流民雜沓，聚嘯成群，林清就勢召集，並費了幾萬銀子，買通內監劉金、高廣福、閻進喜等作為內應，京中發難，比外省尤為厲害，我為嘉慶帝揑一把汗。一面密召李文成作為外援。

文成到京兩次，約定九月十五日起事，就是欽天監原定嘉慶十八年閏八月十五日。但天下事若要不知，除非不為，林、李兩人密乾的謀畫，只道人不知，鬼不覺，誰料到滑縣知縣強克捷，竟探聞這種消息，飛速遣人密集巡撫高杞，衛輝知府郎錦麒，請速發兵掩捕。那高撫臺與郎知府，疑他輕事重報，擱過一邊。克捷急得了不得，申詳兩回，只是不應。克捷暗想：「李文成是本縣人氏，他蓄謀不軌，將來發洩，朝廷總說我不先防備。撫臺府憲，今朝不肯發兵，事到臨頭，也必將我問罪，哪個肯把我的詳文宣布出來？我遲早終是一死，還是先發制人為妙。就使死了，也是為國而死，死了一個我，保全國家百姓不少。」好一個知縣官。主見已定，待到天晚，密傳衙役人眾，齊集縣署聽差。衙役等聞命，當即趕到縣衙，強克捷已經坐堂，見衙役稟到，便吩咐道：「本官要出衙辦事，你等須隨我前去，巡夜的燈籠，拿人的傢伙，統要備齊，不得遲誤！」衙役不敢怠慢，當即取出鐵索腳鐐等件，伺候強克捷上轎出衙。

克捷禁他吆喝，靜悄悄的前行，走東轉西，都由強克捷親自指點。行到一個僻靜地方，見有房屋一所，克捷叫轎伕停住，轎伕遵命停下。克捷出了轎，分一半衙役，守住前後門，衙役莫名其妙，只得照行。有兩三個與李文成素通聲氣，也不敢多嘴。還有一半衙役，由克捷帶領，敲門而入。李文成正在內室，宵夜方畢，聞報縣官親到，也疑是風聲洩漏，不敢出來。克捷直入內室，文成一時不能逃避，反儼然裝出沒事模樣。強克捷原是精細，李文成恰也了得。克捷喝聲拿住，衙役提起鐵鏈，套入文成頸上，拖曳回衙。

克捷即坐堂審問，文成笑道：「老爺要拿人，也須有些證據，我文成並不犯法，如何平空被拿？」克捷拍案道：「你私結教會，謀為不軌，本縣已訪得確確鑿鑿，你還敢抵賴麼？好好實招，免受重刑！」文成道：「叫我招什麼？」克捷道：「你敢膽大妄為，不用刑，想也不肯吐實。」便喝令衙役用刑。衙役應聲，把夾棍碰的擲在地上，拖倒文成，脫去鞋襪，套上夾棍，憑你一收一緊，文成只咬定牙關，連半個字都不說。強克捷道：「不招再收。」文成仍是不招。克捷道：「好一個大盜，你在本縣手中，休想活命！」吩咐衙役收夾加敲，連敲幾下，刮的一聲，把文成腳脛爆斷。文成暈了過去，當由衙役稟知。克捷令將冷水噴醒，釘鐐收禁。

克捷總道他腳脛已斷，急切不能逃走，待慢慢兒的設法訊供，怎奈文成的黨羽，約有數千人，聞得首領被捉，便想出劫獄戕官的法子。於九月初七日，聚眾三千，直入滑城，滑城縣署，只有幾個資優班皂役，並沒有精兵健將，這三千人一擁到署，衙役都逃得精光，只剩強克捷一門家小，無處投奔，被三千人一陣亂剁，血肉模糊，都歸冥府。亂眾已將縣官殺死，忙破了獄，救出李文成。文成道：「直隸的林首領，約我於十五日到京援應，今番鬧了起來，前途必有官兵阻攔，一時不能前進，定然誤了林大哥原約，奈何奈何？」眾黨羽道：「我等聞兄長被捉，趕緊來救，沒有工夫計及後事，如今想來，確是太鹵了。」文成道：「這也難怪兄弟們，可恨這個強克捷誤我大事，我的腳脛又被他敲斷，不能行動，現在只有勞兄弟們分頭幹事，若要入都，恐怕來不及了。林大哥！我負了你呢。」當下眾教徒議分路入犯，一路攻山東，一路攻直隸，留文成守滑養病。

嘉慶帝在木蘭聞警，用六百里加緊諭旨，命直隸總督溫承惠，山東巡撫同興，河南巡撫高杞，迅速合剿；並飭沿河諸將弁，嚴密防堵。這旨一下，眼見得李文成黨羽，不能越過黃河，只山東的曹州定陶金鄉二縣，直隸的東垣長明二縣，從前只散布教徒，先後響應，戕官據城，餘外防守嚴密，不能下手。京內的林清，恰眼巴巴望文成入援，等到九月十四日，尚無音信，不知是什麼緣故？焦急萬分。他的拜盟弟兄曹福昌道：「李首領今日不到，已是誤期，我輩勢孤援絕，不便舉動。好在嘉慶帝將要回來，聞這班混帳王大臣，統要出去迎駕，這時朝內空虛，李首領也可到京，內外夾攻，定可成功。」林清道：「嘉慶回京，應在何日？」曹福昌道：「我已探聽明白，一班王大臣，於十七日出去接駕。」林清道：「二八中秋，已有定約，怎好改期？」曹福昌道：「這是杜撰的謠言，哪裡能夠作準？」林清道：「無論準與不準，我總不能食言，大家果齊心幹去，自然會成功的。」強盜也講信實。他口中雖這般說，心中倒也有些怕懼，先差他黨羽二百人，藏好兵器，於次日混入內城，自己恰在黃村暫住，靜聽成敗。

這二百個教徒，混入城內，便在紫禁城外面的酒店中，飲酒吃飯，專等內應；坐到傍晚，見有兩人進來，與眾人打了一個暗號，眾人一瞧，乃是太監劉金高廣福，不覺喜形於色，就起身跟了出去，到店外分頭行走。一百人跟了劉金，攻東華門，一百人跟了高廣福，攻西華門，大家統是白布包頭，鼓譟而入。東華門的護軍侍衛，見有匪徒入內，忙即格拒，把匪徒驅出門外，關好了門。西華門不及防禦，竟被教徒衝進。反關拒絕軍禁，一路趨入，曲折盤旋，不辨東西南北，巧值閻進喜出來接應，叫他認定西邊，殺入大內，並用手指定方向，引了幾步。進喜本是賊膽心虛，匆匆自去。這班教徒向西急進，滿望立入宮中，殺個爽快，奪個淨盡，奈途中多是層樓傑閣，擋住去路，免不得左右旋繞，兩轉三轉，又迷住去路。遙見前面有一所房屋，高大得很，疑是大內，遂一齊撲上，斬關進去，裡面沒有什麼人物，只有書架幾百箱，教徒忙即退出，用火把向門上一望，匾額乃是文穎館，復從右首攻進，仍然寂靜無聲，也是列箱數百具，一律鎖好，用刀劈開，箱中統是衣服。又轉身出來，再看門上的匾額，乃是尚衣監，寫出昏瞶形狀，真是絕妙好辭。不由得焦躁起來，索性分頭亂闖。有幾個闖到隆宗門，門已關得緊閉，有幾個闖到養心門，門亦關好。內中有一頭目道：「這般亂撞，何時得入大內？看我爬牆進去，你等隨後進來，這牆內定是皇宮呢。」言畢，即手執一面大白旗，猱升而上，正要爬上牆頭，牆內爆出彈丸，正中這人咽喉，哎的一聲，墜落牆下去了。正是：

順天者存，逆天者亡；
天不亡清，寧令猖狂？

畢竟牆內的彈丸是何人放的？待小子下回表明。

海寇剿平，未幾即有天理教之變，內亂相尋，清其衰矣。要之皆內外酣嬉，用人未慎之故。閩有玉德、阿林保，於是蔡牽、朱濆，擾攘海上數年，良將如李長庚，被迫而死。迨疆吏得人，內廷易相，王邱二提督，即以蕩平海寇聞。迨教徒隱伏直豫，溫承惠、高杞等，又皆漫無覺察，屍位素餐；強克捷既已密詳，高杞尚不之應，微克捷之首拘李文成，則屆期發難，內外勾通，清宮尚有幸乎？然克捷被戕，高杞蒙賞，死者有知，寧能瞑目？以視李長庚事，不平尤甚。且煌煌宮禁，一任奄豎之受賄通匪，直至斬關而進，尚未識叛黨之由來，吾不識滿廷大吏，所司何事？嘉慶帝西巡北幸，方自鳴得意，而抑知變患生於肘腋，干戈伏於蕭牆，一經爆發，幾至傾家亡國，其禍固若是其酷也。展卷讀之，令人感慨不置。

聞警迴鑾下詔罪己　護喪嗣統邊報驚心

卻說教徒中彈墜下，放彈的人，是皇次子綿寧。皇次子時在上書房，忽聞外面喊聲緊急，忙問何事，內侍也未識請由，出外探視，方知有匪徒攻入禁城，三腳兩步地回報。皇次子道：「這還了得！快取撒袋鳥銃腰刀來！」內侍忙取出呈上。皇次子佩了撒袋，掛了腰刀，手執鳥銃，帶了內侍到養心門。貝勒綿志，亦隨著後面，皇次子命內侍布好梯子，聯步上梯，把頭向外一瞧，正值匪徒爬牆上來，皇次子將彈藥裝入銃內，隨手一捺，彈藥爆出，把這執旗爬牆的人，打落地上，眼見得不能活了。一個墜下，又有兩個想爬上來，皇次子再發一銃，打死一個，貝勒綿志，也開了一銃，打死一個，餘眾方不敢爬牆，只在牆外亂噪。打死一兩個人，便見辟易，這等教徒，實是沒用。齊聲道：「快放火！快放火！」大家走到隆宗門前，放起火來。皇次子頗覺著急，忽見電光一閃，雷聲隆隆，大雨隨聲而下，把火一齊撲滅。有幾個匪徒，想轉身逃去，天色昏黑，不辨高低，失足跌入御河。當時內傳來報，說是天雷擊死，皇次子方才放心。

此時留守王大臣，已帶兵入衛，一陣搜剿，擒住六七十名，當場訊問，供稱由內監劉金、高廣福、閻進喜等引入。隨命兵士將三人拿到，起初供詞狡展，經教徒對質，無可報賴，始供稱該死。

皇次子一面飛報行在，一面入宮請安，宮中自后妃以下，都已嚇得發抖，及聞賊已淨盡，始改涕為歡。嘉慶帝接到皇次子稟報，立封皇次子為智親王，每年加給俸銀一萬二千兩，綿志加封郡王銜，每年加給俸銀一千兩，並下罪己詔道：

朕以涼德，仰承皇考付託，兢兢業業，十有八年，不敢暇豫。即位之初，白蓮教煽亂四省，黎民遭劫，慘不忍言，命將出師，八年始定。方期與我赤子，永樂昇平。忽於九月初六日，河南滑縣，又起天理教匪，由直隸長垣，至山東曹縣，亟命總督溫承惠率兵剿辦，然此事究在千里之外；猝於九月十五日，變生肘腋，禍起蕭牆，天理教匪七十餘眾，犯禁門，入大內，有執旗上牆三賊，欲入養心門，朕之皇次子親執鳥槍，連斃二賊，貝勒綿志，續擊一賊，始行退下，大內平定，實皇次子之力也。隆宗門外諸王大臣，督率鳥槍兵，竭二日一夜之力，剿捕搜拿淨盡矣。我大清國一百七十年以來，定鼎燕京，列祖列宗，深仁厚澤，愛民如子，聖德仁心，奚能縷述？朕雖未能仰紹愛民之實政，亦無害民之虐事，突遭此變，實不可解。總緣德涼愆積，唯自責耳。然變起一時，禍積有日，當今大弊，在『因循怠玩』四字，實中外之所同，朕雖再三告誡，奈諸臣未能領會，悠忽為政，以致釀成漢唐宋明未有之事。較之明季梃擊一案，何啻倍蓰？言念及此，不忍再言。予唯返躬修省，改過正心，上答天慈，下釋民怨。諸臣若願為大清國之忠良，則當赤心為國，竭力盡心，匡朕之咎，移民之俗；若自甘卑鄙，則當掛冠致仕，了此殘生，切勿尸祿保位，益增朕罪。筆隨淚灑，通諭知之。

這次禁城平亂，除皇次子及貝勒綿志外，要算儀親王永璇、成親王永瑆，最為出力。兩親王都是嘉慶帝的阿哥，嘉慶帝對待兄弟，頗稱和睦，不像那先祖的薄情，所以平日儀成兩邸，很有點勢力。此次留守禁城，督剿教匪，又蒙嘉獎，將所有未經開復的處分，一概豁免。革步軍統領吉綸，及左翼總兵玉麟職，命尚書託津英和回京，查辦餘逆，飭陝西總督那彥成為欽差大臣，督兵飛剿河南，然後從白澗迴鑾。

託津英和到了黃村，聞教首林清，已經擒住，趕即進京。自九月十五日起，至十九日，雷電不絕，風霾交作，鎮日裡塵霧蔽天，晝夜差不多的光景，因此京城裡面，人心恐慌，謠言四起，虧得託津英和等，已經到京，方曉得鑾輿無恙，到嘉慶帝回宮，遂漸漸鎮定。二十三日，嘉慶帝親御瀛臺，訊明教首林清，及通匪諸太監，證供屬實，均令凌遲處死，傳首畿內。

是時李文成脛疾未癒，不能遠出，眾教徒又為官兵所阻，只聚集道口鎮，欽差大臣那彥成，偕提督楊遇春，率兵至衛輝府。遇春向來英勇，即日帶親兵數十名，由運河西進，直至道口，遇著教徒一隊，約有數千人，當即大呼突擊，策馬先驅。教徒見他黑旗遠颺，知是楊家軍，先已驚慌得很，紛紛渡河遁回。遇春追過了河，擒斬教徒二百多名，方擬回營；檢點親兵，尚少二人，復衝入敵隊，奪還二屍，始暫歸北岸，待那彥成到來，一齊進兵。

不想等了兩日，那欽差竟不見到，原來那彥成到了衛輝，本想即日進兵，因接高撫臺來文，內說教徒勢大，未免也有些膽怯。高杞自己膽怯，還要去嚇別人。擬俟調山西、甘肅、吉林索倫兵來助，然後進戰。遇春是個參贊，拗不過大帥，只得日日等著，虧得嘉慶帝聞知消息，嚴促那彥成進兵，方不敢違慢，馳至軍營。

楊遇春進攻道口鎮，教徒出營探望，瞧見楊家軍又至，齊聲叫道：「不好了！不好了！髯將軍又來了！」遇春年已將老，頦下多髯，因此教徒稱他作髯將軍。髯將軍一到，教徒棄營而遁，一邊逃，一邊追，那欽差又渡河策應，克復桃源進圍滑城。

忽探馬來報，尚書託津，已平定直隸教匪，所帶的索倫兵已奉旨來助剿滑城了。接連又有人報導：「山東的教匪也被鹽運使劉清剿殺淨盡。」那彥成向楊遇春道：「直隸、山東統歸平靖，只河南未平，滑縣又是古滑州舊治，城堅土厚，一時不能攻下，奈何？」遇春道：「劉清文吏，尚建奇功，參贊受國厚恩，誓破此城，擒這賊首。」那彥成道：「劉清向稱劉青天，不特能文，兼且能武，真不愧本朝名臣。老兄亦是本朝人傑，成功應在目前，不必著急。」這且頗得激將之法。

正談論間，索倫兵已到，由那彥成召入，命隨楊遇春攻城。遇春督兵開炮，彈丸迭發，打破城牆外面，中間恰是不動，反把彈丸顆顆裹住；經遇春仔細檢視，方知牆土裹沙，炮遇土則入，遇沙則止，所以不能洞穿。遇春連攻數日，總不能破，又用了掘隧灌水的計策，亦被守兵察覺，統歸無效。是時楊芳仍任總兵，也在營中，便獻計道：「這城堅固難下，若要攻入，必須多費時日，愚意不如三面圍攻，留出北門，待他出走，掩殺過去，方可得手。」遇春依計，便將北門留出不攻。果然這日黃昏，桃源賊首劉國明，從北門潛入，護李文成出城，將西走太行山，為流寇計。楊芳連忙追擊，文成走入輝縣山，據住司寨，經楊芳奮勇殺入，正在亂剁亂斫的時候，猛見裡面火光衝起，直透雲霄，教徒統已四散。由楊芳馳入寨中，撲滅了火，撥出文成屍首，已是烏焦巴弓，當下收兵回到滑城。滑城尚未攻入，楊芳佯向北門築柵，似乎要四面兜圍，守兵專力攻禦，他卻到西南角上，暗掘舊隧，裝滿火藥，等到夜半，令官兵退下三里，甲騎以待，自率親卒燃著藥線，引入道地，藥性暴發，宛似天崩地陷，把城牆轟坍二十多丈，磚石上騰，屍骸飛擲，官兵爭先奪城，蟻附而入。守城首領牛亮臣、徐安國等，巷戰許久，都就擒獲，檻獻京師磔死，滑縣平定，天理教徒，悉數殄滅，那彥成得晉封三等子，授太子太保，楊遇春三等男，楊芳、劉清等，賞賚有差。強克捷首發逆謀，為賊所害，賜謚忠烈，世襲輕車都尉，飭於滑縣及原籍韓城，建立專祠。

那彥成擬請入覲，朝旨命移剿陝西三才峽賊。三才峽賊，多是木商伕役，歲饑停工掠食，地方官下令捕緝，他即推了萬二為首領，糾眾抗命。巡撫朱勛，張皇入告，託詞教匪作亂，因此朝命那彥成迅速赴剿。及那彥成到陝，這個萬二的小丑，已由總兵祝廷彪、吳廷剛兩人破滅掉了。此後各地亂民，亦時思蠢動：江西百姓胡秉輝，買得殘書一本，內有陣圖及俚語，假稱天書，擁朱毛俚為首領，居然設立國號，叫做後明，適阮元調任贛撫，率兵密捕，把朱毛俚、胡秉輝等，一齊捉住，首犯凌遲，從犯斬決。安徽百姓方榮升，偽造匿名揭帖，上印九龍木戳，散布大江南北，江督百齡，多方偵探，竟得首從主名，拿到百數十人，先後正法。雲南邊外夷民高羅衣，聚眾萬人，劫掠江外土司，自稱窩泥王，被滇督百齡擊破，羅衣走死；從子高老五，又襲稱王號。渡江攻臨安府，又由百齡派兵擒獲，立即正法。雖是癬疥之疾，總非承平之兆。

到嘉慶二十五年，嘉慶帝閒著無事，循例秋狩木蘭，親王貝勒，免不得出去扈駕。不意嘉慶帝到木蘭後，駐蹕避暑山莊，竟生了一種頭痛發熱的病症。起初總道偶冒暑氣，不足為患，仍然照常治事，嗣後日日加重，竟爾大漸。召御前大臣賽沖阿，索特那木多布齊，軍機大臣託津、戴均元、盧蔭溥、文孚，內務府大臣禧恩和世泰，恭擬遺詔。嘉慶帝迴光返照，心中尚是清楚，傳示諸大臣，說於嘉慶四年，已遵守家法，密立次子綿寧為皇太子，現在隨蹕至此，著即傳位於皇太子綿寧，即皇帝位。未幾駕崩，皇次子智親王，稽顙大慟，擗踴無算，當命御前侍衛吉倫，馳驛回哀，請母后安，尊母后鈕鈷祿氏為皇太后，封弟惇郡王綿愷為惇親王，綿愉為惠郡王，綿忻已封瑞親王，無從加封，仍從舊稱。皇太后懿旨，傳諭留京王大臣馳寄皇次子，即正大位，皇次子因梓宮未回，命即起程，奉梓宮回京，方行即位禮。八月中旬，梓宮至京師，奉安乾清宮，皇次子始即帝位於太和殿，頒詔天下，以明年為道光元年，是為宣宗，尊謚大行皇帝為仁宗睿皇帝，卜葬昌陵。

道光帝即位數日，想起自己的名字，上一字與兄弟相同，若要避諱，未免不便，遂改「綿」為「旻」，叫做「旻寧」。「旻寧」二字，飭臣民不得妄寫，「綿」字不諱。專從小節上著想，道光帝行誼可知。他又唸著乾隆、嘉慶兩朝，東征西討，南巡北幸，把庫款用盡，只好特別儉省，把宮中需用的銀兩，省而又省，自己服食一切，也比從前的皇帝減下若干；后妃以下，統教屏去繁華，概從樸實；宮娥彩女，又放了許多出宮。且命親王貝勒等，務從節儉，不得廣納姬妾，任意揮霍。用意頗善，可惜不知大體。朝上一班王大臣，揣摩迎合，上朝的時候，特別裝出節儉的樣子，朝冠朝服，多半敝舊，道光帝瞧著，頗也喜歡，誰知他退朝回府，仍舊是錦衣美食，居移氣，養移體呢？

還有一個豫親王裕興，酗酒漁色，竟鬧出一樁風化案來。豫邸中有一使女，名叫寅格，年方二八，楚楚動人，裕興看上了她，時常向她調戲，她卻懷著玉潔冰清的烈志，始終不肯順從。落花有意，流水無情，惹得裕興懊惱，情急計生，趁著大行皇帝幾筵前行大祭禮，親王貝勒及福晉命婦，統去磕頭，他也不能不去按班排列；輪著了他，匆匆忙忙的行過了禮，趕即乘車先回。別人還道他染著急病，誰知他的病症，不是什麼受寒冒暑，乃是一種單思病。到了邸中，不叫別人，只叫那心上人兒寅格。寅格不知何故，忙即趨入，裕興哄她跟入內室，將門關住。寅格方慌張起來，裕興道：「你也不必慌張，今日不由你不從。」隨手去扯寅格，急得寅格臉色通紅，只說「王爺動不得」五字。裕興見她紅生兩頰，愈覺可愛，色膽如天，還管什麼主僕名義，竟將她推倒炕上，不由分說，亂褫下衣。寅格極力撐拒，怎奈窈窕女兒，不敵裕興的蠻力，霎時間，被裕興剝得一絲不掛，恣意輕薄，約過了一個時辰，方才歇手。既要磕老頭，又要磕小頭，裕興此日也忙極了。寅格負著氣，忍著痛，開門走出，回入自己房中，越想越羞，越羞越恨，哭了一會，聞得外面一片喧聲，料是福晉等歸來，急忙解帶懸梁，自縊而死。身雖被汙，心實無愧。這時福晉等不見寅格，正飭婢嫗使喚，一呼不應，兩呼三呼又不應，撬開房門，向內一瞧，嚇得亂跑，頓時滿屋鼎沸，通報裕興，別人都甚驚異，獨裕興視作平常。經眾人留心探視，才曉得強姦情由，一傳十，十傳百，被宗人府得知，據實參奏。道光帝大怒，欲將裕興賜死，還是惇瑞兩親王替他挽回，從輕發落，革裕興王爵，交宗人府圈禁三年，期滿釋放。強姦逼死，照清朝律例，應置大辟，裕興從輕發落，總未免顧全面子，只難為了寅格。

道光帝餘怒未消，回疆又來警報。據說回酋張格爾，糾眾滋事，屢寇邊界，道光帝即召集王大臣問道：「回疆已安靜多年，為什麼又會作亂？莫非參贊大臣斌靜，昏庸失德，不能安治回民麼？」王大臣道：「聖上明見，洞燭萬里，大約總是斌靜不好，惹出這個張格爾來。現在且令伊犁將軍就近查勘，再定剿撫事宜。」道光帝准奏，即令伊犁將軍慶祥，往勘回疆。

慶祥奉旨，即日出發，一到回疆，回民爭來控訴，不是貪虐，就是姦淫，又是一個闖禍的祖宗。當即據實奏聞。原來回疆自大小和卓木死後，各城統設辦事領隊大臣，獨喀什噶爾，設一參贊大臣，統轄各城官吏。參贊大臣的上司，就是伊犁將軍，每年徵收貢賦，十分中取他一分，比前時準部的苛求、兩和卓的騷擾，寬得許多。清廷又嘗慎選邊吏，或是由滿員保舉，或是由大吏左遷，撫馭得法，回民賴以休息，視朝使如天人。到嘉慶晚年，保舉不行，派往回疆各官，多用內廷侍衛，及口外駐防，這班人員，偏把回疆作了利藪，與所屬司員章京，任情剝削，一切服食日用，統向回城伯克徵索（伯克係回城土官的名目），他與清吏狼狽為奸，藉著供官的話柄，斂派回戶，需索百端，回疆通用赤銅普爾錢，錢形橢圓，中無孔，每一枚當內地制錢五文。喀什噶爾每年徵收普爾錢八九千緡，葉爾羌徵收萬餘緡，和闐徵收四五千緡，還有各種土產，如氈裘金玉緞布等類，統要隨時奉獻，只嫌少，不嫌多。伯克得四成，章京得四成，辦事大臣得二成，大家作福作威，肆行無忌；甚且選有姿色的回女，入置署中，要陪酒，就陪酒，要侍寢，就侍寢。這位參贊大臣斌靜，樂得同他混做一淘，司員章京及各城伯克，又向參贊大臣處竭力討好，採了上等的子女玉帛，供奉進去。回女本沒甚廉恥，見了參贊大臣，彷彿如天上神仙，斌靜又是個色中餓鬼，多多益善，竟至白晝宣淫，裸體相逐。只是回女的父兄丈夫，既受了層層克剝，還要把家中女眷由他糟塌，正是痛上加痛，氣上加氣。適值大和卓木孫子張格爾，隨父薩木克，遁居浩罕國邊境，通經祈福，傳食部落，聞知參贊斌靜荒淫失眾，遂思報復祖仇，聲言替回民雪憤，糾眾寇邊。頭目蘇蘭奇忙來通報，章京綏善，反說他無風生浪，叱逐出去。蘇蘭奇大憤，出寨從賊，反做了張格爾的嚮導。當時領隊大臣色普徵額，領兵防禦，打了一回勝仗，將張格爾驅逐出境，擒了百餘人，回入喀城，與斌靜同賞中秋節。斌靜先將擒住各人，一概斬首，然後肆筵設席，坐花賞月。司員把盞，回婦侑歌，正高興得了不得。詎料慶將軍暗查密訪，把他平日所做的事情，和盤托出，奉旨將斌靜革職逮問，派永芹代任，正是：

昨日酣歌方得意，今朝鐵鏈竟加頭。

嗣後永芹接任，能安撫回民與否，且看下回分解。

木蘭秋狩，本清代祖制，所以示農隙講武之意。但觀兵第為末務，耀德乃是本原，仁宗連番北狩，一變而亂興宮禁，再變而駕返鼎湖，可見講武之舉，不足為訓。及宣宗嗣位，力自撙節，清帝中之以儉德聞者，莫宣宗若。然亦徒齊其末，未揣其本，省衣減膳之為，治家有餘，治國不足。內如裕興，外如斌靜，荒淫失德，寧知體黼座深衷，隨時返省乎？讀此回，可以知人君務末之非計。

愚慶祥敗死回疆　智楊芳誘擒首逆

卻說永芹到了回疆，也是沒有擺布，雖不比斌靜荒淫，無如庸庸碌碌，總不能立平匪亂。張格爾卻外集黨羽，內通回戶，屢次騷掠近邊，清兵出塞，他即遠遁；又或詭詞乞降，變端百出，弄得永芹束手無策，因循遷延，直達三年。道光五年夏季，邊報張格爾大舉入寇，領隊大臣巴彥圖，自恃勇力，率兵二百人，出塞掩捕，走了四百里，並沒有張格爾蹤跡，他竟勃然大憤，行到布魯特地方，見有回眾游牧，率妻挈子，約有二三百人，遂縱兵殺將過去。回眾嚇得四散，只有青年婦女、黃口兒童，一時不能急走，被他見一個，殺一個，可憐這班無罪無辜的婦孺，都做了身首異處的屍骸。巴彥圖憤已少洩，當下回軍，逾山越嶺而還，無復行列。誰知逃走的回民，因婦子被殺，哭訴回酋汰列克，汰列克大怒，領部眾二千名前來追襲，把巴彥圖圍住，十個殺一個，霎時間把清兵掃光，隨即與張格爾聯合進兵，勢甚猖獗。永芹無可隱諱，慌忙拜本乞援。道光帝召還永芹，令伊犁將軍慶祥往代。又命大學士長齡往代慶祥。

慶祥到喀什噶爾，召集司員章京及各城伯克會議。伯克中有個阿布都拉，自稱詳悉回務，慶祥便把張格爾情形詳細問他。他卻說張格爾乃是假名，冒充和卓木後裔，前時乃是阿奇木王努斯謊報，遂至哄動一時，為叢毆爵。參贊大人現到此處，不必勞動兵戈，只教宣告張格爾不是回裔，那時回眾自不去從他，亂事便可消滅了。」慶祥信以為真，一面出示曉諭回民，一面奏劾阿奇木王努斯謊報的罪狀。純是囈語。張格爾得了此信，也恐眾心離散，帶了五百多人，突入回城，拜奠他先祖和卓木墳墓。回徒叫和卓墳為瑪雜，非常敬信。瑪雜在喀城外，距喀城約八十多里，乾隆時，大小和卓木被誅，所有喀城外舊存和卓等墓，仍奉旨令回戶看守，毋得樵採汙穢。下此諭時，實是為了香妃。張格爾欲借祭祖為名，固結眾心，因有這番舉動，協辦大臣舒爾哈善、領隊大臣烏凌阿，忙入報慶祥。慶祥急召阿布都拉，阿布都拉已不知去向，頓時倉皇失措，還是舒烏兩人稟道：「張格爾深入喀境，非發兵驅逐不可。」慶祥點頭，命二人帶兵千餘名，去攻張格爾。朝發夕至，仗著銳氣，擊殺回眾四百人，張格爾退入大瑪雜內，倚著三重牆垣，誓死固守；復遣人出布謠言，說清軍要剷除聖墓，屠盡回族子孫。回民聞言大恐，遂聚集數千人，去救張格爾。舒烏兩大臣，正圍攻瑪雜，忽見回眾如潮湧至，急分兵抵禦，不防張格爾也乘勢殺出，內外夾攻，把清兵殺得七零八落。舒大臣陣亡，烏大臣踉蹌奔回，入見慶祥。慶祥急調各營卡兵，盡集喀什噶爾，保守喀城。

張格爾倒還不敢進逼，飭人往浩罕國乞援。浩罕王摩訶末阿利，新即位，知人善任，威服附近哈薩克諸部，當時有百回兵不如一安集延的傳聞（安集延就是浩罕東城）。張格爾聯約浩罕，俟得回疆西四城後，子女玉帛，情願公分，還許割讓喀城，作為酬勞。浩罕王大喜，即允發兵，令去使先回。張格爾知有後援，遂率軍大進，前哨到了渾河，探得喀域外面，只有三座清營，報知張格爾，張格爾道：「這麼說來，天山北路的清軍，尚未南下，我等趕緊前進方好。」遂下令渡河。

忽報浩罕王率兵親到，不由得驚疑道：「浩罕兵來得這般迅速，真出意外，我初意總道清兵大集，所以通使浩罕，乞師相助，現在喀城守兵甚少，旦夕可下，還要浩罕兵何用？」就想抵賴。隨遣使赴浩罕軍前，叫他不必前進。浩罕王憤怒，竟率軍渡河，圍攻喀城。張格爾卻止住不行，暗中密布兵隊，阻截浩罕王歸路。太覺陰險。浩罕王攻城數日，急切難下，又探知張格爾不懷好意，恐腹背受敵，乘夜遁回。才渡過渾河對岸，樹林中殺出一班回眾，大叫浩罕王休走，吃我一刀。浩罕王不瞧猶可，瞧了一瞧，正是張格爾，氣得無名火高起三丈，麾兵接戰，黑夜裡不辨回眾多少，越殺越多，只覺得四面八方，統是回子旗幟，憑爾安集延兵馬精銳，到此也心慌膽怯，敗陣而逃。浩罕王奪路走脫，還有安集延兵二三千名，被張格爾圍住，無可投奔，沒奈何繳械乞降。

張格爾收為親兵，進攻喀城，此時喀城外面的清營，抵禦安集延兵，已是數日，累得人疲馬倦，藥盡刀殘，哪裡禁得起張格爾這支生力軍又復殺到，領隊大臣烏凌阿、穆克登布，統同戰歿。慶祥坐守孤城，左思右想，無能為計，只認定了一個死字，投繯自盡。還算忠臣。喀城無主，即被張格爾攻破，張格爾又分據英吉沙、爾葉爾羌、和闐三城。回疆西四城俱陷。

清廷連接警信，遣兵調將，忙個不了。聖旨下來，命署陝甘總督楊遇春為欽差大臣，統陝甘兵五千，馳赴回疆，會諸軍進剿。署陝西巡撫盧坤，赴肅州理餉。這旨方下，又接到伊犁將軍長齡急奏，內稱：「逆酋已踞巢穴，全局蠢動，喀城距阿克蘇二千里，四面回村，中多戈壁，斷非伊犁烏魯木齊六千援兵，所能克復，懇請速發大兵四萬，以一萬五千分護糧臺，以二萬五千進戰」等語。道光帝覽奏畢，即硃批授長齡為揚威將軍，頒給印信，軍營大小官員，悉聽節制，伊犁將軍職務，暫由德英阿代理。又命山東巡撫武隆阿，率吉林黑龍江三千騎，出嘉峪關，與陝甘總督楊遇春，同為參贊大臣，進剿逆回。

統計回疆分八城，西四城已俱失陷，還有東四城未失，一名喀喇沙爾、一名庫車、一名烏什、一名阿克蘇。阿克蘇為東方屏蔽，張格爾遣兵入犯，直至渾巴什河，距阿克蘇只四十里，城中兵不盈千，人心惶惶，虧得辦事大臣長清，遣參將王鴻儀，領兵六百，扼住河岸，再戰再勝，回眾始卻。會援兵亦雲集阿克蘇，東四城方得保全。

道光帝又飭長齡查辦歷任回疆各吏，長齡復奏斌靜、色普、徵額、巴彥圖、綏善各人情狀，有旨拘斌靜、色普、徵額下獄，擬斬監候，綏善充發黑龍江，巴彥圖濫殺僨事，不得因陣亡例，列入卹典。又詔令辦理糧餉大臣，定則例，繪圖說，考核開銷，不准妄費。並開回疆銅山，鑄普爾錢，撥烏里雅蘇臺及伊犁各牧廠中牛馬橐駝，接濟軍用。自是回疆軍務，漸有起色。

道光七年，揚威將軍長齡，率步騎二萬二千名，由阿克蘇出發，一路進行，未見敵蹤。至洋阿巴特沙漠，時已半月，糧且食盡，方惶急間，忽探報五六里外，有敵營數座。長齡下令道：「我兵自阿克蘇到此，糧食將盡，現聞敵營已在前面，不乘此殺賊囤糧，尚待何時！」將士得了此令，個個摩拳擦掌，踴躍願往。長齡分軍士為三隊，自與楊遇春督率中軍，武隆阿領左翼，楊芳領右翼，三路進攻。回眾據岡迎敵，由高臨下，聲勢頗銳。清兵奪糧心急，不顧矢石，拚命殺上，回眾不能抵抗，紛紛潰竄，遺下牲畜糗糧，盡被清兵搬回。清兵得食，勇氣百倍，追至沙布都特，地多葦湖，回徒四處分紮，決水成沮，阻住清兵去路。長齡命步卒冒險越渠，用短兵接戰，復麾騎兵繞左右淺渠，橫截入陣。回營見清兵驟至，忙開銃迎擊，不料貯藥失火，把自己營帳燃著，那時救火都來不及，還有何心接仗。清兵趁勢殺入，射死回徒頭目，奪了回徒旗鼓，回眾又復四竄，追北數十里，擒馘萬計。

清兵復進至阿瓦巴特，見有偵騎數百，遇清兵，慌忙反走，長齡恐有埋伏，飭兵止追，夜遣吉林勁騎，從左右間道繞出敵後，次日方拔營齊進，用槍砲兵為前列，藤牌兵為後勁，沿途果遇埋伏，兩下酣鬥，槍炮迭施，回眾也冒死撐拒。藤牌兵自清陣內驅出，個個穿著虎衣，躍入敵陣，回眾尚是死戰，怎奈回馬疑虎至，向後倒退，頓時轍亂旗靡。吉林勁騎，又從後面殺到，回眾大潰。安集延二帥，亦被清兵殺死。

清兵再進至渾河北岸，張格爾親率眾十餘萬，阻河列陣，橫亙二十餘里，築壘為蔽，鑿穴列銃，鼓角震天。長齡望見敵勢浩大，未免心怯，上文逐層敘來，長齡頗有韜略，此次見敵勢浩大，便自心怯，所謂一鼓作氣，再衰三竭者歟？忙與楊遇春商議，遇春道：「賊勢果然浩大，但我兵且堅壘不動，夜遣死士分擾敵營，不要殺入，只叫他擾亂賊心，使他自眩，便好相機進攻。」長齡依計而行，遂遣死士數百人，乘筏夜渡，鼓譟河中。張格爾屢出巡哨，喧囂達旦。次夜，長齡擬仍用疑兵，忽西南風起，撼木揚沙，天昏如墨，不辨南北，長齡急令退營。楊遇春入帳道：「大帥退營何故？」長齡道：「賊據形勢，逼近咫尺，且彼眾我寡，恐不相敵，倘因天昏地黑，渡河而來，四面蹙我，豈不要全軍覆沒麼？所以我擬退營十餘里，俟明晨天霽，再進未遲。」總不脫一怯字。遇春道：「大帥所慮雖是，據愚見想來，乃是天助我兵的時候，要擒張格爾，就在今夜。」有膽有識。長齡不覺起立，便道：「參贊有何妙計？」遇春道：「賊軍雖眾，只知並作一隊，依壘自固，兵略疏淺，可想而知。我兵遠來，利在速戰，若與他隔河相持，今日不戰，明朝不攻，師老糧竭，那時不能進，不能退，反中了深溝高壘的賊計。現在天適昏暗，賊不防我急渡，我竟渡河過去，出其不意，攻其無備，不怕張格爾不敗。看楊某仗劍為大帥殺賊哩！」長齡道：「參贊此言，也是有識，但我軍渡河，倘被他半渡邀擊，如何是好？」遇春道：「這也不難，大帥可遣索倫兵千騎，繞趨下游，牽制賊勢，遇春願自率親兵，向上游急渡，據住上風，兩路得手，大帥自可從容過河了。」長齡尚在躊躇，遇春道：「寇不可翫，時不可失，請大帥急速准行！」於是長齡把退營的軍令，改作進兵的軍令，照遇春計劃，先從上下游潛渡，乘風破浪，直達彼岸。遇春令前隊扛著巨炮，直薄敵營。張格爾尚在夢裡，被炮聲震醒，忙起床督戰，這時候，炮聲與風沙聲相雜，宛似數十萬大兵，摧壓壘門，弄得人人喪膽，個個驚心。到了天明，索倫兵從下游趨至，長齡亦親督大兵，逾河前來，風止霧霽，乘勢衝入敵壘，張格爾率眾竄去。回俗統著高履，履後無跟，行走時許多不便，且各裹糗糧，負載累重，至此為逃命要緊，拋了重負，棄去高履，遍地統是橐舄。清軍遂進薄喀什噶爾城下，一鼓登城，擒住張格爾甥姪，及安集延兩偽帥，並從逆伯克等，殺敵無算，活擒回徒四千多名。

長齡即將克復喀城情形，由六百里加緊馳奏，滿望朝廷論功行賞，不想朝旨批迴，略說：「命將出師，期殲元惡，今乃臨巢兔脫，棄前功，留後患，罪無可辭，長齡奪紫韁，楊遇春奪去太子太保銜，武隆阿奪去太子少保銜，仍著勒限捕獲！」這諭旨也出人意外。長齡未免怏怏，楊遇春倒不在意，仍率師攻克英吉沙爾及葉爾羌，又使楊芳復和闐。西四城都已規復，乃出塞覓捕張格爾。二楊各率兵四千，分道西進，遇春屯色勒庫，芳屯阿賴，南北相去十餘站。阿賴係蔥嶺山脊，乃回疆通浩罕要道，浩罕留兵駐守，聞清兵驟至，據險阻截，楊芳當先突陣，浩罕兵且戰且退，才行一二里，嶺路越險，伏兵遽發，鏖戰一晝夜，清兵損失甚眾，還虧楊芳素有節制，步步為營，嚴陣出險，方得生還。長齡復據事陳奏，有旨責「諸將孤軍深入，勞師糜餉，不如罷兵。姑留官兵八千防喀城，餘兵九千，即隨楊遇春出關，楊芳代為參贊，與長齡、武隆阿籌畫善後事宜，明白奏聞！」這旨下後，遇春自然遵旨東還，長齡與兩參贊籌議一番，武隆阿議將西四城仍歸回徒，長齡意見亦同，楊芳因新任參贊，不便力爭，由長齡、武隆阿分上奏摺，驛呈清廷。道光帝見有二奏本，先展開長齡的奏摺，把官銜等不去細瞧，單瞧那善後的籌畫道：

愚回崇信和卓，猶西番崇信達賴喇嘛，已成不可移之錮習，即使張逆就擒，尚有其兄弟之子在浩罕，終留後患，勢難以八千留防之兵，制百萬犬羊之眾。若分封伯克，令其自守，則如伊薩克玉素普等，助順官兵，均非白回所心服之人，唯有赦故回酋那布敦之子阿布都里，乾隆中羈在京師者，令歸總轄西四城，庶可以服內夷，制外患。

道光帝覽到此處，大怒道：「長齡想是老昏顛倒了。高宗純皇帝，費了無數心力，方將逆酋那布敦除滅，逆裔阿布都里因解進京，給功臣家為奴，朕即位時，照例恩赦，畀脫奴籍。此番因張逆作亂，照親屬緣坐例，正應將他治罪，長齡反要朕釋歸阿布都里，不是老昏顛倒，哪裡有這種謬論？但不知武隆阿什麼計法，想總說長齡的不是呢。」隨即將武隆阿奏摺，續行展開，大略瞧道：

善後之策，留兵少則不敷戰守，留兵多則難繼度支。前次大兵進剿，賊即有外襲烏什，內由和闐直驅阿克蘇之謀，幸克捷迅速，奸謀始息。臣以為西四城各塞，環逼外夷，處處受敵，地不足守，人不足臣，非如東四城為中路必不可少之保障，與其糜有用兵餉於無用之地，不若歸併東四城，不須西四城兵費之半，即鞏若金甌，似無需更守西四城濕扈。

道光帝不待覽畢，將兩奏摺統行擲下，隨召軍機大臣入內道：「長齡昏謬，欲歸逆裔阿布都里，使長舊部，武隆阿趨奉長齡，亦是這樣說話。你去擬旨，將他二人革職，暫時留任，另授直隸總督那彥成為欽差大臣，速赴回疆，代籌善後，方不誤事。」軍機大臣，當即照面諭擬定，由道光帝閱過，始行頒發。道光帝又道：「阿布都里須發往邊省監禁，你可諮文刑部，立即發配。」軍機大臣唯唯而退。

長齡接到革職消息，大吃一驚，不由得坐立不安，忙請楊參贊商議，楊參贊想了一回，說出了一個反間的計策，長齡方喜形於色。忽憂忽喜，患得患失。看官！你道楊參贊的反間計，從何處入手？原來回徒向分兩派，一派叫做白山黨，一派叫做黑山黨。張格爾是白山黨首領，據喀城時，嘗濫用威權，虐殺黑山黨，黑山黨大憤，多陰通清營，長齡奏摺中所說的伊薩克玉素普等，統是黑山黨徒，與白山黨互有嫌隙。解釋上文白回二字，筆不滲漏。楊芳遂就此生計，密遣黑山黨出卡造謠，揚言官兵全撤，喀城空虛，諸回統望和卓轉來。這語傳入張格爾耳中，頓時喜出望外，遂糾合殘眾，復來窺邊。先令偵騎入探，果不見官兵蹤跡，遂潛入阿爾古回城。時近歲暮，張格爾擬待除夕日，襲喀什噶爾，晝夜整備軍械，忙個不了。是夕，張格爾親出巡城，遙見東北角上，隱隱有人馬行動，不覺失聲道：「不好了！不好了！清兵來了！」急忙開城出走。後面已報清軍殺到，為首大將，正是楊芳。張格爾無心戀戰，拚命奔逃，楊芳也拚命追趕，至喀爾鐵蓋山，回徒奔散殆盡，只剩張格爾三十餘騎，棄馬登山。楊芳忙令副將胡超，都司段永福，繞出山後，堵住去路，自率親卒從前面登山，兜拿張格爾。張格爾扒過山頭，向山後亂跑，猛聽得有人叫道：「張賊快來受死！」張格爾心中一急，腳下一絆，向後便倒。正是：

準備鐵籠擒虎豹，安排陷阱縶豺狼。

未知張格爾果否遭擒，容至下回敘明。

張格爾之倡亂，與大小和卓木不同。大和卓木有管轄回部之權，張格爾無之；小和卓木有主持回教之權，張格爾又無之。彼從挾唪經祈福之伎倆，傳食部落，勢不能徧惑愚民，猝而去之，本易事耳。乃斌靜以後，繼以永芹，永芹以後，繼以慶祥，不能平亂，反致釀亂，數百回徒，直入瑪雜，響應者以數萬計。回疆西四城，接續被陷，何其速耶？慶祥死事，長齡繼任，轉戰而前，連敗回眾，張格爾之無能可知。然渾河一役，長齡又欲折回，幸賴楊遇春之定計渡河，驅逐回酋，以次規復西四城，是長齡辦不過一慶祥之流亞，微楊忠武，吾知其亦無功也。厥後捐西守東之議，尤屬悖謬，西四城為東四城之屏蔽，無西四城，尚可有東四城乎？宣宗嚴詞詰責，迫令殲敵，而掩捕之功，復出楊芳，滿員無材，事事仗漢將為之，而清廷猶以右滿左漢為得計，亦安怪亂世之相尋不已耶。本回宗旨，實為二楊合傳，以滿員相較，尤見二楊功績。

二楊固人傑矣哉！

征浩罕王師再出　剿叛傜欽使報功

卻說張格爾失足墜地，就被清將捆縛而去，清將不是別人，就是楊芳所遣的副將胡超、都司段永福，當下紅旗報捷，道光帝大喜，立封大學士長齡為二等威勇公，陝西固原提督楊芳，為三等果勇侯，命長齡率師凱旋，留楊芳駐紮回疆，與那彥成籌辦善後事宜。乾隆中葉以來，久不行獻俘禮，此次擒獲張格爾，道光帝思繩祖武，踵行盛舉，遣官告祭太廟社稷，親御午門樓受俘，儀仗森嚴，不消細說。受俘後，廷訊張格爾罪狀，著即寸磔梟示。又命慶祥子文輝，烏凌阿子忠泰，隨監刑官同往市曹，看視行刑，並把張格爾心肺取出，交與文輝、忠泰，到該父墓前致祭，用慰忠魂。威武極了。楊遇春、武隆阿等，亦傳旨嘉獎，自長齡以下，得有功將士四十人，一律繪圖紫光閣。並因軍機大臣曹振鏞、王鼎、玉麟諸人，辦事勤勞，亦許附入紫光閣列像。

滿廷官員，歌功頌德，合詞請加上尊號，道光帝已漸驕盈，怎禁得這班飯桶又來拍馬。奉旨：「以康熙乾隆年間，尚未允行，勢難俯準，唯念銘功偃武，皆由聖母福庇，國有大慶，允宜只循令典，備極顯揚，朕謹當躬率王大臣等，加上皇太后徽號，共伸賀悃，所有應行典禮，飭所司敬謹詳議」等語。於是禮部又有一番忙碌，自夏至冬，籌備了好幾月，方得舉行恭上皇太后徽號，稱作恭慈康豫安成皇太后。禮成頒詔天下，覃恩有差。越年，又親製碑文，勒石大成殿外，比康熙乾隆兩朝，尤覺得踵事增華，備極誇耀。共計出師至獻俘，用去帑銀約數千萬兩，節省多年不夠一擲。正熱鬧間，那彥成奏本到京，略說：「張逆就擒後，曾檄諭浩罕布哈爾等國，縛獻逆裔家屬，今浩罕遣使來賀，只言俘虜可返，和卓子孫不可獻，究應如何處置？仰求聖訓，以便遵行。」道光帝便提起硃筆，批在折後，其詞道：

逆孥幺麼，無關邊患，那彥成楊芳等，只應嚴守卡倫，禁其貿易，俟夷計窮蹙，自將縛獻求市，毋須檄索！

看這數句批示，便可見道光帝心思了。那彥成窺破意旨，先後奏善後章程數十條，什麼安內策，什麼制外策，說得津津有味，其實多是紙上談兵，空中樓閣。紙糊中國。道光帝聞內外安靜，遂召那彥成、楊芳二大臣還朝。

二大臣於道光九年回京，安集延即於道光十年入寇。當時那彥成的制外策中，把浩罕留居內地的僑民，一概驅逐，且並他財產收沒。倒是理財妙策，惜似盜賊行為。僑民憤甚，探知大兵已歸，即一面稟報浩罕王摩訶末阿利，一面至布哈爾，迎奉張格爾兄摩訶末玉素普為和卓，糾眾入邊。浩罕王又遣將哈庫庫爾及勒西克爾等，率兵策應。警報傳到回疆，回郡王伊薩克，飛報參贊大臣札隆阿。札隆阿是個終日不醒的酒鬼，斌靜第二。接到警報，恰糊糊塗塗道：「張逆家屬，統已授首，還有什麼阿哥？這都是伊薩克貪功妄報，在本大臣手裡，休使這般伎倆。」遂叱回來使，並恐伊薩克先行馳奏，也修好奏章，略言：「南路如果有事，唯臣是問。」過了數日，邊城的告急文書，陸續遞到，札隆阿被他唬醒，方命幫辦大臣塔新哈、副將賴永貴，分路迎擊。二將去訖，札隆阿復安然飲酒，昏昏沉沉地過了數天。忽外面又遞到緊急公文，札隆阿恰有意無意的，取過一瞧，但見上面寫著幫辦大臣塔新哈、副將賴永貴誤中賊計，遇伏陣亡，頓時面如土色，把一張關公臉，變做了溫元帥臉，趣語。好一歇兒不說話。外面又遞進葉爾羌稟報，更覺惶急萬分，展開一閱，乃是葉爾羌辦事大臣璧昌，馳報勝仗，不禁失聲道：「還好還好。」於是督兵守城，方有一些興會起來。

是時那彥成子容安，為伊犁參贊大臣，奉旨統伊犁兵四千。馳赴阿克蘇督剿，聞敵兵勢盛，擬俟烏魯木齊兵至，然後進軍。統是畏生怕死。葉爾羌又復被攻，幸虧璧昌決河灌敵，出城痛擊，敵兵始不敢近城，只是沿途擄掠，轉入喀什噶爾。見城上守兵，頗還嚴整，也無意進攻，專劫城外回莊，把子女玉帛，搜掠殆盡。札隆阿忙向阿克蘇乞援，容安擁重兵八九千，反繞道烏什，趨向敵兵不到的和闐去屯駐了。清廷聞容安逗兵不進，下旨革職，命哈豐阿繼任，又遣大學士公長齡，陝甘總督楊遇春，固原提督楊芳，參贊大臣哈朗阿，調兵赴援。哈豐阿先至喀什噶爾，敵兵解圍而去，飽颺出塞。

迨楊芳、哈朗阿等到喀城，已無一敵。

札隆阿恐朝廷問罪，與幕中老夫子商量一條諉過的法子，只說伊薩克通賊，潛襲南路，所以前此未曾聞知，有南路無事的奏報。及見了楊芳、哈朗阿，仍把這樣話兒搪塞過去。楊、哈兩人，被他矇混，也代札隆阿上奏洗刷。會大學士長齡，行至葉爾羌，接讀上諭，令與伊犁將軍玉麟，會審札隆阿、伊薩克案，乃折回阿克蘇。玉麟亦奉命而至，當下會讞，究出主謀草奏的幕友，得坐實札隆阿罪狀，奏達清廷。部擬札隆阿斬監候，令先枷示阿克蘇兩月。長齡依議辦法，把札隆阿枷出署門，調授璧昌為喀什噶爾參贊大臣。

長齡擬由伊犁烏什喀城三路，出討浩罕，浩罕王慌張起來，亟通貢俄羅斯，乞兵相助。俄人拒絕去使，不許入境。浩罕王無奈，乃遣使臣三人到喀城，備述七十餘年通商納貢的舊好及五年來閉關絕市的苦累，請修好如舊。長齡提出和議兩條，第一條縛獻叛酋，第二條放還被虜兵民。浩罕使臣因未奉汗命，俟還報後，方與訂約。長齡將來使留住一人，遣還二使，並命伯克霍爾敦同往。等了兩月，霍爾敦始回，報言被虜兵民，可以釋還，唯縛獻回酋，回經所無，只可代為監守，唯要求通商免稅，及給還僑民資產二事。長齡即上奏道：

臣聞安邊之策，振威為上，羈縻次之。浩罕與布喀爾達爾丸斯喀拉提錦諸部落，犬牙相錯，所屬塔什及安集延等七處，均無城池，其臨戰皆以騎賊衝陣，然不能於馬上施銃，倘遇連環鳥槍，則騎賊先奔。又卡外布魯特哈薩克，皆受其欺凌，爭求內徙。而卡內回眾，亦俱恨其擄掠，遂欲聲罪致討，但選精銳三四萬人，整旅而出，並於伊犁烏什邊境，聲稱三路並進，先期檄諭布哈爾等部，同時進攻，則不待直搗巢穴，而其附近偽部，已群起乘釁，四面受敵，可一舉掃蕩。唯是一出塞後，主客殊形，自喀浪圭卡倫，至浩罕千六百餘里，中有鐵列克嶺，為浩罕布魯克交界，兩山夾河，僅容單騎，兩日方能出山，此路最險，不值勞師遠涉。擬遣還所留來使一人，令伯克霍爾敦寄信開導，為相機羈縻之計，如此，則師不勞而浩罕亦就範矣。謹奏。

道光帝准奏，命長齡從浩罕要請，定了和約。浩罕大喜過望，又遣使至喀城，抱經立盟，通商納貢，西城事總算了結。後來喀什噶爾參贊大臣，移至葉爾羌，駐滿漢兵六千，居中控馭，別留伊犁騎兵三千，陝甘步兵四千，分駐各城。回疆的防禦，方漸漸稠密了。

偏偏國家多難，湖南永州傜目趙金龍，又糾眾作亂。先是永州有一種奸民，結起一個天地會。強劫傜寨牛谷，傜民向官廳控訴，奈官署中的胥吏，統與天地會連結，不但狀詞不準，反加他誣告罪名。胥吏不殺，天下無治日。氣得傜民發昏，個個去請教趙金龍。金龍倡言復仇，差他同黨趙福才，招集廣東散傜三百餘人，湖南九衝傜四百餘人，焚掠兩河口，殺死會黨二十多名。江華知縣林光梁，永州鎮左營游擊王俊，率兵役往捕，被傜眾擊退。總兵鮑友智調兵七百，偕永州知府李銘紳、桂陽知州王元鳳等，分頭夾擊，乘風縱火，毀壞傜巢，斃傜三百名。趙金龍收拾殘眾，竄往藍山，所至虜脅，竟得二三千人。藍山官吏，向省中告急，巡撫吳榮光，飛檄提督海凌阿往援，海凌阿點了五百名將士，風馳雨驟的趕援藍山，見前面有去路兩條，一是大路，一是小路，副將馬韜等，請從大路進兵，海凌道：「救兵如救火，大路總是迂迴，不如由小路進去，較為直截。」正議論間，路旁有役夫數名，被海凌阿瞧見，傳至軍前，問大路通藍山，與小路有無遠近？役夫答稱小路近十多里，海凌阿遂由小路出發，並令役夫前導，誰知役夫乃是傜民假扮，引海凌阿走入絕路，才走數里，兩旁統是仄徑，天又下起雨來，滿路泥濘，狼狽不堪，只路旁役夫，卻是很多，都願替官兵代舁槍械，官兵樂得快活，彎彎曲曲，行將過去。一步狹一步，一路險一路，忽然山頂吹起胡哨，有無數傜匪，乘高衝下，官兵赤手空拳，如何對敵？忙教役夫轉來。那班役夫，攜著官兵槍械，反轉身來殺官兵，官兵上天無路，入地無門，只好伸了頭頸，一個個由他開刀。海凌阿以下，統被殺死。

趙金龍既得勝仗，聲勢張甚，桂陽常寧諸土傜都來歸附，號稱數萬。清廷急命湖廣總督盧坤、湖北提督羅思舉，督師往討，又移貴州提督餘步雲助剿。增調常德水師及荊州滿騎數千，歸盧坤節制。盧坤偕羅思舉至永州，聞報趙金龍率八排傜，及江華、錦田各寨傜為一路，趙福才率常寧、桂陽傜為一路。還有趙文鳳率新田、寧遠、藍山谷傜為一路，三路都出沒南嶺，互為犄角。羅思舉遂獻策道：「傜皆山賊，倚山為窟，我兵與他山戰，他長我短，定難取勝，看來只好誘入平原，逼歸一路，令他技無可施，方可殲滅。」盧坤鼓掌稱善，且道：「照這樣說，常德水師，荊州滿騎，統是沒用，不如改調鎮筸苗疆兵，前來助剿方好。」羅思舉道：「大帥明見極是。但此處未設糧臺，輸運不便，現應派兵勇護送糧餉，步步為營，一面堅壁清野，檄將弁分路防堵。賊無可掠，自然散入平原，容易中計。」盧坤道：「老兄謀略，本憲很是佩服，就請照行便了。」從善如流，可稱良帥。當下奏罷常德荊州調兵，另調苗疆兵助剿，又將羅思舉計議，統行列入，末說思舉定能滅賊，不致有負委任等語。思舉特別感激，盧坤且叫他便宜行事。將帥乘和，帥必有大功。

於是思舉分兵進逼，將西南各路扼住，免他竄入兩粵，單留東面一路，由他出來。當時三路傜四五千人，及擄脅婦女三四千，都被官兵驅逼出山，東竄常寧縣屬的洋泉鎮。這鎮為常寧水口，有溪通舟，市長數里，牆垣堅厚，叛傜把市民逐出，擁眾占守。思舉從後追至，笑道：「虎落平原，蝦遭淺水，不怕他不絕滅了。」忙檄各守隘兵，速來合圍。適鎮筸兵已調到，思舉親自督陣，率鎮筸兵猛撲敵垣。鎮筸兵素稱趫捷，跳躍如飛，有數十名躍上牆頭，亂砍叛傜，叛傜倒也了得，與鎮筸兵相持，始終不退。鎮筸兵前隊傷墮，後隊繼登，斃傜數百，傜眾兀自守住，爭殺兩日，各守隘兵統已到齊，傜眾登牆，大呼乞降。思舉不允，督攻益力。諸將道：「叛傜已降，何必再攻？」思舉道：「這是明明詐計，他不繳軍械，不獻首逆，但憑一聲呼降，便好允他麼？我欲允他，他仍竄入山中，那時前功盡棄，還當了得。」諸將個個敬服，遂奉思舉命令，合力進攻。毀牆巷戰，叛傜雖是呼降，仍然死鬥。究竟寡不敵眾，被清兵擊斃六千，只散傜八九百，拒守市內大宅。思舉料宅內定匿匪首，禁用大砲，定要活擒該逆，將士冒死攻入，搜尋宅內。只獲頭目數十名、婦女數十名，單不見趙金龍。經思舉當場訊問，方知趙金龍已中槍身死，急忙飭軍士尋金龍屍首，一面飭人至盧坤處報捷。

盧坤忙即奏聞，過了三日，帳外報欽差大人到來，由盧坤出營相迎，欽差不是別個，乃是戶部尚書宗室禧恩、盛京將軍瑚松額。盧坤先請過聖安，隨接欽差入營，寒暄已畢，禧恩先開口道：「兄弟奉命視師，到此已聞大捷，真是可賀。」盧坤道：「不敢不敢，這都仗皇上洪福，將士勤勞，所以一舉成功呢。」禧恩道：「現在逆首趙金龍，想已擒住。」盧坤道：「這卻尚未。據提督羅思舉來報，已訊過趙逆妻子，說是中槍身死了。」禧恩道：「羅思舉太也糊塗，未曾擒住趙金龍，如何報捷？老兄現已出奏否？」盧坤道：「坤已照思舉來文，於三日前出奏。」禧恩道：「倘將來趙逆未死，反變了欺君罔上，兄弟定要得了真犯，方可復旨。」說現成話，最是容易。盧坤道：「現聞思舉已搜訪逆屍，不患不得確據。」瑚松額插嘴道：「盧制軍亦太相信屬將了。逆首未得，如何奏捷？」一吹一唱，無非妒功。盧坤默然不答。忽報羅思舉回營求見，盧坤命即傳入，思舉入帳，向欽差前請了安。禧恩便問道：「你就是提督羅思舉麼？」思舉答了一個「是」字，轉對盧坤行禮。盧坤起立還禮，命他旁坐。思舉未曾坐定，禧恩復問趙逆已拿住否，思舉道：「趙逆已死，只有遺屍。」禧恩搖頭道：「屍首哪裡靠得住？」總要尋隙。思舉道：「現已得了真屍，身上尚佩劍印，請欽差大人驗明。」賴有此耳。禧恩便同瑚松額出帳驗屍，並驗劍印是實，再命俘虜細認，都說無訛。禧恩還想駁詰，只一時想不出話。

忽藍山又來急報，由盧坤接過一瞧，捧交禧恩，禧恩閱畢，笑道：「趙金龍算是真死，趙仔青又來了。我說叛傜還沒有淨盡呢。」盧坤道：「幸逢大人到此，就請大人出令，坤亦願效前驅。」禧恩道：「大家同去可好。」當下同至衡州，由禧恩命，仍令羅思舉為前鋒，餘步雲為後應，往剿藍山。兩人方領命前去，京中詔旨已到，盧坤、羅思舉平傜有功，賞戴雙眼花翎，並世襲一等輕車都尉。禧恩見了此詔，免不得稱賀一番。隔了幾天，羅思舉捷音已至，說是生擒趙仔青，禧恩便向盧坤道：「羅提督確是一員良將，不枉老兄青眼。」越是小人，越會轉風。盧坤道：「這也全仗大人栽培！」自是置酒高會，朝夕談心，與盧坤特別莫逆，盧坤也只得虛與周旋。及羅思舉回到衡州，禧恩、瑚松額都出來相迎，非常客氣。思舉道：「賴欽差大人威靈，得活擒趙逆仔青。」禧恩道：「這是羅提督的功勞，何必謙遜。」前後大不相同。當下推出趙仔青，訊明確實，命即磔死。

忽京中又來詔旨，命禧恩、瑚松額率餘步雲，赴廣東剿連州八排傜。禧恩、瑚松額不敢不去，只得與盧坤相別，移師廣東。原來八排傜的作亂，也是為奸民衙役激迫而起。八排傜向有黃瓜寨，被奸民衙役劫奪，因到官廳起訴，連州同知蔡天培，斷民役償傜千二百金，民役不償，寨傜遂出掠報復。天培即向粵督處告變，粵督李鴻賓，令提督劉榮慶，署按察使慶林，率兵二千堵禦。榮慶主撫，慶林主剿，意見不合。會新任廣東按察使楊振麟到省，聞楚師告捷，將士同膺懋賞，遂也起了貪利徼功的思想，慫恿李鴻賓出師。鴻賓遂偕提督率兵進剿，八排傜首八人，出山跪迎，願將黃瓜寨逆傜獻出，請即回師。鴻賓佯為應允，至逆傜縛獻到軍，一律斬訖，兵仍不退，反奏稱：「殺賊七百名。」傜眾大憤，負嵎死拒，官兵進攻，峒險箐密，接連遇伏，自相驚潰。三路皆敗，游擊都司等官，死了數十。兵士死了千數。清廷因褫李鴻賓、劉榮慶職，命禧恩、瑚松額移師往剿。

禧恩等到粵，初意也想奮力進攻，嗣後探得傜峒奇險，不易深入，只是虛報捷音，所奏殺賊，皆數百計，其實按兵不動，並未嘗經過一仗。專會說人，要自己去做，卻如此搪塞。會聞盧坤移督廣東，計程將至，心中未免焦灼起來。他在湖南時詰責盧坤，未獲首逆，此次恐盧坤要來報復，忙令楊振麟赴傜寨招撫。傜眾懲八人故事，不肯出來，官兵又懲李、劉前敗，不敢進去，旬日不見一傜，禧恩愈加著急，只催振麟剋日招降，遲則嚴參。一派官話。振麟無法，只得把庫內銀子取來亂用，出示布告叛傜，如肯投誠，當有重賞。傜眾還疑是誑言，振麟又令熟傜赴寨，作了抵質，傜眾方有一二人出來嘗試，果得銀洋鹽布，領受而歸。於是傜眾貪利踵至，十日間得數百人。並縛黃瓜寨附近傜三人出獻，算作首逆。禧恩遂奏報肅清，不欺君者如是，不罔上者如是，令人可笑可恨。俟盧坤一到，交印即行。可稱狡猾。

南北暌違，道光帝自稱明察，終究被他瞞過，加封禧恩為不入八分輔國公，賞戴三眼孔雀翎，瑚松額、餘步雲，均世襲一等輕車都尉。王大臣等又上表慶賀，還有宮內的全妃鈕祜祿氏，用了七巧板兒，排出「六合同春」四大字，獻呈御覽。道光帝大喜，即封鈕祜祿氏為皇貴妃。後人有宮詞一首道：

蕙質蘭心並世無，垂髫曾記住姑蘇。
譜成「六合同春」字，絕勝璇璣織錦圖。

全貴妃得此寵遇，未知後來如何，下回再行續敘。

中國大患所在，第一項是個欺字。誇誕錮蔽，皆由自欺而致。宣宗一平西域，即鋪張揚厲，行受俘禮，繪功臣像，上母后尊號，勒石大成殿外，誇耀達於極點，要之一欺人而已。上欲欺下，下亦欺上，札隆阿、容安、禧恩、瑚松額等，無在非欺，即那彥成、長齡諸人，當時稱為功首，亦曷嘗實事求是乎？幸而浩罕小國不足道，土傜烏合尤不足道，苟且即可了事，敷衍尚能塞責。宮廷上下，且以為河清海宴，可以坐享承平，庸詎知大患之隱伏其間耶？回傜平，宣宗愈驕，朝臣愈佞，上下愈以欺飾為務，而中國始多難，本回固一束上起下之轉捩文也。

飲鴆毒姑婦成疑案　焚鴉片中外起兵端

卻說皇貴妃鈕祜祿氏，係侍衛頤齡的女兒，幼時嘗隨宦至蘇州，蘇州女子，多年慧秀，通行七巧板拼字，作為蘭閨清玩，鈕祜祿氏隨俗演習，後來熟能生巧，發明新制，斫了木片若干方，隨字可以拼湊，人人羨她聰明，稱她靈敏，且生就第一等姿色，模樣與天仙相似，天仙的容色如何？我欲一問作者。豔名慧質，傳誦一時。道光時親選秀女，頤齡便把女兒送入，這樣如花似玉的芬容，哪得不中了聖意？當下選入宮中，就沐恩幸。美人承寵，天子多情，立即封為貴人。這鈕祜祿氏，本是伶俐得很，侍側承歡，善窺意旨，道光帝越瞧越愛，越愛越寵，不一年就升為嬪，再一年復升為妃，因她才貌雙全，特賜一個「全」字的封號。偏老天亦憐愛佳人，特地下一個龍種，於道光十一年六月初九日，生了一子，取名弈詝，就是後來嗣位的咸豐帝。而且事有湊巧，皇后佟佳氏，竟爾病故，全妃鈕祜祿氏，既封為皇貴妃，與皇后只差一級，皇后崩逝，自然由全妃補缺。

道光十三年，大行皇后百日服滿，皇貴妃鈕祜祿氏，奉皇太后懿旨，總攝六宮事務，越一年冊為皇后，追封皇后父故乾清門二等侍衛，世襲二等男，頤齡為一等承恩侯，謚榮禧，由其孫瑚圖哩襲爵，冊后典禮，一律照舊。只道光帝心中恰比第一次冊后時，尤為欣慰。

又過一年，皇太后六旬萬壽，命禮部恭稽祝典，特別準備。屆期這一日，道光帝率王公大臣，詣壽康宮行慶賀禮，皇后鈕祜祿氏，亦率六宮妃嬪，詣太后前祝嘏，奉皇太后命，宮廷內外，一概賜宴。

道光帝素知孝養，見皇太后康健逾恆，倍加喜悅，親製皇太后六旬壽頒十章。皇后鈕祜祿氏，向來冰雪聰明，詩詞歌賦，無一不能。這會因御製皇太后壽頌，她也技癢起來，恭和御詩十章，獻上太后，道光帝越加快意。

獨這皇太后別寓深衷，當時雖不露聲色，後來恰與道光帝閒談，說起皇后敏慧過人，未免有些惋惜模樣。道光帝甚為驚異，細問太后。太后恰道出緣由。略說：「婦女以德為重，德厚乃能載福，若仗著一點材藝，恐非福相。」太后未免迂腐，然也不無見識。這句話，亦不過一時評論，沒甚介意，偏偏傳到皇后耳中，竟不以為然。她想：「本身已做國母，又生了一個皇子弈詝，雖是排行第四，然皇長子、皇次子、皇三子等，統已夭殤，將來欲立太子，總輪著自生的皇兒，皇兒嗣位，自己若是在世，便也捱到太后的位置，難道還算沒福麼？」為此一念，遂不知不覺的，與太后成了嫌隙。

胸中有了三分芥蒂，面上總要流露出來；每日遵著宮制，到太后前請安、說長道短的時候，不免含著譏刺。看官！你想太后是個帝母，又是鈕祜祿氏的親姑，豈肯受這惡氣？有時當面訓斥，有時或責道光帝不善教化。帝后兩人，素來恩愛，道光帝得了懿旨，免不得通知皇后。那時皇后越加懊惱，見了皇太后，也越加挺撞。婦人多半固執，觀此益信。兩宮嬪監，又播弄是非，搖唇鼓舌，無風尚是生浪，況明明婆媳不和呢？

蹉跎數載，誹語流言，布滿宮闈，到道光十九年臘月，皇后偶患寒熱，皇太后親自臨視，詳問疾苦，頗也殷勤。過了年已是元旦，皇后病已少痊，起至太后前叩頭賀喜。過了二日，太后特派太監，賜皇后一瓶旨酒，皇后謝過了恩，把酒酌飲，很是甘美，竟一飲而盡，到夜間不知怎麼竟崩逝了。畢竟紅顏薄命。當時宮中傳出上諭道：

皇后正位中宮，先後事朕多年，恭儉柔嘉，壺儀足式，竊冀侍奉慈幃，藉資內佐，遽爾長逝，痛何可言！著派惠親王綿愉，總管內務府大臣裕誠、禮部尚書奎照、工部尚書廖鴻荃，總理喪儀。欽此。

相傳道光帝遇了后喪，非常痛悼，心中也很自動疑，但因家法森嚴，不便異論；且素性頗知孝順，只好隱忍過去，皇太后卻去親奠三次。貓哭老鼠假慈悲。道光帝命皇四子弈詝守著苫塊大禮，居侍梓宮。是年冬，封靜貴妃博爾濟錦氏為皇貴妃，就將皇四子交代了她，命她小心撫字。靜貴妃奉了上命，自不敢違，又兼皇后在日，曾蒙皇后另眼相看，至此皇四子年甫十齡，一切俱宜照顧，便提起精神，朝夕撫養。只這位道光帝伉儷情深，時常哀戚，特諡大行皇后為孝全皇后，嗣後不另立中宮，暗報多年情誼。並擬立皇四子為皇太子，這是後話。後人卻有宮詞記孝全皇后事，其詩列後：

如意多因少小憐，蟻杯鴆毒兆當旋。
溫成貴寵傷盤水，天語親褒有孝全。

喪事才了，忽東南疆吏報稱西洋的英吉利國，發兵入寇，為此一場兵禍，遂弄得海氛迭起，貽毒百年。堂堂華夏，竟被外人窺破，把我五千年來的古國，看做一錢不值呢。言之痛心。這英吉利是歐羅巴洲中的島國，平時政策，專講通商。本國內的交通固不必說，他因環國皆水，造起許多商舶，駛出外洋，這邊買賣，那邊販運，得了利息，運回本國，遂漸漸富強起來。

明末清初的時候，歐洲的葡萄牙國、荷蘭國、西班牙國、法蘭西國、美利堅國，多來中國海面互市，英吉利人也揚帆載貨，隨到中國，適值亞洲西南的印度國，為了英人通商，互生嫌隙，兩邊開仗，印度屢敗，英人屢勝，印度沒法，竟降順英國。印度的孟加拉及孟買地方，專產鴉片，英人遂把這物運到中國，昂價兜銷。

這物含有毒質，常人吸了容易上癮，起初吸著，精神陡長，氣力倍生，就使晝夜幹事，也不疲倦；及至吸上了癮，精神一天乏一天，氣力一日少一日，往往骨瘦如柴，變成餓鬼一般，此時欲要不吸，倒又不能。半日不吸這物，眼淚鼻涕，一齊迸出，比死還要難過，因此上癮的人，只會進步，不會退步。從前明朝晚年，已有此物運入，神宗曾吸上了癮，呼為福壽膏，晏起晚朝，把國事無心辦理。但輸入不多，百姓還輪不著吸，到英國得了印度，遍地種植，專銷別國，他自己的百姓，不准吸食，單去貽害外人。外洋的國度，曉得此物利害，無人過問，獨我中國的愚夫愚婦，把它作常食品，你也吸，我也吸，吸得身子瘦弱，財產精光。既剝我財，又弱我種，英人真是妙算。嘉慶時，英國遣使至京，乞請通商，因不肯行跪拜禮，當即驅逐，通商事毫無頭緒，應四十六回。只鴉片竟管進來。

道光帝即位，首申鴉片煙禁，洋艘至粵，先由粵東行商，出具所進貨船，並無鴉片甘結，方准開艙驗貨，如有欺隱，查出加等治罪。隨又飭海關監督，有無收受鴉片煙重稅，應據實奏聞；又申諭海口各關津，嚴拿夾帶鴉片煙；又定失察鴉片罪名。三令五申，也算嚴厲得很，無如沿海奸民，專為作弊，包攬私販，仍然不絕。且因清廷申禁，那包賣的窯口，反私受英人賄賂，於中取利，大發其財。自道光初年到了中葉，禁令無歲不有，鴉片煙的輸入，無歲不增，每歲漏銀約數千萬兩，於是御史朱成烈，鴻臚寺卿黃爵滋，先後奏請嚴塞漏卮，培固國脈。道光帝令各省將軍督撫，各議章程具奏，當時沒有一人不主張嚴禁。湖廣總督林則徐，說得尤為剴切，大略言：「煙不禁絕，國度日貧，百姓日弱，數十年後，不唯餉無可籌，並且兵無可用。」道光帝覽奏動容，下旨吸菸販煙，都要斬絞；並召林則徐入京，面授方略，給欽差大臣關防，令赴廣東查辦。

這位林公係福建侯官縣人，素性剛直，辦事認真，自翰林院庶吉士，歷級升官，做到總督，無論何任，他總實心實力地辦去，一點沒有欺騙。實是難得。此番奉旨赴粵，自然執著雷厲風行的政策，恨不把鴉片煙毒立刻掃除。兩廣總督鄧廷楨，也是個正直無私的好官，與林則徐相見，性情相似，脾氣相投，遂覺得非常莫逆。則徐問起鴉片事件，廷楨答稱已奉廷旨，吸菸罪絞，販煙罪斬，現在已拿得無數煙犯，禁住監中，專待欽使大人發落。則徐道：「徒拿煙犯，也不濟事，總要把鴉片躉船，一概除盡，絕他來源，方是一勞永逸呢。」廷楨道：「講到治本政策，原是要這般辦理，但恐洋人不允，奈何？」則徐道：「鴉片躉船，現有多少艘數？」廷楨道：「聞有二十二艘，寄泊零丁洋中。」則徐道：「零丁洋雖是外海，終究與內海相近。他不過是暫時趨避，將來總要把鴉片煙設法販賣。據兄弟意見，先令在洋躉船，把鴉片悉數繳銷，方准開艙買賣。」廷楨聞言，躊躇半晌，方答道：「照這麼辦，非用兵力不可。」則徐道：「這也何消說得。鄙見先令沿海水師分路扼守，然後與他交涉便了。」兩人計議已定，隨傳令水師提督，派兵扼守港口。林則徐本有節制水師的全權，下了幾個劄子，提鎮以下，唯唯聽命，頓時調集兵船，分布口門內外。

廣東向有十三家洋行，販運外洋貨物，則徐把洋行司事，統同傳到，叫他傳諭洋商，限三日內盡繳出躉船內的鴉片。各司事領了諭帖，只得轉遞英商，英商忙稟知英領事義律，義律毫不著急，反到澳門出逛去了。各英商觀望遷延，你推我諉，只道中國官吏都是虎頭蛇尾，沒甚要緊，誰料這個林欽差，言出法隨，到三日期滿，見英商沒有複音，便移諮粵海關監督，封閉各商舶貨物，停止貿易；又將洋人僱用的買辦拿捕下獄。此事沿海商船，不止一國，為了英人違禁，把別國也都停止，免不得埋怨英人，英領事義律無可避匿，勉強來省，入洋館中，照會中國，願繳出鴉片煙一千零三十七箱。則徐又把義律來文持與鄧廷楨察閱，廷楨道：「鴉片躉船有二十多艘，哪裡止一千多箱。」則徐道：「每艘躉船，約裝若干？」廷楨道：「每艘裝載，差不多有一千箱。」則徐不禁憤怒起來，便道：「英領事太覺可惡！取了二十分中的一分，想來搪塞，林某不比別人，難道任他戲弄？」遂發陸軍千名，圍住洋館，又令水師出發，截住躉船餉道，恁他狡黠萬端的義律，到此亦束手無法，願將鴉片二萬零二百八十三箱一概繳出。林則徐遂會同鄧廷楨及粵撫怡良，赴虎門驗收。零丁洋內的躉船，計二十二艘，陸續駛至虎門，繳出煙箱，每箱償茶葉五斤，復傳集外洋各商，令他具永不售賣鴉片甘結，如再營私販賣，人即正法，貨船入官。

則徐遂與鄧怡兩督撫，聯銜入奏。將先後查辦鴉片煙情事，據實陳明，並請將鴉片送京銷毀。

道光帝召集王大臣商酌，王大臣等多說廣東距京甚遠，途中恐有偷漏抽換的弊端，不如就粵銷毀為便。道光帝准奏，遂傳諭道：

奏悉！所繳鴉片煙土，飭即在虎門外銷毀完案，無庸解送來京，俾沿海居民，及在粵夷人，共見共聞，咸知震讋。該大臣等唯當仰體朕意，考核稽查，毋致稍滋弊混！欽此。

林則徐等奉到此旨，就令在虎門海岸，把鴉片二萬零二百八十三箱統共堆積，下令焚毀。這焚毀的法兒，並不是真用一把火，將鴉片一箱一箱的燒掉，他就虎門海岸，鑿起兩個方塘，直十五丈，橫十五丈，前設涵洞，後通水溝，先將食鹽投入，引水成滷，再加石灰，使水騰沸，方把鴉片一一投下，煙隨灰燃，自然溶化，開了涵洞，令隨潮出海，連煙灰都蕩滅無蹤了。海龍大王，未知愛吸鴉片否？若愛吸這福壽膏，這個機會，很是難得。

這次焚毀鴉片，沿海居民統來瞧看，人潮人海，擁擠不堪，內中拍手稱快的倒有一大半；只上了菸癮的愚夫愚婦，一時沒得吸，未免難過；還有運售的洋商，私販的奸民，心中更加怏怏。英領事義律因英國商民無端失此大利，痛恨得了不得。則徐布告各國商人，如願通商，須具甘結，這甘結內便是：「此後如夾帶鴉片，船貨沒官，人即正法」數語。別國統願照約，唯義律不願，由廣州退出，航赴澳門，請則徐至澳門會議。則徐不許，禁絕薪蔬食物入澳，義律挈妻子及流寓英人五十七家，聚居尖沙嘴商船，潛招英國兵船數艘，借名索食，突攻九龍島。被清參將賴恩爵用炮擊沉一艘兵船，義律倒也有些驚慌。葡萄牙浼人出來轉圜，願遵清國新律，唯請削「人即正法」一語。則徐飛奏清廷，道光帝批迴奏摺云：

既有此番舉動，若再示柔弱，則大不可。朕不慮卿等孟浪，但誡卿等不可畏葸，先威後德，控制之良法也，特此手諭。

林則徐接此諭後，回絕英領事義律。義律再派兵船，寄泊口外，攔住遵結各船，不准入口。則徐聞報，令水師提督關天培，率領兵船五艘，出洋查辦。英船見中國兵船出口，先開炮轟擊，天培發炮還應，擊壞英船柁樓，死了好幾個水手。英船轉入官浦，由天培尾追，一陣擊退。天培乘勝追至尖沙嘴，把英船逐出老萬山外洋。清廷連聞勝仗，王大臣遂多半主戰，大理寺卿曾望顏，且請封關禁海，盡停各國貿易。全然不知世事。道光帝令則徐議奏，則徐復陳英國違禁，與他國無與，現只有禁英通商，不便一例峻拒等語。道光帝乃只停英人貿易，諭旨如下：

英吉利夷人，自議禁煙後，反覆無常，若准其通商，殊屬不成事體，至區區關稅，何足計較。我朝撫綏外國，恩澤極厚，英夷不知感戴，反肆鴟張，我直彼曲，中外咸知。自外生成，尚何足惜？其即將英吉利國貿易停止！欽此。

中英兩國，自此絕交，義律報達英國政府，請速發兵。英國政體，是君主立憲，向設上下兩議院，當時即開議院會議，有幾個力持正道的人，頗說鴉片貿易，殊不正當，若為此事開戰，有損英吉利名譽。英政府因此躊躇三日，怎奈議員宗旨不一，彼此投票解決，主戰派多占九票，遂下令印度總督，調集屯兵萬五千人，令加至義律統陸軍，伯麥統海軍，直向中國出發。正是：

過柔則弱，過剛必折；
滾滾海氛，一發莫遏。

欲知後來勝負，待小子停一停筆，下回再行錄敘。

鴆毒一案，千古傳疑。不敢信其必有，亦不敢謂其必無。但鈕祜祿氏挾才自恃，因寵生驕，姑婦之間，總不免有勃谿之隱，所以暴崩之後，遂生出種種疑議。宮中之疑團未釋，而海外之戰釁又開。宣宗始終自大，卒至海氛一發，不可收拾。古人有言：「刑於寡妻，至於兄弟，以御于家邦。」刑於之化未端，無怪家邦之多事也。本回前後敘事，截然不同，而從夾縫中窺入隱微，實足互勘對證，宣宗之為君可知矣。

清史演義——從施琅攻臺到鴉片焚禍

作　　者：蔡東藩
發 行 人：黃振庭
出 版 者：複刻文化事業有限公司
發 行 者：複刻文化事業有限公司
E-mail：sonbookservice@gmail.com
粉 絲 頁：https://www.facebook.com/sonbookss/
網　　址：https://sonbook.net/
地　　址：台北市中正區重慶南路一段 61 號 8 樓
8F., No.61, Sec. 1, Chongqing S. Rd., Zhongzheng Dist., Taipei City 100, Taiwan
電　　話：(02)2370-3310
傳　　真：(02)2388-1990
印　　刷：京峯數位服務有限公司
律師顧問：廣華律師事務所 張珮琦律師
定　　價：350 元
發行日期：2024 年 06 月第一版
◎本書以 POD 印製

國家圖書館出版品預行編目資料

清史演義——從施琅攻臺到鴉片焚禍 / 蔡東藩 著 . -- 第一版 . -- 臺北市：複刻文化事業有限公司 , 2024.06
面；　公分
POD 版
ISBN 978-626-7426-85-2(平裝)
857.457　　113007236

電子書購買

爽讀 APP

臉書